윤동주의 시인詩人 되기

윤동주의
시인詩人되기

김치성 지음

국학자료원

책을 펴내며

　윤동주의 시는 '초월'과 '내재', '저항'과 '순수'라는 이분법적 도식을 넘어서 '화해와 일치의 평화'를 지향하는 통전·통합의 에큐메니컬 세계 위에 '펼쳐져' 있다. 변증법적 자장(磁場)으로 튼튼하게 터를 다진 다음, 그 위에 오랫동안 갈고 닦아 빛나는 시어로 벽돌을 올려, 숭고한 시의 집을 짓고 있기에, 그의 '시집'에 들어가는 모든 이들은 큰 울림을 경험한다. 그의 시적 주체는 '하나님의 형상'(Imago Dei)를 추구하였으나 관념적이지 않았고, '이 땅에' 속했으나 '세속화(世俗化)'되지 않았다. '저항'을 하였으나 '저항의 대상'을 설정하지 않았고, 모든 존재자를 '죽어가는 것들'로 규정하여 연민의 시선을 견지하였다. 그러면서도 한없이 '부끄런' 자신을 성찰하면서 역사 앞에서 자신의 책임을 통감했으며, 탈현실적인 '역사로부터의 구원'(salvation from history)이 아니라 하나님의 '역사의 구원'(salvation of history)을 지향했다. 이로써 자신의 '시인-되기'(詩人-Becoming)를 온몸으로 완성하였고 세상에 증명하였다.

　이제 윤동주는 '영원한 별'이 되어 오늘날 역사적 주체로서 우리 자신의 내면을 비추게 한다. 탈주하는 세계를 향하고 있는 우리에게 그 빛을 비춘다. 아득히 먼 '북간도'(사잇섬)에서 태어난 윤동주는 제국과 제국의 경계 '사이'에서, 식민지 조선의 시간과 해방 공간의 시간의 '틈'에서, 죽음을 맞이하여 스스로 '사라지는 매개자'(vanishing mediator)가 되어, 우리의 간극과 분열을 메우는 존재가 되었다.

이렇듯 에큐메니컬 '소통의 시학'을 통해 우리에게 온몸으로 손을 내미는 시인의 이름이 보편성을 획득하여, 죽어가는 우리 모두에게 의미 있는 이름으로 기억되고 있다.

이러한 시인의 독보적인 면모를 선명하게 드러내기 위해서 윤동주의 시인 '되기(Becoming)' 과정에 초점에 맞추어 이 책을 구성하였다. 1장에서는 '시인 윤동주'가 복원된 배경을 살폈다. 2장에서는 윤동주 시의 발생론적인 근원인 '북간도 기독교 공동체'와의 관련성을 바탕으로 시인 '되기' 前단계를 연구하였다. 3장에서는 디아스포라 현실 인식과 시인 '되기'(시인의 탄생)와 그 의미를 밝혔다. 4장에서는 시인이 지향한 가치인 에큐메니컬 시세계를 구체적으로 드러내었다.

사실 이 책『윤동주의 시인詩人 되기』는 2016년도에 제출한 박사논문『윤동주 시 연구-북간도 기독교와의 관련성을 중심으로』를 수정하고 보완한 것이다. 윤동주 탄생 100주년을 1년 앞두고 있었음에도 불구하고 이미 윤동주 연구의 과잉을 우려하는 목소리가 여기저기서 들려왔다. 2017년도에 100주년을 맞이하자 그 우려에 아랑곳 하지 않고 시인에 대한 연구는 오히려 폭발적으로 늘어났다. 양적 팽창에 비해 질적 저하를 걱정하던 것과 달리, 제자리에 맴돌던 연구의 흐름이 다양하게 전개되었고 새로운 논의의 물꼬가 트이는 결과가 도출되었다. 하지만 여전히 시인 윤동주에 대한 연구의 과잉을 염려하는 주장들이 존재한다. 이러한 시점에서 나는, 이 책을 세상에 내어 놓아야 하는가, 몇 번이고 스스로 되물었다.

이른바 '윤동주 현상'-이미 문학연구에 국한되지 않고 대중적 영역까지 확장되고 있는 이 상황에서 사람들은 '역사적 윤동주'가 아닌 '신화화된 윤동주'를 만날 가능성이 높아진다. 제 멋대로 그려내는 윤동주의 모습이 아니라, 식민지 조선에서 마치 '얼음 아래 한 마리 잉어'처럼 거친 이 땅을 살아갔던 문학 청년 윤동주, 시인詩人이 되기 위해 치열한 길을 걸어야 했던 윤동주, 그와 조우할 수 있도록 사람들에게 소개하는 역할을 충실히 감당할 수 있다면, 이 책은 그 나름대로 조그마한 의미를 지니게 될 것이다.

윤동주가 별을 보며 사랑하는 이의 이름을 불렀던 것처럼, 나의 고마운 이름들을 불러 본다. 사랑하는 아내 유진이, 태어나던 그 순간을 잊을 수 없는 아들 우찬이, 쉬지 않고 나에게 말을 걸어 오는 고마운 딸 다은이, 나를 자랑스럽게 여기시는 고마운 어머니 박정란님, 나의 마음을 가장 잘 아시는 아버지 김명찬님, 늘 믿어주시는 장모님 선연숙님, 여전히 빛날 누나 김은수님, 늘 그리운 이일우 목사님, 길을 찾게 하신 강일상 선생님, 인자하신 이금만 목사님, 학문의 깊이를 알게 해 주신 서경석 선생님, 문학의 길을 권면하신 손정순 선생님, 사랑하는 동역자 공덕교회 청년들.... 그리고 모든 것을 닮고 싶은, 사랑하고 존경하는 유성호 선생님.... 마음 깊이 감사드린다. 책 출간을 맡아주신 국학자료원 정구형 대표님께도 고맙고 죄송한 마음을 전해 드린다.

2019년 7월
저자

목 차

IV. 윤동주 시의 에큐메니컬 지향성 연구

Ⅰ. 논의의 출발 –
시인 윤동주의 복원

1. 왜 하필 윤동주 연구인가?

죽음을 통해서 부활이 참된 의미를 획득하듯이, 윤동주의 시는 詩人 윤동주가 죽음으로써 시적 가치를 비로소 인정받기 시작한다. 윤동주는 평생을 '文靑'으로 살았을 뿐, '詩人'으로서 번듯한 시집 한 권 펴내지 못하고, 1945년 해방 직전에 일본 제국에 의해 무참히 희생되고 말았다. 하지만 그의 시는, 그가 죽은 후 한국에서 유고 시집으로 다시 태어났다. 자칫 역사속에 사라질 뻔한 여러 고비들을 넘기며 오랜 시간의 풍화작용을 견디어낸 것이다. 지금도 여전히 윤동주의 시는 견고한 생명력을 자랑하고 있다.

짧은 창작 기간과 120여 편에 지나지 않는 적은 작품 수에도 불구하고, 윤동주 시에 대한 관심과 연구는 그 넓이와 깊이가 날로 더해졌다. 관련 논문만 해도 현재 수백 편을 넘어섰고, 한·중·일 동북아시아 전역에 걸쳐 윤동주 시비[1]가 세워졌으며, 윤동주 문학상[2]이 제정되었고, 기념관[3]도 생

---

1) 1945년 5월 단오 무렵 윤동주 묘소에 가족들이 "시인윤동주지묘"라는 비석을 세운다. 1968년 11월 2일에는 연세대학교 학생회, 문단, 친지 등이 모금한 성금으로 연희전문 시절 윤동주가 기거하던 기숙사 앞에 「윤동주 시비」를 건립한다. 당시 제막식에는 고인의 은사인 최현배, 백낙준 등과 문단의 중진, 친지, 학생 등 수백여 명이 참석한다. 시비는 윤일주가 설계하고 윤동주의 「서시」 친필을 확대하여 새긴다. 비

기게 되었다. 그리고 일본어⁴⁾, 불어⁵⁾, 영어⁶⁾, 중국어⁷⁾로 번역되어 각 나라의 교과서⁸⁾에도 그의 시가 실리게 되었다.

시인으로서 윤동주의 시력(詩歷)이 비교적 짧았고, 생전에 정식으로 등단도 못한 채 죽음을 맞이했다는 사실을 감안한다면, 가능성만을 지닌 '文靑'을 넘어 근대 문학사에서 어엿하게 '詩人'으로 인정받고 있는 오늘날의 현실은 매우 놀랄만한 일이다.

사실 이미 그의 시에 대한 해석들은 넘쳐 나고 있다. 그리고 그의 시는

명의 초고는 유영 교수가 담당하고, 글씨는 고인의 연세대 후배인 박준근이 쓴다. 그리고 1992년 중국 용정중학교에, 1995년 일본 도시샤대학교에 각각 세워진다.

2) 한중일 모두 '윤동주 문학상'이 존재한다. 특히 2001년 5월 「연세대학교 윤동주 기념 사업회」가 발족되어 매년 「윤동주 시문학상」, 「윤동주 기념 백일장」 등이 개최되고 있다.

3) 2012년 7월에 「종로구 윤동주 문학관」이 개관되고, 2012년 9월 중국 명동촌 생가 주변을 「윤동주 문학공원」으로 조성한다. 그리고 2013년 2월 27일에는 윤동주 시인의 유족들이 연세대학교에 친필 유고와 유품을 기증하고, 「윤동주기념관」 현판식과 「윤동주 시인 기념코너」 제막식을 진행한다.

4) 1984년 11월 이부키 고우가 번역하여, 記錄社에서 간행된다.

5) 1988년 8월 『Le ciet, Le vent, Les etoiles et La poesie』라는 시집으로, 임병선이 번역하여 Seoul Computer Press에서 간행된다. 그리고 1997년 11월 『Ciet, Vent, Etoiles et Poemes』라는 제목으로, 김현주와 Mesini Pierre가 공동으로 번역하여 재간행된다.

6) 1989년 11월 『Heaven, the Wind, Stars and Poems』라는 제목으로 Duane Vorhees와 Mark Mueller와 김재령이 공동으로 번역하여 삼성출판사에서 펴낸다. 그리고 1997년 11월 한영 대역시집 『하늘과 바람과 별과 시 - HEAVEN, WIND, STARS AND POEMS』가 김진섭과 Eugene W. Zeifelder의 공동 번역으로 박우사에서 출판된다.

7) 1996년 12월 조선족 고적총서로 『尹東柱 詩集』으로 최문식과 김동훈이 편집하여 중국연변대학출판사에서 간행된다.

8) 1998년 기준으로, 한국에서는 고등학교 문학 교과서 18종 중에서 16종에 본문이나 참고자료로 「참회록」, 「쉽게 씌워진 시」 등이 수록되어 있고, 일본에서는 고등학교 문학 교재로 정평 있는 '치쿠마 쇼보'에서 출간한 『현대문』 교과서에 「하늘과 바람과 별과 시」라는 제목으로 윤동주의 시가 소개되고 있다. 중국에서는 초중 조선어 문교과서 제 8책에 「서시」와 「새로운 길」이, 조선어문자습교과서 제 8책에 「자화상」이 실려 있고, 고중 조선어문자습교과서 권 4권에 「별헤는 밤」이, 3학년 조선어문자습교과서에 「참회록」이 수록되어 있다(지현배(2001), 「윤동주 시의 의식현상학적 연구」, 경북대학교 박사학위논문, 2-3쪽).

영화의 소재로 다뤄질 만큼 대중적 인지도까지 확보하고 있다. 이런 상황에서 또 다시 윤동주 시에 관한 해석을 시도하는 것은 한편으로 무의한 행위로 비춰질 수도 있다. 그럼에도 불구하고 그의 시를 연구 대상으로 삼는 까닭은, 아니 그의 시를 연구 대상으로 삼아야만 하는 이유는, 연구 대상에 대한 연구자의 문학사적 취향을 넘어서 역사를 생성하는 '기억의 주체'로서 지금의 상황에 맞게 그의 시를 읽어 내야만 하는 역사적 당위성 때문이다.

특히 윤동주의 시와 함께 북간도에서 그가 경험한 사건들을 기억해내고 재구성하는 일은 문학적 의미를 넘어서 정치·외교적으로도 매우 중요한 작업이 아닐 수 없다. 중국의 경우, 동북공정의 일환으로 북간도에 관한 기억들을 자국의 역사 속으로 편입하여 동아시아 역사를 재구성하고 있는데, '중국인 윤동주'의 이미지를 부각시켜 '중국 땅 북간도'의 이미지를 형성하고 있는 상황이다. 이처럼 윤동주와 북간도는 우리의 기억만으로 투영할 수 있는 대상이 아니다. 중국을 비롯한 일본, 북한, 러시아와도 기억을 놓고 투쟁을 해야 하는 대상이 되어 버렸다. 이런 측면에서 "기억은 곧 정치"가 되는데 '기억된 사실'이 아니라 '기억하는 주체'와 '기억의 행위'가 중요한 의미를 지니게 된다.[9] 따라서 '지금 시간(Jetzeit)으로 충만된 시간'[10]을 생성하여, 특정한 과거(윤동주와 북간도)와의 만남을 통해 윤동주 시의 진정한 역사적 의미를 발견하고자 하는 것이 본 연구의 궁극적 목적이라고 할 수 있다.

이러한 역사적 의미를 획득하기 위해, 이 글은 북간도 기독교와의 관련성 속에서 윤동주의 시 세계를 역사·신학·문학 등 다양한 층위에서 총체적으로 살펴보고자 한다. 윤동주 시 연구에서 북간도의 발견은 큰 전환점을

---

9) 최성만(2014), 『발터 벤야민 기억의 정치학』, 도서출판 길, 378쪽.
10) 위의 책, 378쪽.

가져다 준 것이 사실이지만, 북간도의 특성이 구체화되지 못하고 일반론적 접근에만 머물렀던 연구 관행도 부인할 수 없는 현실이다. 따라서 본 연구는 구체화된 윤동주의 북간도를 다름 아닌 '북간도 기독교 공동체'를 의미하는 것으로 파악하여, 윤동주 시의 발생론적 根源인 북간도 기독교 공동체와 윤동주 시의 상관관계를 증명할 것이다. 이 과정에서 북간도 기독교 공동체 구성원으로서의 윤동주가 경험한 일련의 사건들을 복원해내고 디아스포라로서 윤동주의 현실인식과 에큐메니컬 지향의 시 세계를 보다 선명하게 드러내고자 한다.

본 연구자가 파악한 바에 의하면, 북간도 기독교 공동체는 디아스포라의 땅 북간도에서 놀라운 일련의 '사건들'을 경험한다. 그들은 '집단 이주'를 하였고 '새 민족 공동체'를 구상하여 학교를 세우고 교육에 온 힘을 쏟았다. 그리고 그들은 '집단 개종'을 하여 '평등사상 같은 기독교 신앙을 직접 경험한다. 그들은 그러한 과정을 통해서 이른바 '에큐메니컬 정신 : '화해와 일치의 평화'를 지향하는 정신"을 획득하게 된다. 그래서 '해방 이후' 보수적인 서북 기독교11)와는 다른 진보적 기독교의 기원으로서 북간도 기독교 공동체를 형성하게 된다.

이때 '진보'의 의미는 진화론적 사관에서 말하는 막연한 역사의 발전을 의미하지 않는다. 그렇다고 이분법적 틀 안에서 보수와 맞서는 의미의 진

---

11) 여기서 '**보수적인 서북 기독교**'는 식민지 시기가 아니라, **해방 이후에 남한 사회에 나타난 보수적 흐름**을 가리킨다. 사실 평양은 '동방의 예루살렘'으로 불릴 정도로 신앙적 열정이 가득했고, '생명적 신앙'으로도 충만한 공간이었다. 안창호, 길선주, 이용도, 조만식, 정재면 등과 같은 인물은 교회사를 넘어서 한국근현대사에서도 큰 발자취를 남긴다. 다만, 식민지 시대에 일본이라는 외적인 억압에 의해 서북 기독교의 활동이 위축되었고, 미국의 근본주의 신앙을 가진 소수의 선교사들에 의해 탈현실적인 신앙을 강요받았던 상황은 분명한 사실이다. 그리고 해방 이후, 서북 기독교 세력 중 일부가 이승만 정권에 협력하여 서북청년단에 가입하는 등 보수화되어 가는 과정을 한국 근현대사에서 확인할 수 있다.

보만을 뜻하지도 않는다. 새로운 역사를 창출해내는 역동적인 민중의 '역사적 주체성'을 전제한 진보이고, 모든 존재자가 살아가는 세계를 생성하기 위한 진보이다. 포용적 태도를 지향하면서도 그 세계의 형성을 가로막는 억압적이고 폭력적인 세력에 대해서만 맞서는 개념의 진보인 것이다. 더구나 이러한 '보수/진보'의 프레임조차 스스로 보수주의, 정통주의를 자인하는 서북 기독교 중심 세력들에 의해서 규정된 개념으로, 서북 기독교인들은 그들 외에 다른 세력을 가리켜 '非서북 기독교' 혹은 '진보적 세력', '자유주의 신학'이라고 부르면서 중심에서 쫓겨난 소수자로 분류해 왔다. 따라서 북간도 기독교 공동체를 가리켜 '진보적 기독교의 기원'이라고 하는 까닭은 그들 공동체가 이분법적 시각을 지니고 있었다는 의미가 아니라 스스로 중심이라고 여기는 '보수적 기독교' 세력과 구분 짓기[12) 위함이다.

이런 북간도 기독교 공동체의 특성은 그 구성원이었던 윤동주의 시 세계를 구성하는 데 결정적 영향을 미친다. 디아스포라의 특성상 언어(모어)로 자신의 존재를 증명하려는 경향이 짙게 나타나는데, 윤동주는 그 중에서도 언어에 대한 애착이 남달랐다. 그런 윤동주에게 북간도 기독교 공동체는 언어의 근원(Ground)이면서 언어에 대한 절대적 기준이었고, '하늘과 바람과 별과 詩' 그 자체였다.

구체적으로 북간도 기독교 공동체는 윤동주의 시 세계를 구분하는 기준으로 작용한다. 짧은 詩歷에도 불구하고 그의 시 세계는 크게 세 가지로 세분화될 수 있다. 첫째, 북간도 기독교 공동체에 직접 머물면서 쓴 작품들. 둘째, 북간도 기독교 공동체를 떠나면서 쓴 작품들. 셋째, 북간도 기독교 공동체 정신이 직·간접적으로 함의된 작품들로 나눌 수 있다. 이러한 분류

---

12) 서북 기독교 세력이 형성한 '보수/진보'라는 이분법적 프레임은 초월과 성스러움을 지향해야 할 종교가 이데올로기에 포섭된 인상을 강하게 주기 때문에, 사실 <복음주의>와 <역사주의> 신앙으로 구분 짓는 것이 보다 바람직해 보인다.

방식은 윤동주의 행적을 단순히 나열하면서 '북간도-조선-일본'이라는 공간을 대등하게 평가하는 기준과는 달리, 윤동주 시에서 파악되는 의식적 측면에 맞추어 재분류한 것이다. 이렇게 볼 때, 북간도 기독교 공동체에 머물던 유년 시절에 윤동주는 그곳의 풍경을 직접적으로 묘사함으로써 '종교'와 '동심'라는 응축된 언어의 세계를 보여준다. 물론 그 자체로서 완결성을 지닌 시적 언어라고 평할 수는 없지만 시 세계의 가능성을 내포한 언어의 세계를 드러내었다는 측면에서 긍정적인 의미를 부여할 수 있다. 그리고 북간도 기독교 공동체를 떠나면서 윤동주는 마침내 디아스포라적 현실인식을 하게 된다. 실존 의식과 더불어 역사의식까지 지니게 된다. 그리고 결국, 북간도 기독교 공동체의 신앙적 지향점과 일치하는 에큐메니컬 시 세계가 윤동주의 시집의 형성에도 영향을 미친다. 4장에서 본격적으로 언급하겠지만 시집『하늘과 바람과 별과 詩』의 '시작'과 '끝'에 나오는 두 시편은 모두 에큐메니컬 시 세계를 형상화하고 있고, 그 '사이'에 놓인 시편들도 에큐메니컬 세계의 구성 요소인 '성찰적 주체'와 '역사의식'을 선명하게 드러내고 있다.

이러한 연구는, 윤동주 연구사에서 그동안 '초월/내재', '보편/특수'라는 이분법적 구도로 그의 시를 파악하던 관행에서 탈피하여 변증법적 위치에서 그의 시를 해석하는 새로운 독법이 될 수 있다. 다시 말해서 북간도 기독교 공동체가 추구한 에큐메니컬 세계는 진보적 신학인 아래로부터의 신학에 근거하여 보편성을 추구한 것에 그 의미가 있듯이, 윤동주의 시 세계도 보편성을 추구할 수 없는 상황에서 보편성을 지향한 점에서 윤동주 시의 진정한 가치가 있다는 것이다. 이러한 가치는 '저항시/순수시', '기독교/반기독교' 등의 이분법적 구도를 넘어서 윤동주 시가 궁극적으로 지향한 세계를 규명할 수 있게 해 준다는 뜻이다. 이처럼 윤동주의 에큐메니컬 시 세계는 이분법적 구도를 넘어서 통전과 통합을 향하는 면모가 강하게 드러난다. 물론 디아스포라 담론과 같은 접근법은 윤동주 연구에 대한 넓이와 깊이를 꾸준하게 확보해 왔다. 하지만 결국 윤동주 시가 지향한 세계를 밝히기 보다는 윤동주를 바라보는 희생적 측면만이 두드러지게 부각되기도 했다. 이런 맥락에서 디아스포라를 넘어서 모든 존재자들을 위한 에큐메니컬 세계를 지향하는 윤동주의 시적 면모가 좀 더 구체적으로 밝혀지기를 기대한다. 디아스포라들의 "경계를 지우는 작업은 경계에 대한 폭로에서가 아니라 외적 경계를 횡단하는 **연대의 상상력, 그리고 위계화된 내부의 경계를 횡단하는 탈주의 활동**에서만 완수"13)되는데, 그 소통의 시학이 윤동주의 에큐메니컬 시 세계에서 고스란히 담겨 있기 때문이다.

이렇듯 본 연구는 북간도 기독교 공동체와의 관련성 속에서 윤동주의 시를 파악하려고 한다. 그렇다고 해서 이 연구가 "서정적 주체들이 견지한 고유한 미학적 자의식보다 시인들의 현실 대응 양상에 관해서 주로 집중적인 해석과 평가"14)를 내리는 관행적 문법을 따르겠다는 것은 아니다. 그리고 북간도 기독교라는 특정한 종교가 그의 시 형성에 영향을 미친 것으로 판단하였다고 해서, 그의 시에 대해 "특정 종교 사상을 시적으로 번안한 것으로 좁혀서 해석하거나, 그가 가지고 있던 신앙의 부수적 표현물 정도로 이해하는 태도"15)에 머무르지도 않을 것이다. 또한 윤동주의 시 세계가 지니는 "역동성 또는 풍부한 재해석 가능성을 원천적으로 차단하는"16) 오류를 범하지도 않을 것이다. 오히려 윤동주 시 텍스트를 제대로 분석하기 위해서 그의 '삶의 자리'를 살펴볼 것이고, 윤동주 시 텍스트가 지니는 고유한 미적 특성을 선명하게 드러내기 위해서 "서정적 주체의 내면에서 역동적으로 운동하는"17) 체화된 북간도 기독교의 정신을 밝히려고 노력할 것이다.

---

13) 진은영(2014), 『문학의 아토포스』, 그린비, 305쪽.
14) 유성호(2015), 『다형 김현승 시연구』, 소명출판, 12쪽.
15) 위의 책, 13쪽.
16) 위의 책, 13쪽.

이를 위해 그동안 각 영역에서 파편적으로 존재하던 다양한 결과물들을 하나의 일관된 관점으로 읽어내고, 빼어난 연구임에도 불구하고 그동안 간과되었던 연구들을 새로운 유기적 관계망을 통해 그 의미를 되살려 그 업적들을 재평가할 것이다. 따라서 기존 담론들에서 제기된 문제들을 우선 수용·정리하고, 제자리를 맴돌던 기존 담론에서 벗어나 새로운 연구의 방향을 제시하고자 한다.

그리고 이러한 연구 과정에서 주의 깊게 읽히기를 기대하는 두 가지 측면이 있다. 먼저 이 연구에서 제시한 사료들이 주목받기를 기대한다. 본 논문에서는 윤동주의 북간도 기독교와 관련된 에큐메니컬 관련 자료들을 정리하였고, 특히 윤동주가 다니며 영향을 받았을 연희전문학교 원두우 목사의 취임 연설문도 제시하였으며, 진보적 기독교로서 북간도 기독교 공동체의 면모를 신학적으로 밝히는 자료들도 언급하였다. 더불어 몇 해 전 발견된 명동촌의 '막새기와' 문양을 사진 자료로 제시하였다. 윤동주 연구사에서 송우혜의 『윤동주 평전』[18], 오양호의 북간도 자료[19], 조재수의 『윤동주 시어사전』[20], 김응교의 『처럼』[21], 류양선의 『윤동주』[22], 그리고 왕신영·심원섭·오오무라마스오·윤인석 등이 엮은 『사진판 윤동주 자필 시고전집(증보)』[23] 등의 출현은 윤동주 시 연구의 중요한 변곡점을 마련해 준 것이 자명한 사실이다. 하지만 수백 편의 연구 논문들이 쏟아져 나온 것에 비해 실증적 토대 자료를 극소수 연구자에게만 의존하고 있는 것도 부

17) 위의 책, 13쪽.
18) 송우혜(2004), 『윤동주 평전(재개정판)』, 푸른역사.
19) 오양호(1995), 「북간도, 그 별빛 속에 묻힌 고향」, 『윤동주 연구』, 문학사상사 외 다수.
20) 조재수(2005), 『윤동주 시어사전』, 연세대학교출판부.
21) 김응교(2016), 『처럼』, 문학동네.
22) 류양선(2015), 『윤동주』, 북페리타.
23) 왕신영 · 심원섭 · 오오무라마스오 · 윤인석 엮음(2002), 『사진판 윤동주 자필 시고 전집(증보)』, 민음사.

인할 수 없는 현실이다. 따라서 동일한 자료들이 반복해서 인용되는 만큼 해석의 범주도 제자리를 맴돌고 있는 실정이다. 이 자료가 윤동주 시 연구의 폭을 넓히고 조금이라도 유용한 자료로 인식되기를 기대한다.

다음으로, 본 연구에서 윤동주의 모든 시편들을 습작기의 언어, 시집『하늘과 바람과 별과 詩』, 그리고 '시집 이후 시편들'의 편차를 고려한 점이 타당하게 받아들여지기를 기대한다. 윤동주는 '퇴고의 시인'이라고 할 만큼 자기 검열이 강했고, 시적 완성도를 위해서 누구보다도 치열한 진정성을 보여 주었다. 그런데 그의 시를 습작기 시편들까지 복원하여 시집에 수록된 작품들과 동일한 잣대로 평가한 소수의 선행 연구들은 시인의 의도와도 맞지 않는 접근일 뿐더러 무의미한 일이라 판단된다. 그보다는 습작기 시절의 언어를 완성된 형태의 시편으로 보지 않고 '시적 가능성'을 응축한 언어의 흔적들로 파악하는 것이 적절하다고 본다.

이러한 연구 목적과 의도를 통해 윤동주의 시 세계가 보다 선명하게 규명되어, 그에 대한 기억과 그가 몸담았던 공동체의 모습이 온당하게 되살아나길 바란다.

2. 시인 윤동주 복원의 역사

윤동주의 시는 오늘날 많은 사람들에게 그 가치를 인정받고 있다. 이렇게 된 데에는 가장 먼저 윤동주의 시가 내포하고 있는 시적 의미와 가치가 크기 때문이다. 하지만 그의 시적 가치는 그가 죽은 후에 그의 죽음을 안타까워하며 그의 시를 복원시킨 몇몇 사람들[24]과 그의 시를 기억하며 애창

---

24) 도둑처럼 찾아온 해방을 맞이한 지 얼마 되지 않아, 1947년 2월 13일 경향신문에 정지용의 소개 글과 함께 윤동주의 「쉽게 씌어진 詩」가 해방 후 최초로 발표된다.

한 사람들의 사랑이 존재했기 때문이며, 그리고 연구자들이 오랜 시간 양적·질적으로 연구물들을 축적해온 노력들이 있었기 때문이다. 이러한 노력 덕분에 윤동주의 시인 '되기'가 가능했던 것이다. 아래의 표는 다양한 층위에서 접근한 그간의 연구들을 정리한 것이다.

〈윤동주 시 연구 경향 분류〉

	연구 경향	구체적 접근 방식
1	윤동주 시 형성에 영향을 미친 요인 분석	1) 지리적 측면 2) 종교적 측면 3) 상호 텍스트적 측면
2	윤동주 시 텍스트 분석	1) 상징적 해석 2) 서정적 해석 3) 미학적 해석
3	윤동주 시가 읽히는 상황적 맥락 분석	

이렇게 많은 연구 중에서도 윤동주 연구의 계보학은 사실 정지용으로부터 시작된다. 윤동주가 문청시절에 가장 사랑했고 윤동주의 대타적 존재

1948년 1월에는 유고 31편을 모아 정지용의 서문을 붙여 『하늘과 바람과 별과 詩』를 정음사에서 간행하는데, 이때 작품 선별과 편집은 동생 윤일주가 담당한다. 이후 1948년 12월 누이동생 윤혜원이 윤동주의 중학 시절 원고를 가지고 고향에서 서울로 이주한다. 1953년 7월 15일에는 정병욱이 『연희춘추』에 「고 윤동주 형의 추억」을 기고한다. 그리고 1953년 9월에는 윤동주에 대한 최초의 본격적인 비평 「윤동주의 정신적 소묘」가 소석규에 의해 써진다. 시와 평론집 『초극』에 수록되어 있다. 1955년 2월에는 윤동주 10주기를 기념하여 89편의 시와 4편의 산문을 엮어 『하늘과 바람과 별과 詩』를 정음사에서 다시 펴낸다. 이때 초판본에 실렸던 정지용의 서문과 강처중의 발문은 제외된다. 편집은 정병욱의 자문을 받아 윤일주가 하고 표지화를 김환기가 담당한다. 그리고 1967년 2월에는 백철, 박두진, 문익환, 장덕순의 글을 책 말미에 추가 수록하고 판형을 바꾸어 새로 『하늘과 바람과 별과 詩』를 정음사에서 간행한다. 이런 각고의 노력 끝에 그의 언어가 시적 형태를 갖추어 비로소 세상의 빛을 보게 된다.

였던 정지용, 일본 도시샤대학교 선배이기도 한 정지용은 안타까운 마음으로 윤동주에게 기꺼이 '후배'라고 부르며 윤동주 시집『하늘과 바람과 별과 詩』의 序문을 쓴다. 윤동주를 가리켜 "무시무시한 고독"에서 죽어간 "얼음 아래 한 마리 잉어와 같은 조선의 청년"이라던 정지용의 표현처럼 윤동주 시는 그의 삶과 죽음 자체가 주는 감동과 연민의 힘이 매우 강하게 작용하여 읽힌다. 따라서 윤동주의 시를 연구할 때, 그의 시를 윤동주의 삶과 불가분의 관계로 이해하는 것이 오랜 연구사에서 대전제로 자리 잡아왔다. 신비평이 도입된 이래로 작품과 작가를 분리해 연구해야 한다는 것은 이미 상식에 해당되는 일이 되었지만 유독 윤동주만큼은 전기적 연구의 수혜를 입어 온 것이 사실이다. 올곧은 성품과 꼼꼼한 성격 탓에 시적 화자와 시인 윤동주를 겹쳐 놓아 보아도 무방할 때가 많다. 이러한 특징 때문에 시편들마다 창작 시기를 표기해 둔 것과 사진판 자료[25]에서 볼 수 있는 창작 과정의 흔적들은 다양한 유추적 해석을 하는 데에 신뢰를 주는 강력한 근거 자료가 되기도 한다.

따라서 윤동주 시의 연구사는 첫째, 그의 시가 형성되는 데 영향을 미친 생애사적 주요 요인들을 파악하는 것이 가장 큰 흐름을 형성하고 있다. 그 요인은 다시 1) 지리적 측면 2) 종교적 측면 3) 상호 텍스트적 측면 등으로 세분화된다.

1) 지리적 측면은 윤동주의 출생과 거주 경로에 따른 공간적 특성을 파악하여 윤동주 시와 결부 짓는 접근 방식이다. 즉 북간도(용정마을 명동학교) - 평양(숭실전문) - 서울(연희전문) - 일본(도쿄의 릿쿄대학/교토의 도시

---

25) 왕신영 · 심원섭 · 오오무라마스오 · 윤인석 엮음(2002),『사진판 윤동주 자필 시고 전집(증보)』, 민음사.

샤대학) - 북간도 등을 이동하면서 경험하였을 윤동주의 심리를 유추한 후,
시에서 반영된 정황들을 발견하고 그 가정들을 증명하여 왔다. 역사학자
인 송우혜의 노고 끝에 완성된『윤동주 평전』26)이 출판되면서 이러한 경
향은 더욱 설득력을 얻으며 그 외연을 점차 넓히기에 이른다. 시대적 상황
과 맞물려 저항시27)로 읽히기도 하고 삶과 죽음에 초점을 맞춘 자아의
식28)과 시적 주체를 심도 있게 연구29)하거나, 귀향 의식 · 부끄럼 · 희생정
신 등과 같은 윤리적 차원에서 시적 함의가 보다 선명하게 밝혀지기도 했
다. 이후 일본학자들과 오양호 등 국내 학자들 덕분에 더욱 견고한 토대를

---

26) 송우혜(2004),『윤동주 평전(재개정판)』, 푸른역사.

27) 백철은 시인의 저항 정신과 더불어 "내일"과 "새벽"이 자주 언급되는 점을 지적하
면서 민족을 대표하는 "순교자적 정열과 신념"을 소유한 자로 인식한다. 그러면서
특별하게 형식을 의식해서 기교를 부린 시인이 아니라 청신한 감각과 상상력, 그리
고 섬세한 정서에 바탕을 두고서 시 세계를 형성한 작가라고 평가한다. (백철
(1985),「暗黑期 하늘의 별」,『하늘과 바람과 별과 시』, 정음사) 그리고 1970년대의
잡지『나라사랑』은 윤동주를 특집으로 다루는데, 여기에 김용직, 김윤식, 염무웅,
신동욱, 윤영춘, 김정우, 박창해, 정병욱, 장덕순, 윤일주 등이 여러 자료들과 해석
들을 쏟아낸다. 여기에 수록된 자료들은 주로 윤동주의 주변을 살피는데 초점을 맞
추고 있다. 그 밖에도 많은 논문들이 발표되면서, '저항성'의 문제를 중심으로 윤동
주의 존재를 문학사적 위치에 어떻게 선정할 것인가 고심한다. 이건청의 견해도 여
기에 해당한다(이건청(1992),「윤동주 시에 있어서의 양심과 신념의 문제」,『한국
학논집』21·22, 한양대학교 한국학연구소).

28) 이진화는 윤동주 시의 자의식 양상을 규명하여, 식민지 현실에서 어떻게 작용하는
지 고찰하여 '소외'의식 문제에 대한 해석을 내어 놓는다(이진화(1984),「尹東柱詩
研究 : '自我認識'의 양상을 중심으로」, 서울대학교 문학석사 학위논문).

29) 김우창은 시가 어떻게 내면성과 실존적인 자아실현 사이를 왕래하여 어떤 전개 과
정을 거쳤는가, 그것을 과제로 작품을 면밀하게 고찰한다. 거기에 시인의 비극적인
대결의 자세와 자아의 실제적·윤리적 완성의 추구를 설명한다. (김우창(1976),「손
들어 표할 하늘도 없는 곳에서」,『문학사상』, 4월호) 그리고 이숭원의 논문(「윤동
주 시에 나타난 자아의 변화양상」,『국어국문학』107, 국어국문학회, 1992년)도 비
교적 치밀한 논리적 전개를 펼치는데, 자아의 변모 양상 과정을, '자아와 세계와의
만남', '자아 갈등의 분열', '자아의 합일에 이르는 길'로 분류하여 순수한 고뇌와 정
신에 초점을 맞춘다. 정의열(2003),「윤동주 시에서의 "새로운 주체" 연구」, 서울대
학교 대학원 석사학위논문, 그 외에도 권혁창, 김덕수, 박혜경의 논문도 동일한 시
각으로 접근한다.

구축하게 되면서 보다 입체적인 실증적 자료들을 확보하게 되고, 디아스포라 담론과 같은 최근 논의들도 도출하게 된다. 이런 과정을 거치면서 최종적으로 '북간도'의 지리적 중요성을 함께 인식하는 것에 합의하게 된다.30)

2) 종교적 측면31)은 윤동주가 신실한 그리스도교인이었다는 점을 염두

---

30) 김열규는 '북간도'라는 공간을 "고향이 될 수 없는 고향"에 주목하여 세계와 자아 사이의 상극을 지적한다. 그리고 삶의 근원을 상실한 윤동주의 운명을 시 정신으로 규정한다. (김열규(1964), 「윤동주론」, 『국어국문학』 제 27호) 그리고 오양호는 북간도 지역의 중요성을 본격적으로 피력하면서 북간도 관련 자료들을 발굴하고 소개하며 정리한다. 송우혜의 『윤동주 평전』도 상당 부분 북간도 지역의 중요성을 설명하는데 지면을 할애하고 있다.

31) 1970년대 잡지 『크리스챤 文學』에서 윤동주를 특집으로 다룬 바 있다. 이후 박이도와 최문자가 심도 있는 연구 논문을 제출한다. 박이도는 다른 기독교 시인과의 비교를 통해서, 최문자는 기독교적 원형 상징을 윤동주가 어떻게 수용했는지를 집중적으로 분석하면서 접근한다. 그 외에 연세학교, 한신대학교, 협성대학교 등과 같은 미션스쿨 신학 논문에서 윤동주의 시를 분석하는 사례도 등장했다. (관련논문 : 곽동훈(1977), 「신과 인간 : 윤동주 시와 그의 신앙과의 관계」, 『국어국문학』 16, 부산대학교 국어국문학과, 박이도(1984), 「한국 현대시에 나타난 기독교 의식 : 윤동주, 김현승, 박두진의 시」, 경희대학교 대학원 박사학위논문, 강신주(1992), 「한국 현대 기독교 시 연구 : 정지용, 김현승, 윤동주, 최문순, 이효상의 시를 중심으로」, 숙명여자대학교 박사학위논문, 임종성(1992), 「기독교 정신과 시적 수용의 양상 : 윤동주, 김현승, 박두진, 박목월을 중심으로」, 『어문학교육』 14, 부산교육학회, 박춘덕(1993), 「한국 기독교시에 있어서의 삶의 신앙의 상관성 연구 : 윤동주, 김현승, 박두진을 대상으로」, 부산대학교 박사학위논문, 최문자(1995), 「윤동주 시 연구 – 기독교적 원형 상징의 수용을 중심으로」, 성신여자대학교 박사학위논문, 한영일(2000), 「한국 현대 기독교시 연구 : 윤동주, 김현승, 박두진의 시를 중심으로」, 성균관대학교 대학원 박사학위논문, 최종환(2003), 「현대시에 나타난 기독교 죄의식의 심리학적 연구 – 윤동주, 김종삼, 마종기의 시를 중심으로」, 경희대학교 박사학위논문, 김인섭(2004), 「한국현대시에 나타난 기독교의 구원의식 : 윤동주, 김현승 시를 중심으로」, 『문학과 종교』 Vol, 9No, 1, 한국문학과 종교학회, 한영자(2004), 「윤동주 시의 기독교적 생명의식 연구」, 『새얼어문논집』 제16집, 새얼어문학회, 한영자(2006), 「일제 강점기 한국기독교 시연구」, 동의대학교 박사학위 논문, 류양선(2007), 「윤동주 시에 나타난 종교적 실존 : 「돌아와 보는 밤」 분석」, 『어문연구』, 통권13호, 한국어문교육연구회, 김재진(2007), 「윤동주의 시상(詩想)에 담겨진 신학적 특성」, 『신학사상』 통권 제136호, 한국신학연구소, 유성호(2008), 「한국 현대

에 두고 기독교의 교리와 성서적 배경을 윤동주 시에 맞추어 분석하는 방식이다. '十字架', '八福', '이브' 등과 같은 성서적 기표가 언급된 점을 단서로 성서를 인용하여 시를 해석하거나 '속죄양 의식', '원죄 의식', '구원 의식' 같은 기독교적 도그마(dogma)로 그의 시를 설명하기도 한다. 그리고 김현승·박목월·박두진 등과 같은 시인들과 비교함으로써 윤동주 시에 나타난 기독교적 특성을 분석하는 시도도 존재한다. 이 같은 노력은 윤동주의 윤리 의식에 새롭게 접근할 수 있다는 가능성을 보여주었고 자기 성찰적인 윤동주 시의 면모를 부각시켰다는 측면에서 긍정적으로 보인다. 그리고 한국 근대화 초기 기독교 교리와 성서가 보편화되기 이전에 일반적인 사실들을 사람들에게 인지시키는데 큰 공헌을 한 것은 분명하다.

3) 상호 텍스트적 측면은 윤동주 시가 형성되는 데 결정적인 영향을 미친 문인들의 작품을 분석함으로써 접근하는 방식이다. 당대 한국의 대표적 작가인 이상·정지용·백석 등의 시들과 비교하거나[32], 외국작가인 릴

시에 나타난 종교적 상상력 : 윤동주와 김현승의 경우를 중심으로」, 『근대시의 모더니티와 종교적 상상력』, 소명출판).

32) 관련 논문 : 최동호(1980), 「서정적 자아탐구와 시적변용 : 이상, 윤동주, 서정주를 중심으로」, 『어문논집』21, 고려대학교 국어국문학연구, 최동호(1981), 「한국현대시에 나타난 물의 심상과 의식의 연구 - 김영랑, 유치환, 윤동주의 시를 중심으로」, 고려대학교 박사학위 논문, 이상호(1987), 「韓國現代詩에 나타난 自我意識에 관한 研究 - 李相和와 尹東柱의 詩를 중심으로」, 동국대학교 박사학위논문, 조병기(1990), 「한국현대시에 나타난 비극적 서정성 연구 : 이육사와 윤동주 시의 전통적 맥락을 중심으로」, 성균관대학교 박사학위논문, 김수복(1990), 「한국현대시의 상징유형 연구 : 김소월과 윤동주의 시를 중심으로」, 단국대학교 박사학위논문,강신주(1992), 「한국 현대 기독교 시 연구 : 정지용, 김현승, 윤동주, 최문순, 이효상의 시를 중심으로」,숙명여자대학교 박사학위논문, 강성자(1992), 「서정주와 윤동주의 자의식 비교 : 서정주의 초기시와 윤동주의 시를 중심으로」, 『청어람문학』 7, 청어람문학회, 최종환(2003), 「현대시에 나타난 기독교 죄의식의 심리학적 연구 - 윤동주, 김종삼, 마종기의 시를 중심으로」, 경희대학교 박사학위논문, 정원정(2005), 「이상과 윤동주 시 비교연구 : 자아인식을 중심으로」, 한양대학교 석사학위논문,

케33)와 프랑시스 잠, 그리고 일본 작가 등의 작품 성향과 유사한 점을 찾는 방식을 취한다. 물론 직접적 개연성은 없지만, 이상화34), 이육사, 서정주35) 등의 작품과 비교하는 연구도 접근 방식 면에서는 유사한 것으로 이해할 수 있다. 이러한 연구 덕분에 근대 모더니즘을 윤동주가 어떻게 수용하였는지36)와 어떤 시적 전략을 구사했는지 파악하게 되었고, 다양한 문학사조의 흐름 속에서 윤동주 시의 위치를 가늠하게 되었다. 그리고 당대 시인들의 공통 감각을 읽어내어 시대별 문제 의식이 드러나게 되었다. 가령 절망적인 식민지 상황으로 인해 무기력한 패배 의식에 젖어 있던 시인들의 많은 작품에서 자화상 전략이 일관되게 나타났다는 사실을 밝히게 되었다.37)

이재복(2007), 「한국 현대시와 숭고 : 이육사와 윤동주를 중심으로」, 『한국언어문화』 제34집, 한국언어문화학회.

33) 이유식은 윤동주를 인사이더가 아닌 '아웃사이더'로 명명하는데, 그 이유를 현실과 타협하지 않고 항상 현실과 거리를 유지하면서 현실 밖에 위치하기 때문이라고 설명한다. 또, 방 안에서 "창" 밖에 현실을 관찰함으로써 "어둠"이 아닌 "밝음"을 원했던 시인의 고독한 내면세계를 구성하고, 시에 나타난 존재의 불안정함을 통하여 릴케적인 요소를 찾아낸다(이유식(1963), 「아웃사이더的 人間性」, 『현대문학』).

34) 이상호는 윤동주의 시를 이상화의 시와 비교하면서 윤동주 시의 '자아의식 변화의 순환 구조'를 선명하게 드러낸다. 시간의 흐름에 따라 '하강/상승'의 구도를 선명하게 보여주면서 윤동주가 내향적 성향이 강하고, 자아성찰에 관심을 두는 시인이었기에, 이상화 보다 '하강/상승'의 진폭이 다소 적었다고 설명한다(이상호(1988), 「韓國現代詩에 나타난 自我意識에 관한 硏究 : 李相和와 尹東柱의 詩를 中心으로」, 東國大學校, 문학박사학위논문).

35) 최동호는 이상과 서정주와 윤동주를 비교하면서 윤동주 시의 자아가 서정적 자아라고 규정한다.

36) 오세영은 윤동주의 존재를 한국 문학사에서 청록파와 대립되는 위치에 있는 시인으로 규정하여, 모더니즘 계열의 전통을 계승하는 입장으로 이해한다. 그리고 정지용과 김광균의 시구와 대비하면서 윤동주 시의 감각적인 이미지를 부각시킨다(오세영(1975), 「尹東柱의 文學史的 位置」, 『현대문학』, 4월호).

37) 박종화(1923), 이상(1936), 노천명(1938), 윤동주(1939), 윤곤강(1939), 서정주(1941), 권환(1943), 박세영(1943) 등이 일제시대 「자화상自畵像」이라는 제목으로 시를 쓴 바 있다. 오문석과 류양선의 논문은 윤동주의 시가 이러한 '자화상' 전략을 어떠한 방식을 통해서 구사하고 있는지 구체적으로 밝히고 있다(류양선(2012), 「윤동주의

그리고 둘째, 윤동주 시의 연구사는 시 텍스트 자체를 분석[38]하는 데 집중하는 흐름이 존재한다. 그 흐름은 다시 1) 상징적 해석 2) 서정적 해석 3) 미학적 해석으로 나뉜다.

1) 상징적 해석은 기존의 지배 담론이었던 윤동주의 삶에 대한 관심에서 탈피하고자 노력한다. 윤동주의 윤리적 정신과 삶을 변론하는 도구로 그의 시가 사용되다 보니 자연스레 시적 의미는 왜소해질 수밖에 없다는 문제 제기를 한 것이다. 덕분에 시 텍스트 자체에 집중하여 그 의미가 보다 풍성해지는 계기가 마련된다. 본격적으로 체계적인 이론에 바탕을 둔 해석학적 방법론이 도입되면서 다양한 결을 따라 읽히게 되고, 경직되었던 윤동주 시의 시어들이 새로운 의미를 부여받기에 이른다. 마침내 윤동주 시편 전체를 작품 분석의 대상으로 삼아 하나의 일관된 관점에 따라 심도 있는 해석적 작업이 이루어지기 시작한다. 특히 마광수는 이러한 경향에서 선구적 역할을 담당한다. 그는 상징으로 윤동주 시 전체를 조망하며 박사 학위[39]를 제출한다. 작품 해석의 본령을 작가의 의도 파악이 아니라 작품의 의미 파악에 두면서 작품 곳곳에 나타나는 '상징적 표현'에 주목한다. 보다 체계적인 분석을 통해 구체적으로 시인의 의식 세계를 다각적으로 밝혀낸다.[40] 그리고 이어서 최문자, 김현자, 임현순, 정의열 등의 연구들이

'자화상 연작'과 시정신의 성장과정」, 『한어문교육』 제27집, 오문석(1998), 「1930년대 후반 시의 '새로움'에 관한 연구」, 『상허학보』 제4집).

38) 김흥규는 전기에서 후기에 이르기까지 詩作의 전체적 특성과 그 변천을 살피고, 그 의식 세계를 밝히는 데 중점을 둔다. 시 텍스트 자체에 집중한 선구적 논문으로 평가할 수 있다(김흥규(1974), 「尹東柱論」, 『창작과 비평』, 가을호). 구경분은 동요만을 대상으로 치밀한 시 분석을 시도한다. 그리고 조재수는 윤동주 시 전체를 치밀한 분석 과정을 통해 『윤동주 시어 사전』을 내어 놓는다. 통계자료를 구체적으로 제시하고, 풍성한 해석을 할 수 있도록 유용한 자료를 제공한다(조재수(2005), 『윤동주 시어 사전 - 그 시 언어와 표현』, 연세대학교 출판부).

39) 마광수(1983), 「윤동주 연구」, 연세대학교 박사학위논문.

쏟아져 나온다. 이들의 연구는 폴 리쾨르의 이론을 적용하여 논리적 전개를 펼쳐나가는 공통점을 보인다.

2) 윤동주의 시를 저항시가 아닌 순수 서정시로 해석해야 한다는 주장도 제기된다. 저항시 혹은 종교시는 일종의 선입견이 작용하였기에 이러한 선입견을 배제하면서 윤동주가 보편적인 자연물[41]을 시어로 채택한 것을 근거로, 순수 서정을 노래한 시인으로 이해하자는 견해이다. 저항 텍스트를 넘어 시의 본래적 의미를 되찾으려는 근본적인 시도로 볼 수 있다.

3) 미학적 해석은 윤동주의 시가 보편성을 띠게 된 원인을 찾아가는 과정에서 시의 내적 아름다움이 지닌 미적 구조를 밝힌다. 특히 결코 간과할 수 없는 윤리 의식과 결부시켜서 숭고미[42]로써 윤동주의 시가 주는 감동의 원리를 규명한다. 기존 담론을 수용하면서도 그것을 바탕으로 그동안 간과되었던 측면을 보완하며 윤동주 시 연구를 심화시킨다.

이렇듯 시 텍스트에 집중하는 작업들은 비록 소수의 연구자들에 의해 이루어졌지만 내용적 차원에서 기존의 지배 담론과 대칭을 이루며 균형을 잡아주는 역할을 하게 된다. 그리고 윤동주의 시를 예술 작품 본연의 자리로 돌려놓았고 이를 통해 시를 시자체로 읽어내는 근본적인 작업이 비로소 이루어지게 되었다고 볼 수 있다. 하지만 간혹 실증적 전기 자료가 철저하게 배제된 채 접근하여 자의적으로 과잉된 해석을 도출하는 경향도 보

---

40) 마광수 이외에도 김용직은 "한국 근대시에서 윤동주야말로 상징의 재문맥화를 제대로 보여준 시인"이라고 윤동주를 평가한 바 있다(김용직(1992), 「비극적 상황과 시의 길」, 이건청 편저, 『윤동주』, 문학세계사, 145~169쪽).

41) 김우종은 자연의 신비와 그 아름다움에 매료되는 시인의 서정적 감각과 지성인으로서 사명의식을 갖고 마지막까지 자유와 평화, 사랑과 양심에 봉사한 시인으로서의 자세를 높이 평가한다(김우종(1976), 「암흑기 최후의 별」, 『문학사상』, 4월호).

42) 이재복은 윤동주의 시에서 '깊이의 숭고'를 찾아낸다. 이육사의 "광야"가 '넓이의 숭고'라면, 윤동주의 "우물"은 '깊이의 숭고'라는 것이다(이재복(2007), 「한국 현대 시와 숭고 : 이육사와 윤동주를 중심으로」, 『한국언어문화』 제34집, 한국언어문화학회).

이기도 한다.[43] 그럼에도 불구하고 새로운 논의의 계기가 마련되었다는 측면에서 고무적인 일임에는 분명하다.

마지막으로 셋째, 윤동주 시의 연구사는 윤동주의 시가 읽히는 상황과 읽는 사람들의 선입견이 강하게 작용하면서 형성되는 흐름도 존재한다. 가령 윤동주의 시를 저항시나, 중국 연구자들에 의해 조선족 시인이 쓴 시로 보거나, 기독교 종교시로 보는 것이 대표적이다. 최근 김신정의 연구[44]는 윤동주 시가 형성된 배경을 살피거나 시 텍스트를 분석하지 않으면서도, 현재적 관점에서 사회·문화·정치적으로 어떠한 의도로 읽히는지 집중함으로써 새로운 연구의 한 측면을 보여주었다.

하지만 이런 방대한 연구의 업적에도 불구하고 몇 가지 문제점이 있다. 본 연구는 선행 연구의 첫 번째 경향 '윤동주 시 형성에 영향을 미친 요인 분석'에 가장 가까운 접근 방식을 채택하고 있지만, 각 흐름에서 노출된 문제점들을 귀납하여 보완하는 총체적인 연구를 시도할 것이다. 연구사에서 파악되는 문제점들을 살펴보면 다음과 같다.

첫째, 다양한 영역에서 그의 삶과 시를 연구하여 그 자료가 갈수록 방대해져가고 있음에도 불구하고 연구들은 하나의 총체적 결과물들로서 응집

---

43) 이에 대해 이남호는 상징적 해석이 안고 있는 해석상의 혼란을 극복하기 위해 의도주의의 입장에서 작품을 꼼꼼하게 읽는 방식을 취한다. 따라서 일관되게 나타나는 갈등의 양상을 구체적으로 드러낸다. '화해와 사랑의 세계', '시대적인 양심'의 내면적 갈등에서 '한 걸음 성장한 자아·내면적 완성'에 이르는 과정의 기록으로 윤동주의 시세계를 읽어낸다(이남호(1987), 「윤동주 시의 의도연구」, 고려대학교 박사학위논문).
44) 김신정(2014), 「윤동주 기억의 담론화 과정 : 연변의 집단 기억과 조선족 정체성」, 『국제한인문학연구』, Vol.13, 국제한인문학회.

된 완결성을 보여주지 못하고 있다. 여전히 연구들은 산발적으로 존재하고 있는 실정이다. 한국 문학이라는 틀을 넘어 중국·일본·프랑스·러시아 문학과의 비교 문학적 검토가 이미 이루어지고 있으며, 역사학·종교학·교육학 등의 각 분야의 전공자들이 유용한 자료[45]들을 꾸준히 제공하고 있지만, 윤동주 연구에 대한 담론들은 크게 바뀌지 않고 있는 상태이다. 1960~1970년대 시대 상황과 맞물려 윤동주 시를 저항적 텍스트로 이해하는 흐름에서 크게 벗어나지 않았을 뿐만 아니라, 송우혜[46]와 오양호[47], 그리고 일본 학자들이 사명감을 갖고 매진하는 실증적 토대 작업은 여전히 소수의 연구자들에 의해서만 이루어지고 있다. 그들의 자료마저도 충분히 활용되지 못한 채, 기존 해석적 선행 연구에만 의존하는 경향은 부정할 수 없는 윤동주 연구사의 자화상이라고 할 수 있다.

지금까지 쏟아져 나온 수백편의 논문 형식만 보더라도, 교육학·종교학 관련 석사 학위 논문과 소논문이 대부분이고 박사 논문은 십여 편에 불과하다. 그마저도 윤동주 시에만 집중하여 전념하는 논문[48]은 손에 꼽을 정

---

45) 1990년대에 이르러, 윤동주 연구에서 문예지나 학회지의 논문은 다소 감소하는 대신, 석사논문을 중심으로 문학의 영역을 넘어 종교학·교육학 등과 같은 다양한 영역에서 연구가 시작되었다. 물론 문학적 깊이에 있어서만큼은 기존의 문학 연구들을 넘어서지 못했지만, 연구의 외연을 넓혔다는 측면에서 긍정적으로 판단된다.

46) 평전은 이건청, 권일송, 송우혜가 쓴 것이 있는데, 이 가운데 송우혜의 것이 자주 인용되고 있다. 후쿠오카 감옥에서 윤동주와 함께 했던 송몽규의 조카이면서 문학가적 성향과 역사학 전공자라는 이력(履歷)이 결합하고, 거기에 10여 년에 걸친 자료 수집, 답사, 증언 채록 등의 노력이 더해지면서 윤동주 연구에서 체계적이고 종합적인 자료를 만들어 내었다는 평가를 받고 있다.

47) 오양호(1995), 「북간도, 그 별빛 속에 묻힌 고향」, 『윤동주 연구』, 문학사상사.

48) 마광수(1993), 「윤동주 연구」, 연세대학교 박사학위논문, 이남호(1987), 「윤동주 시의 의도연구」, 고려대학교 대학원 박사학위논문, 이사라(1987), 「윤동주 시의 기호론적 연구」, 이화여자대학교 박사학위논문, 박의상(1993), 「윤동주 시의 사회심리학적 연구 : 자기화 과정을 중심으로」, 인하대학교 대학원 박사학위논문, 최명환(1993), 「윤동주 시연구」, 명지대학교 대학원 박사학위논문, 최문자(1995), 「윤동주 시 연구 – 기독교적 원형 상징의 수용을 중심으로」, 성신여자대학교 박사학위논문,

도이고, 이상/정지용/이상화/이육사 등의 시인들과 비교하면서 연구한 결과물[49]들이 여럿이다. 물론 양적 결핍이 질적 결핍을 의미하는 것은 아니다. 비교론적 관점을 평가절하 하는 것은 더욱 아니다. 다만, 적어도 그동안 윤동주가 한국 문학사에서 과대평가되었다는 문제제기에 대해, 윤동주 연구자로서 윤동주에 대한 총체적 연구가 먼저 선행된 다음에 논의를 하는 것이 바람직해 보인다는 견해를 피력하자는 것이다.

둘째, 디아스포라 담론은 결코 부정할 수 없는 중요한 흐름이지만, 연구의 흐름이 고착화되면서 이후 담론을 파생시키지 못하는 한계를 보이고 있다. 그리고 윤동주를 이념화, 신화화함으로써 '시인'과 실체로부터 소외시키는 결과를 초래[50]하기도 한다. 식민지 상황과 결부시키는 관성이 강하게 작용하여 윤동주 시를 결국, 저항 코드의 변용인 희생자적 면모에서만 파악하게 되고, 이것은 결과적으로 해석적 메마름으로 이어질 수 있다는 것이다.

구마키 쓰토무(2003), 「윤동주 연구」, 숭실대학교 대학원 박사학위논문, 왕신영(2007), 「윤동주와 일본의 지적 풍토」, 고려대학교 대학원 박사학위 논문, 박의상(1993), 「윤동주 시의 사회심리학적 연구 : 자기화 과정을 중심으로」, 인하대학교 대학원 박사학위논문.

49) 최동호(1981), 「한국현대시에 나타난 물의 심상과 의식의 연구 - 김영랑, 유치환, 윤동주의 시를 중심으로」, 고려대학교 대학원 박사학위 논문, 박이도(1984), 「한국 현대시에 나타난 기독교 의식 : 윤동주, 김현승, 박두진의 시」, 경희대학교 대학원 박사학위논문, 이상호(1987), 「韓國現代詩에 나타난 自我意識에 관한 研究 - 李相和와 尹東柱의 詩를 중심으로」, 동국대학교 대학원 박사학위논문, 조병기(1990), 「한국현대시에 나타난 비극적 서정성 연구 : 이육사와 윤동주 시의 전통적 맥락을 중심으로」, 성균관대학교 대학원 박사학위논문, 김수복(1990), 「한국현대시의 상징유형 연구 : 김소월과 윤동주의 시를 중심으로」, 단국대학교 대학원 박사학위논문, 최명환(1993), 「윤동주 시연구」, 명지대학교 문학박사학위논문, 한영일(2000), 「한국 현대 기독교시 연구 : 윤동주, 김현승, 박두진의 시를 중심으로」, 성균관대학교 문학박사학위논문, 최종환(2003), 「현대시에 나타난 기독교 죄의식의 심리학적 연구 - 윤동주, 김종삼, 마종기의 시를 중심으로」, 경희대학교 박사학위논문.

50) 정우택(2014), 「윤동주에게 있어서 '시'와 '시인-됨'의 의미」, 『근대서지 제 9호』, 근대서지학회, 473쪽.

셋째, 종교적 측면에서 접근한 연구들은 자칫 문학이 종교의 하위 범주에 놓이면서 문학이 종교의 포교 도구로 전락할 가능성이 존재하고, 시의 본질이라고 할 수 있는 '기표(signifiant)'가 배제된 채 '기의(signifié)'를 중심으로 윤동주의 시가 읽힐 가능성도 존재한다. 그리고 실증적 자료를 엄밀하게 검토하지 않은 채 윤동주가 수용한 기독교의 특성을 신학적으로 제대로 파악하지 못한 상태에서, 지극히 일반적이고 상식적인 수준에 머문 채로 화석화된 도그마만 남는 해석을 할 가능성도 염려스러운 부분이다. 선행 연구에서 이미 밝혀졌듯이, 윤동주가 접한 기독교적 요소, 즉 북간도 기독교의 특색, 명동학교·숭실·연희전·도시샤 등과 같은 미션스쿨의 특성을 제대로 분석하는 것이 선행되어야 함이 마땅하다.

넷째, 김신정처럼 윤동주의 시를 어떻게 보는지, 읽는 방식이 중요하기도 하지만 불가피하게 작용되는 선입견을 어떻게 처리하느냐의 문제도 중요하다. 선입견이 연구자의 지평을 토대로 긍정적 결과로 이어지기도 하지만, 무엇보다 중요한 것은 균형감각을 유지하며 객관성과 타당성을 최대한 확보해야 한다는 것이다.

이렇듯 그간 축적된 결과물에도 불구하고, 윤동주의 북간도 연구에는 여전히 보완해야 할 영역들이 남아 있다. 사실 선행 연구들은, 윤동주의 시와 삶의 자리를 꼼꼼하게 살핀 후에 윤동주가 경험한 북간도의 독특한 풍경을 복원한 것이 아니라, 시대적 흐름에 따라 부각된 이론의 잣대를 통해 관행적으로 결론을 도출해 왔다. 그 결과, 윤동주 시 세계가 지향하는 구체적 내용에 대해서 설명하지 못하는 한계를 노출시켰다. 이러한 문제를 해결하기 위해서는 윤동주 시를 '어떻게 읽을 것인가'도 중요하지만, 그에 못지않게 윤동주 시가 '어떻게 쓰였고 어떠한 맥락에서 윤동주가 시를 쓰게 되었는지'가 더 중요하다. 따라서 윤동주 북간도의 의미를 살필 때도, 그

곳(공간)의 본질을 규정하는 보편화 작업 이전에, 실존의 자리를 치밀하게 파악하는 작업이 선행될 필요가 있다. 이렇게 새로운 접근 방식으로 윤동주가 경험한 북간도의 풍경을 좀 더 정확하게 재구성한다면, '만주'의 개념과는 다른 차원의 '북간도'의 모습, 즉 단순히 지리적 의미로 환원할 수 없는 독특한 자장(磁場)을 형성하고 있는 윤동주만의 북간도의 풍경을 발견할 수 있을 것이라 기대한다.

3. 에큐메니컬은 무엇인가?

본 연구는 역사·신학·문학 등 다양한 학문의 총체적 접근[51]을 통해서 윤동주의 시 세계를 규명할 계획이다. 학문이 전문화·세분화 경향을 넘어서 간학문적 태도로 전환되는 까닭은 파편화된 연구들을 유기적인 의미망을

---

51) 루카치나 마르크스, 아도르노의 '총체성(totalität)' 개념이나, 사물의 보편적 규정 중의 하나로서 개개 사물들의 여러 관계의 총체를 뜻하는 '전체성(Ganzheit)' 개념을 굳이 빌리지 않더라도, 연구 대상인 윤동주 시에 대한 총체적 접근이야말로 현시점에서는 가장 유용한 방법론이라고 본 연구는 믿고 있다. 개별과 일반, 특수와 보편을 이분화하지 않고, 상호 유기적인 관계망 속에서 파악하는 사유는, 오늘날 융합의 시대정신과도 부합한다. "저 하늘의 별을 보고 집으로 돌아가는 길을 찾아갈 수 있던 시절"을 꿈꾼 게오르크 루카치, "아침에는 밭을 갈고, 오후에는 사냥하고, 저녁에는 비평을 하는 노동과 놀이가 일치하는 사회"를 갈망한 마르크스, "지금은 신이 숨어버렸지만 오래전 신과 인간이 함께 놀고 함께 싸우던 시절"을 그리워하던 루시앙 골드만의 현실 지적처럼, 파편화된 현실은 필연적으로 '소외'를 발생시키는 법이다. 하지만 지금까지 개별적으로 존립하던 문학/예술/종교/교육/역사/철학 등의 경계를 넘어서는 순간, 소외는 소멸 가능하며, 그 '무'의 자리에서는 새로운 언어가 창출될 수 있다. 마찬가지로 윤동주 시에 관한 연구들도 그동안 다양한 각 영역에서 독자의 독법이나 수용되는 정치적, 문화적 맥락에 따라 풍요로운 재해석의 공간을 마련해 왔으나, 이제는 각 영역의 경계를 넘어서 서로의 견해들을 긍정적으로 수용하고, 해석 가능한 모든 층위에서 텍스트가 담고 있는 의미들을 문맥에 맞게 복원하여 새로운 언어들을 재구성할 수 있을 것이다.

통해 융합하여 새로운 의미를 부여하기 위함이다. 하지만 자칫 학문적 깊이를 상실할 경우 이것도 저것도 아닌 것으로 전락할 위험성도 동시에 지니고 있다. 따라서 윤동주 시를 문학과 종교와 역사가 만나는 자리에 놓고 그 관계망에 주목하여 깊이 있는 연구를 진행하고자 한다. 여기서 문학은 윤동주의 시적 언어로, 종교는 에큐메니컬 개념으로, 역사는 북간도 기독교의 공동체로 압축하여 정의할 수 있다. 이러한 각 영역의 중요 요소들은 서로 긴밀하게 관련을 맺고 있다.

다음 장에서 자세히 살펴보겠지만, 북간도 기독교 공동체의 특성은 여러 구성원들의 삶을 통해 증명된다. 마찬가지로 공동체의 특성은 윤동주의 정신과 그의 시적 언어 속에서도 발현되고 있다. 공동체 구성원으로서 윤동주는 북간도에서 경험한 일련의 '역사적 사건들'을 '詩'라는 문학적 양식을 통해 일종의 '공적 기억'으로 드러낸다.[52] 그리고 라깡식으로 말하자면, 상징계와 공동체의 개념이 만나는 자리에서 주체는 태어나기 이전부터 존재했던 공동체의 언어나 문화 속에서 탄생하며, 주체는 끊임없는 타자와의 상호 주체성(intersubjective)을 통해 주체의 정신에 각인되어 주체의 무의식을 형성해 나가는데, 윤동주의 경우 그 무의식적 자리에서 그의 언어가 생성된다.

이에 관해 유성호 교수는, "우리로서는 윤동주가 기독교라는 하나의 세계를 시적으로 번안하거나 또는 그것을 적극적으로 언표하려 했던 시인이라기보다는, 내적 가능성이자 삶의 자양으로 숨쉬고 (북간도) 기독교적 세계관을 시편의 곳곳에 삶의 고백으로 실어 보인 시인으로 보려고 한다. 따라서 그의 시에 나타나는 (북간도 기독교의) 종교적 상상력은 의식적으로

---

52) 가령 『별혜는밤』에서 "별하나에 詩"라고 하는 대목이나, 시집 제목에서 『하늘과 바람과 별과 詩』에서 보듯이 자연물과 함께 "詩"를 나열하는 것에서 그 근거를 찾을 수 있다. 이에 관한 설명은 4장에서 구체적으로 다룰 예정이다.

언표되어 있다기보다는 내면화되어 숨어 있고, 적극적으로 추구되고 있다기보다는 배면에서 무의식적 전제가 되고 있다고 할 수 있다"53)고 말한다. 즉 "언표되는 소재적 기호로서의 종교성이 아니라 내적 기제로서, 숨겨진 삶의 원리로서, 그리고 자신의 시의 궁극적 파토스의 토대로서 (북간도 기독교의 특징은) 윤동주에게서 오롯이 빛난다"54)고 설명한다. 더구나 디아스포라인 윤동주에게 북간도에서 습득한 언어는 '모어'로서 존재를 증명하는 유일한 수단이기도 했다.

이러한 발견은 윤동주 시를 초월성과 내재성, 보편성과 특수성이라는 이분법적 시각으로 바라보던 연구 관행에서 벗어나게 해 준다. 그의 시는 식민지라는 특수한 상황에서 발생한 저항시를 넘어 보편적 의미를 함의하고 있고55), 그의 시선은 초월성을 강조하는 종교시에만 고정되어 있지 않고 이 땅에 머무는 존재자들의 내면에도 머물고 있는 것이다. 사실 윤동주에게서 '저항의 면모'는 일정 부분 드러나지만 **저항의 대상은 명확히 드러나지 않는다.** 그것은 그의 존재 증명으로써 그의 시 쓰기 행위가 누군가를 죽이고 대립하는 방식이 아니라 모든 존재자를 살리는 존재 방식이었기 때문이다. 이렇듯 초월과 내재, 보편과 특수 등의 변증법적 생명의 자리에서 윤동주의 시는 그 자장(磁場)을 형성하고 있다.

이러한 윤동주의 시 세계는 '포월(匍越)'56)이라는 개념과 '생태학'57)적 시각과 '타자의 윤리'58)로도 설명이 가능하다. 하지만 앞서 밝힌 것처럼 윤

---

53) 유성호(2008), 『근대시의 모더니티와 종교적 상상력』, 소명출판, 140쪽.
54) 위의 책, 149쪽.
55) 이러한 측면에서 윤동주가 공산주의에 대해서 한 번도 언급하지 않은 이유를 짐작할 수 있다.
56) 홍기돈(2006), 「경계와 윤리, 그리고 포월」, 『창작과 비평』 Vol.34, 창작과 비평사, 366~380쪽.
57) 김옥성(2012), 『한국 현대시와 종교 생태학』, 박문사.
58) 신형철(2008), 「그가 누웠던 자리」, 『몰락의 에티카』, 문학동네.

동주의 시적 세계를 그의 발생론적 根源인 북간도 기독교 공동체와의 관련성 속에서 '에큐메니컬'이라는 개념으로 접근할 때에 비로소 그의 시에 내장되어 있는 특별한 면모를 규명할 수 있다.

그렇다면 '에큐메니컬'은 구체적으로 무엇을 의미하는가? '에큐메니컬'은 그리스어 '오이쿠메네'(οἰκουμένη)에서 유래된 단어이다. 오이쿠메네는 '오이코스'(oikos) 즉 '집'이란 어근에서 파생된 언어이다. '집'이란 단어가, 가족이 모여 사는 유기체적 삶의 공동체를 뜻하는 것에 착안하여, 오이쿠메니아(oikoumenia, 살림살이), 에코노미(economy, 경제와 경세), 에콜로지(ecology, 생태학) 같은 어휘들도 생성된 것이다. 따라서 오늘날 통용되고 있는 '에큐메니컬'의 사전적 의미는 '사람들이 살고 있는 온 세상'(the whole inhabited world)이다.[59]

그런데 중요한 점은 이 에큐메니컬이 신학 이론의 연역적 사유에 기인해서 도출된 것이 아니라, 교회와 민중들의 '삶의 자리'에서 실천적 운동으로 시작되었다는 점이다. 신약성서에서 예수는 "아버지여, 아버지께서 내 안에, 내가 아버지 안에 있는 것같이 저들도 다 하나가 되어 우리 안에 있게 하사, 세상으로 아버지께서 나를 보내신 것을 믿게 하옵소서"(요한복음 17:21)라고 기도한다. 이러한 예수의 마음과 달리 분열된 세상을 만들어 버린 상황에 대해 에큐메니컬은 반성한다. 이전의 삶의 방식과는 다른 '메타노이아'(μετανοια), 즉 '회개(방향 전환)'를 통해 '세상 사람들이 살고 있는 세상에서 올바른 책임을 감당하는 공동체'로 거듭나겠다는 다짐을 한다. 이러한 특징 때문에 '에큐메니컬'을 규정지을 만한 신학적 이론은 특별히 고정되어 있지 않다. 대신 끊임없이 세계교회협의회를 통해 이론적 배경을 추가적으로 보완하고 그 방향성을 지속적으로 수정해 나가고 있다.

에큐메니컬 운동은 그 기원이 오래되었으나[60] 20세기 중반부터는 WCC

---

59) 오귀스탱 베르크(2000), 『외쿠메네』, 동문선, 245~300쪽.

(World Council of Churches-세계교회협의회)의 주도 아래 전개되었다. 1948년 네덜란드 암스테르담에서 창립된 이래 65년 동안 이어져온 WCC는 7년 마다 총회를 개최한다는 규정에 따라 2013년 부산 대회까지 모두 10회에 이르는 총회를 열었다. 총회의 주제들만 살펴보아도, 에큐메니컬 운동이 인식한 문제 의식과 그 노력들을 쉽게 파악할 수 있다.[61]

제1차 암스테르담(네덜란드) 총회(1948)[62] : 인간의 무질서와 하나님의 섭리
제2차 에반스톤(미국) 총회(1954) : 그리스도-세상의 희망
제3차 뉴델리(인도) 총회(1961) : 예수 그리스도-세상의 빛
제4차 웁살라(스웨덴) 총회(1968) : 보라, 내가 만물을 새롭게 하리라

---

60) 에큐메니컬 운동은 1948년 네덜란드 암스테르담에서 WCC가 창립되기 전부터 세계 교회 안에서 꾸준히 모색하고 추진되던 관심과 조직들의 종합적 결정체이다. 초기에는, 분열되고 흩어진 채로 복음적 사명을 다하지 못하는 교회들이 각 교파의 좋은 점은 계속 이어가면서도, 전체 교회가 어떻게 하나 됨을 이룰 것인가라는 '교회 일치와 연합 운동'의 과제를 자각하였다. 이 과제를 '신앙과 직제'(Faith and Order)라는 것으로 집중해 연구하고 실천했다. 그러다가, 세계 각지에 흩어져 활동하는 다양한 복음 선교 공동체들이 어떻게 보다 효과적이고 협동적인 복음 전도와 선교 사명을 감당할 것인지 1910년 에딘버러 세계선교대회(WMC)를 통해 깊게 토론했다. 그 정신이 1921년 국제선교협의회(IMC)로 이어져 발전했다. 한편, 1·2차 세계대전을 비롯해 지구촌의 지역 분쟁과 전쟁의 비극을 겪는 동안 '평화의 복음'으로서 사명을 다하지 못한 교회 지도자들은 심각한 자기 성찰과 회개를 하였는데, 교회가 구체적인 인간 공동체의 삶 속에서 화해와 평화를 실현시켜야 한다는 자각이 점점 커지면서 '삶과 봉사'(Life and Work)라는 이름의 기구를 탄생(1925년)시켰다. 세계 교회는 이 기구를 통해 하나님이 사랑하시고 구원하시려는 지구촌의 정치, 사회, 문화 등 현실적인 문제를 연구하고 실천하였다(이형기(2011), 『에큐메니컬 운동의 패러다임 전환 : '신앙의 직제'와 '삶의 봉사'의 합류』, 한들출판사 참조).

61) 2013년 8월 18일 경동교회에서 열린 "여해 에큐메니컬 포럼" 중 김경재 교수의 주제 발표를 중심으로 에큐메니컬 자료를 정리함(김경재(2013), 「강원룡 목사와 에큐메니컬 운동-여해(如海)의 에큐메니컬 사상과 활동 그리고 한국에서의 실천」, 『여해 에큐메니컬 포럼집』, 경동교회 여해문화공간). 이 외에도 안스 요아힘 반 데어 밴트, 연규홍 옮김(2013), 『WCC의 에큐메니컬 신학』, 동연, 레이문트 콧체/베른트 묄러 엮음, 정용섭 옮김(2000), 『에큐메니컬 교회사 3』, 한국신학연구소, 마이클 키나몬/안토니오 키레오폴로스 편저, 이형기 외 옮김(2013), 『개정증보판 : 에큐메니컬 운동』, 한들출판사 등 3권을 참고하여 에큐메니컬 자료들을 정리함.

제5차 나이로비(케냐) 총회(1975) : 예수 그리스도는 자유하게 하시며 하나 되게 하신다
제6차 밴쿠버(캐나다) 총회(1983) : 예수 그리스도-세상의 생명
제7차 캔버라(호주) 총회(1991) : 오소서, 성령이여 만물을 새롭게 하소서
제8차 하라레(짐바브웨) 총회(1998) : 하나님께 돌아와 소망 중에 기뻐하라
제9차 포르토 알레그레(브라질) 총회(2006) : 하나님, 당신의 은혜 가운데 세상을 변화시키소서
제10차 부산(한국) 총회(2013) : 생명의 하나님, 우리를 정의와 평화로 이끄소서

여기에서 WCC 총회 주제를 신학적으로 분석해 보면, 성부 하나님 중심에서 성자 그리스도 중심을 거쳐 성령 중심의 사고로 옮겨 가는 사실을 발견하게 된다. 인간의 죄에 대한 고백과 하나님의 주권, 그리스도의 화해와 인류의 분열 극복, 그리고 생명의 영이신 성령을 강조하면서 '상황과 복음'의 변증법적 상호 관계가 나타나고 있는 것이다. 그리고 각 회의들의 주요 의제(agenda)는, '교회의 사회적 책임', '책임사회론', '개인 구원과 사회 구원', '하나님의 선교', '인간화', '오늘의 구원', '제3세계 빈곤과 양극화', '지속 가능한 사회', '생태학적 윤리', '복음의 토착화와 이웃 종교와의 대화 협력' 등이었다. 그들이 얼마나 교회의 사회적 책임[63]을 중요하게 인식하였

---

62) 제 1차 총회의 주제는 '인간의 무질서와 하나님의 경륜'(Man's Disorder and God's Design)이었고 의제는 '책임 사회'(Responsible Society)였다. 이러한 주제와 의제의 배경에는, 왜 인간 사회와 기독교회 안에 갈등과 분쟁이 일어났는가를 진지하게 회개하고 성찰하면서 그리스도인으로서, 또 교회가 앞으로 증언하고 나아가야 할 사회 윤리를 모색하는 노력이 있었다. 암스테르담 총회에 모인 세계 기독교 지도자들은 제1·2차 세계대전 동안, 특히 제2차 세계대전을 일으킨 히틀러의 정치적 우상 권력에 아무런 비판적 저항과 효과적인 대응을 못한 것에 대해 깊이 반성하고 회개하는 마음을 가지고 있던 터였다. 그런데 세계는 제2차 세계대전의 종료와 함께 연합국이던 미소 양국을 중심으로 새로운 냉전 구도가 형성되었다. 곧이어 전 인류와 개별 국가의 시민들은 냉전 체제하에서 상호 긴장과 갈등, 내전, 혁명, 전쟁의 위협에 노출되고 말았다. 이런 맥락에서 WCC 암스테르담 총회에서는 이러한 동서 냉전의 갈등과 위기 속에서 그리스도인을 비롯해 모든 인류가 '책임 사회'의 건설에 부름받고 있음을 선언한 것이다.

63) 폴 틸리히, 라인홀드 니버, 존 베넷 등의 신학자에게서 이러한 입장을 발견할 수 있

는지 알 수 있다. 정리하자면 교단/교회의 일치 운동으로 시작한 에큐메니컬 운동은 점차 확대되어 온 세계 구성원들의 화해와 일치의 평화 세상을 추구하는 흐름으로 발전하였다.

그런데 이러한 에큐메니컬 운동에 대해 오해하는 몇 가지 시각이 존재한다.[64] 첫째는 기독교 외부에서 에큐메니컬 운동을 단순히 교회만을 위한 '교회 연합 운동'으로 바라보는 시선이다. 이것은 에큐메니컬을 이분법적 사고에 근거한 '천국'의 개념으로 오해하여, 기독교의 교세 확장이나 복음 전도에 초점을 맞춘 기독교 왕국 건설 운동으로 인식한 것이다. 하지만 에큐메니컬 운동이 말하는 복음 전파와 선교의 의미는, 15세기부터 시작하여 19세기에 절정에 이른 비기독교 문명권에 대한 문화, 정치, 군사, 경제적 압박이 병행되는 '십자군적 기독교 교세 확장'과는 확연히 구별된다. WCC에서 말하는 '사랑, 정의, 평등, 평화, 생명 충만' 등의 개념은 '십자군적 복음'이 아니라 '십자가(희생과 사랑)의 복음'을 추구하기 때문이다. 에큐메니컬 운동은 이 땅에서의 '정의, 평화, 창조 질서의 보존(JPIC-Justice, Peace, Integrity of Creation)'을 지향한다.

둘째는 에큐메니컬의 일치 개념을 획일성으로 오해하는 시각이다. 특히 교파 의식이 강하고 자기 교단의 교파 신학이 가장 정통적이고 복음주의적이라고 자만하는 교회 지도자들은 '교회 연합 혹은 일치 운동'마저 이단

다. '세상의 정치 경제 이념'과 그리스도인의 '자유와 증언으로서의 삶' 사이에서 발생하는 그리스도인들의 사회 윤리 문제에 그들은 관심 갖는다. 특히 라인홀드 니버의 기독교 윤리 신학의 용어로 표현하자면 '크리스천 리얼리즘'(Christian Realism) 등으로 이해할 수 있다.

64) 여해와 함께 엮음(2011), 『사이·너머(between & beyond): 여해(如海) 강원용의 삶과 현대사의 발자취』, 대화문화아카데미, 2011, 강원용(1967), 「에큐메니칼 운동과 사회 문제」, 『벌판에 세운 십자가』, 현암사, 강원용(1995), 「그리스도는 세상의 빛」, 『강원용 전집』 2권 복음의 혁명과 검의 혁명, 삼성출판사, 최덕성(2005), 『에큐메니칼 운동과 다원주의』, 본문과 현장사이. 등 총 4권의 책을 참고하여 정리함.

과 정통을 뒤섞어놓는 경박한 교회 획일주의라고 비판한다. 그러나 에큐메니컬 운동은 애초부터 획일적인 교리나 신학을 내걸고 교회들을 하나로 통일하려는 의도가 없었다. 그동안 WCC는 끊임없이 '다양성 속의 일치'(Unity in Diversity)를 표방해 왔다. 현재 WCC 안에는 개신교의 대표 교파들, 아프리카 콥트교회, 동방정교회, 그리고 영국 성공회가 참여하고 있으며 로마가톨릭교회도 특별위원회 활동에 대표를 보내고 있다. 그리고 에큐메니컬의 일치는 과거에 역사 속에서 나타났던 '팍스 로마나'(Pax Romana)의 평화 일치, 만주국 '오족협화'(五族協和)에서 말하는 권력에 의한 일치를 의미하지 않는다. 소수자와 타자의 권리를 복원시키려는 '장소적 현장성 안에서의 일치'(unity in locality)의 자리에서 에큐메니컬의 일치 운동은 시작된다.

셋째는 기독교 내부에 존재하는 오해의 시각으로, '교회의 사회적 책임'과 관련하여 WCC가 순수 복음 전도와 인간 영혼의 구원 문제를 소홀히 하고, 세속적 정치 사회 문제에만 관여하려 든다는 견해이다. 특히 냉전 시대에, 그리고 한국 같은 첨예한 남북 대결 구조에서 에큐메니컬 반대자와 비판자는 아예 에큐메니컬 신앙 노선을 용공주의라고 악선전하기도 했다. 하지만 분명히 세계교회협의회(World Council of Churches)는 1948년 1차 총회 때부터, "우리 주 예수 그리스도를 구주로 고백하는 교회들의 코이노니아"로 1차 총회를 규정하고 있다. 그리고 "성경의 증언에 따라 구주로 고백하고, 성 삼위일체 하나님의 영광을 위한 교회의 공동 소명을 성취하려고 모인 교회들의 코이노니아"로 분명히 밝히고 있다.

따라서 에큐메니컬 운동은 표준적이고 규범적인 교리 혹은 신학을 제시하거나 강조할 목적으로 시작되지 않았다. 그리스도인으로서의 공통 고백, 즉 성서의 권위와 그리스도의 구세주 되심과 삼위일체적 신관을 고백하면서도, 모든 그리스도인이 하나님의 영광과 교회가 감당해야 할 공동 소명을 효과적으로 실천하기 위해 결집을 추동하는 사귐의 공동체를 지향한다. 그러면서도 각 교파와 교단의 전통, 신학, 전례, 교리의 특징을 자유롭게 고백하도록 하는 열린 공동체의 성격을 지니고 있다. '교리 강화와 전파'가 목적이 아니라 '사랑과 정의의 실천'을 목적으로 하며, 신학자나 성직자만의 모임이 아니라 모든 하나님의 백성(모든 존재자들)을 공동체의 주체자로 인식한다. 그래서 '다양성의 속의 통일성, 즉 '일치'를 추구하는 정신에 토대를 두고 있으며, 낯선 타자와의 공존, 공생을 통해 조화를 지향하는 생명 운동의 성격을 지니고 있다. 명령/복종, 지배/피지배의 대립적 관계가 아닌 상호 교호적 관계성을 회복하고자 하는 언어, 이것이 에큐메니컬인 것이다.

이러한 측면 때문에 에큐메니컬 운동은 현재, 전 세계 교회가 참여하는 것은 물론, 타 종교와도 대화를 시도하는 등 보편적 가치를 획득하고 있다. 그리고 캐나다 몬트리올 국제 영화제와 베니스 국제 영화제에서도 '에큐메니컬 심사위원상'이 제정됨에 따라 예술 작품을 평가하는 잣대로도 인정받고 있다. 따라서 예술 장르인 문학 작품도 에큐메니컬의 시선으로 접근할 수 있는 가능성이 존재한다. 이러한 판단에 따라 에큐메니컬 문학으로서의 가능성을 윤동주에게서 발견하고 에큐메니컬 세계로서의 윤동주의 시를 재구성하는 것도 새로운 과제일 수 있다. 이러한 방법론과 주요 개념을 중심으로 연구를 진행하고자 한다.

Ⅱ. 윤동주 시의 발생론적 根源, 북간도 기독교 공동체 연구

1. '디아스포라의 땅' 북간도에 세운 '새 민족 공동체' 이야기

한국 근대 문학에서 북간도는 결코 간과할 수 없는 비중을 차지하고 있다. 북간도의 역사만으로도 문학사를 재구성할 수 있을 정도이다. 한국 근대 소설사에서는, 안수길이 『북간도』에서 '이한복' 일가의 이주를 통해 19세기 중반 이후 진행된 우리 민족의 본격적인 북간도 이주를 역사적으로 형상화하였다. 정비석은 『삼대』에서 만주국 시기의 북간도(만주)를 개척과 식민을 기다리는 땅, 행복이 보장된 복권과도 같은 땅, 이전까지의 신분과 지위와 상관없이 새로운 성공을 꿈꿀 수 있는 신생의 공간으로 그렸다. 그리고 이태준은 『꽃나무는 심어놓고』에서 농사를 지어도 살아갈 방법이 없는 일가족의 비참한 정황과 난가가 된 한 집안을 형상화 하면서 북간도 유이민의 배경을 묘사했다. 김사량은 『유치장에서 만나 사나이』에서 간도로 향하는 이민자들과 함께 압록강변의 국경까지 기차를 타고 따라갔다가 '국경'을 건너지 못한 채 서럽게 울고 돌아오는 '왕백작'을 통해 당대의 궁핍함과 지식인의 우울을 증언했다. 그리고 20년대 북간도를 배경으로 한 최서해의 「홍염」(조선문단, 1927.1)과 김동인의 「붉은 산」(삼천리,

1932.4)은 북간도 이주민들의 곤경과 궁핍함, 그리고 조선 유이민들이 중국인 지주와 관헌(혹은 마적)에 의해 박해받는 상황을 담아내기도 했다.[65]

그리고 정인택, 채만식, 함대훈, 이기영, 한설야의 작품에도 북간도는 '만주국'이라는 개념으로 중요한 의미를 차지하며 등장한다. 1930년대 후반 북간도는 1931년의 만주사변과 1938년의 중일전쟁의 현장이었고, 일본이 만주국을 세워 '오족협화(五族協和)'를 외치며 대륙침략 정책을 펼치던 공간으로 전락한 상황이었다. 이런 까닭에 북간도는 일본이 만들어 낸 '대동아 공영의 담론'의 장으로 인식되어 때로는 부정적으로, 때로는 긍정적으로 묘사되기도 한다. 하지만 북간도(만주)는 대부분 일본이 의도한 '내재적 시선'의 한계를 극복하지 못한 채 작품의 주제로 다루어지곤 했다.[66] 이처럼 북간도는 일본 침략 전략과 맞물려 근대 식민지 소설에서도 부각되기도 했다. 이 외에도 수많은 작품 속에서 북간도 해석에 대한 다양한 층위들이 서로 겹쳐지면서, 북간도는 보다 선명한 모습을 드러내었다.

한국 근대 시사에서는, 김동환과 백석, 그리고 이용악 등이 북방(북간도)의 삶과 풍습, 의식과 시대적 응전 방식을 통해 문학 공간의 확장과 온전한 상상력의 회복을 보여준다. 이때 북방은 여러 민족이 때로는 부딪치고 때로는 화해하며 공존하는 공동체적 삶의 공간이자 훼손되지 않은 시원의 공간으로 나타난다. 그리고 시대적 비극 속에서도 희망을 놓지 않는 생명의 공간으로 인식되기도 한다.[67]

---

65) 이성시, 박경희(옮김)(2001), 「근대 문학의 만주 표상 논문집」, 『만들어진 고대』, 이화여자대학교 한국문화연구원, 350~372쪽.
66) 서경석(2004), 「만주국 기행문학 연구」, 『어문학』통권 제86호, 한국어문학회, 341~360쪽.
67) 곽효환(2007), 「한국 近代詩의 北方意識 연구 : 김동환, 백석, 이용악을 중심으로」, 고려대학교 문학박사학위논문, 145쪽.

같은 맥락에서 윤동주 시 연구의 역사도, 앞서 살펴본 것처럼, '북간도에 관한 해석의 역사'라고 해도 과언이 아닐 정도로 '북간도'가 큰 비중을 차지하고 있다. 정지용은 "아아, 間島에 詩와 哀愁와 같은 것이 醱酵하기 비롯한다면 尹東柱와 같은 世代에서부텀이었고나!"라고 윤동주의 초판 시집인 『하늘과 바람과 별과 시』(정음사, 1948년)의 '序'에서 선언함으로써, 윤동주의 시를 북간도와 관련지어 구체적으로 이해한 '첫 사람'이 된다. 정지용은 북간도의 지역성을 윤동주 시의 핵심 요소로 보고, 북간도를 윤동주의 詩와 哀愁의 발생론적 근원(根源)으로 파악하고 있는 것이다. 다시 말해 정지용이 바라본 윤동주의 시는 '메이드 인 북간도'라고 할 수 있다.

이러한 정지용의 언급 이후 윤동주 시 연구는 북간도의 특성과 강하게 결합되는 양상을 보이기 시작한다. 그런데 윤동주의 북간도는 다른 작가들의 작품에서 드러난 '만주'의 특성인 '만주이즘', '만주 유토피아' 등의 개념과는 달리, 수난의 부정적 이미지로 이해되곤 하였다. 북간도와 관련 있는 근대 문인들이 대부분 타지(他地)에서 태어나 북간도로 이동한 것과는 달리, 윤동주는 북간도에서 태어나고 자라난 생래적 이력을 지니고 있다. 그러므로 윤동주가 인식하고 구성한 북간도의 모습도 다른 문인들의 작품과 다를 수밖에 없다.

김열규는 이런 윤동주에 대해서, "그의 고향 땅 북간도는 망명의 땅이요, 유척의 땅이요, 끝내는 이방의 땅이었다. 고향이 될 수 없는 고향, 조국이 될 수 없는 땅이 그의 고향 북간도였다. 여기서 고향을 에우고 동주의 비극이 있다"[68]고 지적했다. 그의 말처럼 북간도는 이름 자체에서부터 역사적 비극성을 내포하고 있었다. 북간도(北間島), 즉 '사잇섬'의 사람들은 당시 서구 열강과 중국 그리고 일본 등의 '틈'에서 권력을 거머쥔 자들의 눈치를 보아야 하는 수모를 겪었고, 그 폭력 '사이'에 낀 채로 간도 참변과

---

68) 김열규(1964), 「윤동주론」, 『국어국문학』 27호, 국어국문학회, 96쪽.

같은 수난을 온몸으로 견뎌야만 했다. 윤동주를 저항 시인으로 보는 것은 그의 시를 적극적인 현실 대응으로 이해할 수도 있지만 북간도를 수탈의 현장으로 바라본 측면도 있다.

이렇게 볼 때 북간도의 비극성은 윤동주의 비극적 운명과 맞물려서 더욱 부각되면서 자연스레 디아스포라 견해들을 도출하게 된다. 결국 북간도는 윤동주처럼 '길 위'에서 살아가는 비극적 운명을 '디아스포라들의 땅'으로 결론을 지을 수 있다. 여기에서 사용된 용어인 '디아스포라'(διασπορά)는 '흩어진 사람들'(요한복음 7:35, 야고보서1:1, 베드로전서1:1)이란 뜻을 지닌 그리스어이다. 원래는 조국에서 살지 못하고 다른 나라에 이리저리 '흩어져 사는 유대인'을 가리키는 말이었다가, 점차 윤동주처럼 정치적 상황에 의해 '조국에서 살지 못하고 흩어진 자'들을 가리키는 일반적 의미로 확장되었다. 그래서 '디아스포라'에는 1) 고향 없는 존재들이 2) 억울하게 고난받고 3) 희생을 감내해야 하는 4) 비극적 삶의 뉘앙스가 짙게 배어 있다.

디아스포라 해석들은 북간도를 윤동주의 '고향 아닌 고향'으로 인식하며 논리를 구체적으로 전개해 나간다. 윤동주의 시편 「고향 집 - 만주에서 부른」에서 나타난 "남쪽 하늘 저 밑엔 / 따뜻한 내 고향 / 내 어머니 계신 곳 / 그리운 고향 집"의 구절을 언급하면서, 그들은 윤동주가 고향을 '북쪽에 위치한 북간도'로 묘사하지 않고 '남쪽 하늘'이라고 표현한 것에 주목한다. 그들이 밝힌 대로 윤동주에게 북간도의 의미는 분명, 일반적인 사람들이 고향에 대해 지니는 존재의 심리적 귀속성과는 차이가 있다. 이러한 그들의 문제 제기는 윤동주가 인식한 북간도의 의미를 명확하게 밝히고자 노력하는 과정에서 북간도 연구의 외연을 확장하고 풍부한 자료들을 제시하는 성과를 얻게 된다.

역사적 맥락 속에서 북간도는 '모든 것이 불가능하다'고 선언된 삶의 낭

떠러지에서 민중들(윤동주가 속한 분파)에게 새로운 '사건들'[69]을 가능하게 한 공간이었다. 그것은 새로운 문화의 정체성이 시작되는 '제3의 공간'이면서, 똑같은 기호들도 새롭게 채워지고 전이되어 재역사화될 '가능성을 지닌 공간'을 의미하기도 했다. '떠나고', '머무는' 행위를 반복해야 하는 디아스포라들은 숙명적으로 '길'을 찾았고, 본능적으로 '섹트(sect)'를 구성했다. 따라서 그들의 북간도는 다름 아닌 그들의 '공동체'[70] 자체를 의미했고, 그 중에서도 '북간도 기독교'에 뿌리를 내린 공동체를 가리키고 있었다. 요컨대 윤동주에게 '북간도'는 바로 '북간도 기독교 공동체' 그 자체였다는 말이다. 따라서 이 장에서는 그들의 '길 찾기' 도정에서 그들이 경험한 '원체험'을 우선적으로 살펴보고자 한다. 이로써 윤동주 시와 북간도 기독교 공동체의 상관관계를 증명하고, 그들의 '삶의 토대'로 작용한 북간도 기독교 공동체의 구체적 실체를 밝히고자 한다.

그렇다면 '북간도 기독교 공동체'는 과연 어떠한 '삶의 자리'에 놓여 있었고, 그들의 '원체험', 즉 그들이 경험한 '사건들'은 무엇이었는지 살펴보자. 윤동주의 북간도가 형성된 시점은 그의 증조부 윤재옥까지 거슬러 올라간다. 윤재옥은 김약연, 문병규, 남도천, 김하규 가족들과 함께 명동촌에 정착하는데, 그들은 모두 회령과 종성에서 한학(오룡천 실학)을 수학한 뒤 훈장을 하던 사람들이었다. 정착 과정을 살펴보면, 윤재옥은 간도로 이주하기 전에는 함경도 종성군 상장포에 살다가 42세 때인 1886년, 가족을 데리고 종성 맞은편 북간도(종성간도-북간도 자동)로 이주한다. 거기서 14년을 살았고 다시 인적이 드문 곳에서 농사를 짓다가, 다시 1900년 명동촌(북간도)으로 이사해서 마침내 그곳에 정착한다.[71] 윤재옥과 같이 함경도

---

69) 알랭 바디우, 조형준 옮김(2013), 『존재와 사건』, 새물결.
70) 여기서 '공동체'의 의미는, 베네딕트 앤더슨이 근대 민족 국가를 "상상의 공동체"라고 규정한 것과는 대비되는 실존적 성격을 지니고 있다(Benedict Anderson, *Imagined Communities: Reflections on the Origin and Spread of Nationalism*, Verso, 2006).

유학자들은 집단으로 이주하여 마을을 형성하였다. 원래 마을이란 자연 발생적으로 생성되는 법인데, 인위적으로 한 번에 생겨난 것[72]은, 그 '집단 의식'이 남다르고 상황에 따른 결속력이 강하다는 뜻으로 이해할 수 있다.

정착에 성공한 그들은 북간도에서 좀 더 구체적인 '새 민족 공동체'를 구상하고 열정적으로 실행에 옮긴다. 한 세대에서만 잘 먹고 잘 사는 것이 아니라 교육을 통해서 공동체의 미래 세대까지도 염두에 둔 계획을 세운다. 그들은 직접 학교를 세웠고, 직접 자녀 세대들을 길러냈다. 그리고 가르치기 위해 그들부터 먼저 배우는 데 힘을 썼다. 윤동주의 아버지 윤영석만 보더라도, 그는 1909년 명동학교에서 신학문을 배우고, 1913년에는 동료 4명과 함께 중국의 수도 북경으로 유학함으로써 선망 받는 '북경 유학생'이 되었다. 당시 불과 18세의 나이에, 북경에서 돌아와 모교인 명동학교의 교원이 되었다.[73] 이 명동학교는 윤동주, 문익환 등이 직접 학문을 배웠던 곳으로, 북간도 기독교 공동체의 대표적 학교였다. 처음에는 명동소학교였다가, 명동서숙으로 시작하여 명동학교로 개칭하였는데, 정주의 오산학교나 평양의 대성학교와 같은 맥락에서 신민회(新民會)의 영향을 받은 민족사학의 이념으로 운영되기도 했다. 그리고 '동만의 대통령'이라고 불리던 그들의 지도자 김약연이 직접 교장을 맡아 학교를 운영할 때에는, 시베리아 교포 자제들이 올 정도로 융성하였다.[74] 당시 학풍이 비교적 자유로웠고, 학교 선생님들의 차별화된 가르침이 이미 주변 사회에도 널리 퍼져 있었기 때문이다. 당시 사람들은 민족의 현실과 개인의 삶을 정면으로 돌파하는 수단으로서 교육의 필요성을 인식하고 있었다. 이처럼 명동학교는 새로운 민족 공동체의 요람으로 그 기능을 다 하고 있었다. 그리고 은진

---

71) 송우혜(2004), 『윤동주 평전(재개정판)』, 푸른역사, 39~46쪽.
72) 위의 책, 39쪽.
73) 위의 책, 32~35쪽.
74) 위의 책, 71~72쪽.

중학교와 명신여학교도 빼놓을 수 없는 북간도 기독교 공동체의 중요한 학교였다.[75] 이처럼 그들은 학교를 세워 민족을 위한 사상, 문화, 종교 등을 가르쳤는데, 이에 대해 북간도 기독교 연구자인 서굉일은 "민정 조직체였던 그들의 북간도 국민회는 한일 병합을 전후로 북간도 각처에 이주한 인사회를 개척하여 새 **민족공동체**를 세우고자 간민자치회, 간민교육회, 간민회 등을 이끌어 자치와 민족 교육을 실시했다"[76]라고 자세한 설명을 덧붙인다. 그리고 그들 구성원 중 한명이던 '기린갑이'[77] 문재린에 대해서 그의 손녀인 문영금이 그들이 꿈꾸었던 공동체의 모습을 다음과 같이 증언한다. 그들이 꿈꾸었던 공동체의 모습을 압축적으로 드러낸다.

> 명동촌에서 받은 영향으로, 할아버지는 가시는 곳 어디서나 이상촌을 만들려고 노력하셨다. 교회를 세우고 학교를 세웠다. (중략) 네 집안이 정착해서 일군 명동에서는 학전을 통해 한 마을이 힘을 합쳐 공동으로 젊은이들을 키워 냈다. 거기에는 빈부귀천이 없었으며, 여성들과 나이 든 이들도 야학을 통해 배움의 기회를 나누었다. **쓸 만한 재목은 공동체가 함께 키우고 서로 후원해 주기도 했다. 김규식 선생이 진로 안내를 해준 것만 보아도 큰 틀에서 계획하고 인재를 키웠다는 것**을 알 수 있다. 함경도에서 이주한 1세대인 김약연, 김하규, 김정규, 남위언, 문정호, 문치정 등은 문병규, 남종구 선생을 어른으로 모시고 만주에서 정착하여 젊은이들을 교육한다. 2세대는 김석관, 문성린, 문재린, 문학린, 김정훈, 김신묵, 김진국, 윤영석, 윤영춘 등이다. 명동촌이 배출한 3세대는 윤동주, 송몽규, 문익환, 문동환, 윤일주, 김기섭, 김정우, 김태균 등이다. 그 외에도 명동학교는 수많은 교육자, 민족지도자와 독립운동가를 배출했다.[78]

75) 은진중학교, 명신여학교는 '영국더기'이라고 해서 영국 선교사들이 세운 학교였다.
76) 서굉일(2008), 『일제하 북간도 기독교 민족운동사』, 한신대학교출판부, 7쪽.
77) 문재린의 아명.
78) 문재린/김신묵, 문영금/문영미(엮음)(2006), 「산자의 기억」, 『기린갑이와 고만네의 꿈』, 삼인, 592쪽.

윤동주가 평생을 학생 신분으로 살면서 끊임없이 배우는데 힘썼던 모습도, 이런 북간도 기독교 공동체의 풍토가 배경으로 자리 잡고 있었기 때문에 가능한 것이었다.

이후 그들은 일생일대의 새로운 사건을 경험한다. 그들은 신민회 소속이었던 정재면이 학교 선생으로 부임하면서 큰 전환점을 맞게 된다. 정재면의 남다른 인물됨과 가르침에 감화된 그들은, 마을 협의를 거쳐 기독교로 **집단 개종**을 하였다. 구체적으로 서전서숙이 폐교되고 명동학교가 들어설 무렵 그들이 세운 명동학교는 신교육을 실시하기 위하여 상동청년학원을 졸업한 정재면을 교사로 초빙하는데, 그의 권유를 받아들여 모두 기독교로 개종하게 된 것이다.[79] 이후 지도자였던 김약연과 문재린은 목사가 된다. 당시 김약연은 기독교를 민족구원의 종교로 인식하고, 용정 남쪽 4개 촌을 '명동'이라 명명한다. 그리고 마을 공동 출재로 학교와 교회[80]를 설립하고 전도인을 청하여 촌락민 모두에게 집단 입신을 권한다. 촌락민은 사회적 단위에 관련된 다수의 개인으로서 기독교도가 되기를 결정하였다. 따라서 촌락민 전체가 별로 큰 혼란 없이 기독교로 전향하게 된 민중운동이 전개된다.[81] 여기서 서구 제국주의의 종교였던 기독교를 배척의 대상으로만 여기지 않고, 민족의식에 기반을 둔 항일 정신과 연결시켜 인식하였다는 점은 매우 놀라운 사실이다.

그러면서 그들의 삶에도 새로운 풍경이 펼쳐진다. 유교적 신분 질서에 따라 당시 여성들은 이름도 없이 '고만네', '개똥네', '곱단이' 등의 아명으로 불렸다. 결혼을 하고도 '회령댁', '종성댁', '사동댁' 등의 택호로 불리는

---

79) 김성준(1969), 「3.1운동 이전 북간도 민족교육」, 『3.1운동 50주년 기념논문』, 동아일보사, 45~62쪽.
80) 북간도에는 1898년 캐나다 장로교회 선교사들이 이미 들어와 있었고, 1906년에 북간도 최초의 교회가 용정에 세워졌고, 1909년에 명동촌에 교회가 설립되었다.
81) 서굉일(2008), 『일제하 북간도 기독교 민족운동사』, 앞의 책, 17쪽.

것이 고작이었다. 그러나 그들은 예수를 믿기 시작하면서 남성들처럼 한문으로 된 이름을 갖게 되었다.[82] 개인의 주체를 인정받지 못한 채 살던 그들이 비로소 새로운 독립적 존재로 거듭나게 된 것이었다. 특히 대부분의 여인들이 이름 첫 자에 '믿을 신(信)'자를 넣어서, 김신묵, 주신덕, 김신정, 김신우, 문신길, 윤신영, 윤신진, 윤신현, 김신희, 한신환, 한신애, 남신현, 남신학…… 등으로 이름을 지었는데, 김신묵의 증언[83]에 따르면 50여 명이 신(信)자 항렬 이름들을 지었다고 한다. '인간은 모두가 똑같은 하나님의 자녀'라는 **평등의식**을 그들 스스로 체화한 사건으로 평가할 수 있다.

그리고 그들은 미국 장로교회와 달리 진보적 신학을 표방하며 **에큐메니컬 신앙**을 추구한 **캐나다 선교부와 협력**해 나가면서 공동체를 더욱 공고히 하고 나아가야 할 방향을 좀 더 명확히 한다. 구체적으로 1918년 12월 캐나다 장로회의 선교사들과 한인 목사, 전도사, 각 교회 장로 등은 全 간도 교회의 대표자들로 발기인을 구성하여 독립운동을 위한 연합을 촉구했다. 그리고 그들은 성탄절을 맞이하여 용정교회에서 全 간도 교인들이 함께 하는 연합 기도회를 개최하였다. 이에 대해 서굉일은 이 기도회를 "5년간의 제1차 세계대전이 끝나 전 세계적으로 인종차별이 철폐되고 불평등 조약이 폐기되고 영토 침략주의가 종식되어 자유·평등·박애의 기독교적 이념의 사회가 구현될 것임을 축하한다는 의미"[84]로 분석한다. 그리고 그들은 간도노회[85] 제 1회를 토성보교회에서 1921년 12월 1일에 개최하였는데, 이때 양형식 장로는 「율법과 義와 신앙의 義」이라는 제목으로 설교

---

82) 송우혜(2004), 『윤동주 평전(재개정판)』, 푸른역사, 69쪽.

83) 위의 책, 70쪽.

84) 서굉일(1988), 「중국·만주 3.1운동」, 『한민족독립운동사 3권 3.1운동 편』, 국사편찬위원회, 411~414쪽.

85) '노회'라는 말은 개신교 교단 구성체 중 하나로 '지교회'가 모여 '시찰회'와 '노회'를 이루고, '노회'가 모여 '교단'이 형성된다. 여기서 '간도노회'는 당시 북간도 기독교의 지교회 모임으로 이해하면 된다.

를 한다. 이 설교에 관해 송우혜는 "그들은 민족의 독립운동을 신앙의 義로서 인식하고, 적극적인 참여로써 그들이 처한 정치적 현실을 변혁시키려한 것이고, 그것은 간도노회 설립을 위해 모인 각 교회의 목사, 장로들의 명단 속에서 확인된다"[86]라고 밝힌다. 그리고 문재린은 목사로서 자신의 설교 내용을 "내세 신앙보다는 **실생활과 민족의식을 많이 이야기했다**"[87]라고 증언한다. 이와 같은 신학적 배경과 집회의 성격, 그리고 설교의 내용에서 알 수 있듯이, 그들은 식민지라는 현실적 상황을 넘어서기 위해서 노력했다. 그리고'이 땅'에서의 구원을 갈망하며, 서로 연합하고 연대하는 신앙 공동체를 구성해 나갔다. 이러한 모습은 당시 '식민지 조선 기독교'와는 확연히 구별되는 흐름이었다.

그리고 이러한 북간도 기독교 공동체의 일원으로서 윤동주의 집안도 **'큰 기와집'**으로 불리며 공동체 풍경의 한 자리를 차지하고 있었다. 윤동주의 친동생 윤일주는 당시의 풍경을 다음과 같이 회상한다.

> 우리 남매는 3남 1녀였다. 내 위로는 누님, 아래로 동생이 있다. 용정에서 난 동생 광주를 제외한 우리 남매들이 태어난 명동집은 마을에서도 돋보이는 큰 기와집이었다. 마당에는 자두나무들이 있고, 지붕 얹은 큰 대문을 텃밭과 타작마당, 북쪽 울 밖에는 30주 가량의 살구와 자두의 과원, 동쪽 쪽대문을 나가면 우물이 있었고, 그 옆에 큰 오디나무가 있었다. 우물가에서는 저만치 동북쪽 언덕 중턱에 교회당과 고목나무 위에 올려진 종각이 보였고, 그 건너편 동남쪽에는 이 마을에 어울리지 않도록 커 보이는 학교 건물과 주일학교 건물들이 보였다.[88]

---

86) 송우혜(1986),「북간도 대한국민회 조직 형태에 관한 연구」,『한국민족운동사 연구 *I*』, 지식산업사, 113~140쪽.
87) 문재린/김신묵, 문영금/문영미(엮음)(2006),『기린갑이와 고만네의 꿈』, 앞의 책, 155쪽.
88) 송우혜(2004),『윤동주 평전(재개정판)』, 푸른역사, 23~24쪽.

이렇게 우물과 학교와 교회가 둘러싼 공간에 자리 잡은 윤동주의 '큰 기와89)집'은 두 가지 의미망을 형성하고 있다. 하나는 윤동주의 집안이 경제적으로 넉넉했다는 것이다. 문익환 목사의 모친이신 김신묵 여사는, "곡물상들은 주로 백태만 사갔어. 그때 사람들이 백태 심어 돈들을 많이 벌었지. 그래서 좁은 땅 일구던 사람들이 넓은 땅을 사고, 작은 집에 살던 사람들이 크고 넓은 집을 지어 옮겼고… 동주네도 그때 백태 농사90)로 꽤 재미를 보았지. 그 집이야 본래도 아주 넉넉한 가세였었지만 말야"91)라고 당시 상황을 증언한다. 이것을 통해 윤동주 집안을 비롯한 공동체 사람들의 살림살이가 제법 넉넉했음을 유추할 수 있다. 이 같은 경제적 상황은 그들이 꿈꾼 공동체를 실현 가능하게 하는 밑거름이 되었고, 자녀들에게 양질의 교육을 시킬 수 있는 기회를 열어 주었다. 그래서 실제로 윤동주는 평양숭실학교, 연희전문, 일본 등으로 유학을 결정할 수 있었다. 문학과 의술의 기로에서 고민할 기회를 얻었으며, 유년시절 내내 문학 잡지와 선배 시인들의 책92)을 읽을 수 있었던 것이다.

---

89) 윤동주는 '기왓장'을 소재로 1936년에 직접 시를 쓰기도 한다. "비오는날 저녁에 기왓장내외 / 잃어버린 외아들 생각나선지 / 꼬부라진 잔등을 어루만지며 / 쭈룩쭈룩 구슬피 울음웁니다 // 대궐지붕 위에서 기왓장내외 / 아름답던 옛날이 그리워선지 / 주름잡힌 얼굴을 어루만지며 / 물끄러미 하늘만 쳐다봅니다" -「기와장 내외」전문.

90) 종교학자 엘리아데는 농경이야말로 종교적 영역이라고 파악한다. 단순히 토지를 경작하는 것이 아니라 대지의 생명력을 받아들이는 신성한 영적 활동이라고 이해한다(Mircea Eliade, 이재실 역(1994),『종교사 개론』, 까치, 313~342쪽).

91) 송우혜(2004),『윤동주 평전(재개정판)』, 푸른역사, 22~23쪽.

92) 윤동주는 명동 소학교 시절, 동화와 동시에 관심을 가지면서 <어린이>, <아이생활> 등의 아동 잡지를 구독한다. 중학교 시절, 그의 서가에는 정지용의『정지용 시집』, 변영로의『조선의 마음』, 김동환의『국경의 밤』, 한용운의『님의 침묵』, 이광수 주요한 김동환의 합동 시집『3인 시가집』, 양주동의『조선의 맥박』, 이은상의 『노산 시조집』, 윤석중의『윤석중 동요집』과『잃어버린 댕기』, 황순원의『방가』, 김영랑의『영랑시집』, 백석의『사슴』, 그리고『올해 명시선집』등이 놓여 있었다. 그리고『아동문학집』속 이광수의 동화, 박목월의『나루터』, 정지용의『말』등에

다른 하나는 윤동주의 '큰 기와집'이 북간도 기독교 공동체의 민족주의 성격을 상징적으로 드러낸다는 것이다. 몇 해 전, 북간도 명동촌 마을의 '**막새기와**'가 실제로 발견되었는데, 그 문양이 '**십자가**', '**태극**', '**무궁화**' 등이었다. 이것은 그들이 추구했던 삶의 가치를 단적으로 보여주는 상징이라고 할 수 있다. 사실 세계적 보편 종교로서의 기독교는 그 신앙이 지향하는 우주적 보편성 때문에 혈연이나 지연에 예속된 민족주의나 국가주의와 자신을 동일시하지 않는다.

그러나 신앙이라는 보편적 신념 체계가 추상화·관념화되지 않으려면 구체적으로 역사 현실 속에 그 종교적 진리가 성육화(聖肉化)되어야 한다. 그리고 기독교를 수용하는 공동체가 정치적 억압과 경제적 수탈 그리고 문화적 소외 속에서 '고난받는 민족공동체'일 경우, 해당 지역의 역사적 기독교는 자연스럽게 민족주의와 깊이 연계되기도 한다.[93] 북간도 기독교 공동체가 바로 그런 공동체였던 것이다.

정리하자면 북간도 기독교 공동체는 북간도 디아스포라의 땅에 함경도 유학자들이 집단으로 이주하여 마을을 형성하고, '새 민족 공동체'를 실현하기 위하여 학교를 세워 교육에 온 힘을 쏟으며, 집단으로 기독교로 개종한 후 놀라운 삶의 변화를 체험하고, 서로 연합/연대하며, 마침내 체계적인 틀을 갖춘 결과물이었다. 그것은 그 자체로서 의미 있는 '사건들'이었다. 즉 함경도 유학자들이 집단 이주하여 형성된 마을이 연속되는 '의미 있는

는 책을 읽은 후 인상들을 간략히 메모까지 해 두었다(윤동주, 왕신영·심원섭·오오무라 마스오·윤인석 엮음(2002), 「소장도서목록」, 『사진판 윤동주 자필 시고전집』, 민음사).

93) 한신대학교학술원(김경재), 신학연구소 엮음(2005), 「분단시대의 한국 교회의 보수적 반공주의와 진보적 민족주의 간의 대립에 대한 비판적 성찰」, 『한국개신교가 한국 근현대의 사회문화적 변동에 끼친 영향 연구』, 한국신학연구소, 311쪽.

〈사진자료 : 북간도 명동촌 기와장〉

사건들'을 통해 마침내 디아스포라의 땅 북간도에 새로운 민족 공동체를 세운 것이다.

2. 한국 '진보적 기독교의 기원' 북간도 에큐메니컬 공동체

앞서 북간도 기독교 공동체의 형성 과정에서 보았듯이 그들이 온몸으로 견뎌냈을 역사적 사건들과 그 역동성을 제한된 몇 글자 속에 집어넣어 설명하기란 쉽지 않은 일이다. 다만, 당시에 다양한 선택적 상황 속에서 그들과 다른 길을 걸었던 사람들을 비교해 본다면 그들 공동체의 특성에 조금 더 다가갈 수 있을 것이다.

그들은 "기독교와 민족주의가 튼튼히 결합하고 있었던 간도의 정신적 풍토"94)를 지닌 채, 어떠한 상황에도 타협하지 않고 꿋꿋하게 민족 운동에

---

94) 홍정선(1984), 「윤동주 시 연구의 현황과 문제점」, 『現代詩』 제1집, 문학세계사, 194쪽.

참여했다. 3.1운동을 기점으로 그들은 교육 운동과 독립 전쟁을 준비하는 항일 운동에서 무장 항쟁의 노선으로 독립 운동을 한층 강화시켜 나갔다.[95] 북간도가 이주민들이 세운 디아스포라의 땅이었고, 당시에 다양한 국가 권력의 점이지대라는 점을 감안할 때, 그들과 같은 피지배자의 삶은 '이중성'을 지니기 쉬운 환경에 노출되어 있었다. 하지만 그들은 기회주의적 '기생(寄生)'의 삶을 좇지 않고, '주체(主體)'적 삶을 추구한다.

그들은 **해방 이후** 정치적 권력과 결탁하여 기득권에 편입한, 이른바 '**서북 기독교**'의 일부 타협적 노선과 궤를 달리하여, **진보적 기독교 세력의 기원**으로 자리 잡는다. 물론 서북 지역은 기독교가 조선에 유입될 때부터 기독교를 주체적으로 수용하는 등 '동방의 예루살렘'으로 불리며 한국 기독교 역사에 중심 역할을 담당하였고, 수많은 인물들을 배출하기도 하였다. 특히 '평양대부흥운동'(1907년)을 통해 변혁의 영성 에너지를 축적하면서 1919년 3.1운동의 원동력을 제공하기도 했다. 하지만 일제가 1920년대 문화 통치 시기를 거쳐 1930년대 후반 강경책을 펼치기 시작할 무렵, 식민지 조선에서의 서북 기독교는 일제의 탄압과 감시로 인해 사회 변혁의 역동성이 위축되어 갔다. 또한 근본주의 보수 성향을 지닌 미국 장로교회(미국 동부 출신의 중산 지식층 선교사들 그룹)가 강요한 내세 지향적, 탈정치적 신앙의 영향으로 인해 점차 복음의 역동적 생명력과 포용성을 상실하게 된다.

한편 신학자 민경배는 계층 이론에 근거하여 서북 기독교의 보수적 성향이 선교 초기부터 형성될 수밖에 없었던 현상이라고 설명한다. 그는 서북 기독교가 서북지방의 중산층 기독자들과 미국 동부 출신의 중산 지식층 선교사들 중심으로 합작 진행되었다는 점에 주목한다. "서북 지방은 유난히 자작농이나 자영(自營) 상인 그리고 활달한 기동력을 가진 장돌뱅이

---

95) 서굉일(2008), 『일제하 북간도 기독교 민족운동사』, 앞의 책, 6쪽.

들이 많아서 초기 기독자들도 이런 계층에서 모여 들었는데, 사회적으로 비교적 안정된 위치를 가진 이들의 신앙은 당연히 보수적일 수밖에 없었다"96)고 그는 설명한다. 덧붙여서, "1920년대 중반 한국 교회의 교역자(목회자)층이 사회적 중요성을 가진 집단으로 신분이 상승하면서 신앙의 보수화가 진행되었다"97)라고 지적한다. 교역자들은 봉급을 제대로 받는 계층으로 자리 잡으면서 자본주의적 심리, 곧 안정 위주와 현실 안주(安住)의 신앙을 지니게 되었다는 것이다. 그리고 "당시에 사회적으로 봉급을 정기적으로 안정되게 받는 계층이라는 것은 학교 교사나 관료 및 경찰 그리고 극히 소수의 회사원들인데, 안정된 직업들은 대개는 일본인들 독점이어서 그 현상은 더욱 두드러졌다"98)라고 밝힌다. 이러한 민경배의 시각을 모든 서북 기독교인에게 적용하여 일반화할 수는 없다. 하지만 서북 지역이 다른 지역에 비해 비교적으로 정치·경제면에서 안정적인 상황에서 기독교를 수용한 것만은 사실로 보인다.

그리고 서북 기독교인들 중 일부는 해방 후 공산당이 평양에 진입하여 기독교를 탄압하자 그에 대한 혐오감을 지닌 채로 월남하는데, 이러한 상황은 이른 바 '체험적 반공주의자'인 그들로 하여금 반공의 선봉에 서서 이승만 정부에 적극적으로 협력하는 태도를 취하게 한다.99) 그러면서 점차 서북 기독교는 해방 이후 한국 사회에서 보수적 세력으로 자리 잡게 되고, 일부는 서북청년단이라는 극단적 우익 단체에도 참여한다.

이런 서북 기독교의 신앙은 교회 치리권의 대종(大宗)을 이루어 왔다. 그래서 이후 한국 교회는 신앙 형태 주류와 그 교권이 서북 장로교회권에 의

---

96) 민경배(1981), 『교회와 민족』, 대한기독교출판사, 113쪽.
97) 위의 책, 114쪽.
98) 위의 책, 114쪽.
99) 한신대학교학술원(김경재), 신학연구소 엮음(2005), 「분단시대의 한국 교회의 보수적 반공주의와 진보적 민족주의 간의 대립에 대한 비판적 성찰」, 『한국개신교가 한국 근현대의 사회문화적 변동에 끼친 영향 연구』, 한국신학연구소, 322~32쪽.

해 장악되었다. 따라서 교회에서의 비판 기능은 비서북(非西北)으로 일괄되는 여러 교파간의 협력과 동맹 형식의 반서북 전선 구축이라는 역학 관계에서 보도록 구조화 되어 버렸다. 서북 기독교(장로교회)가 그 단일 지역 교회로도 전국 기독교 총 교세의 2/3 선을 1953년까지 내내 유지해 온 것100)은 그들 자체의 노력으로도 설명되지만, 동시에 그만한 민족 신앙으로서의 견인력과 공감대를 확보할 수 있었다는 말이 되는 것이다. 따라서 서북 기독교는 한국적 신앙 정통의 보수자로 자처하고, 심지어 그들 신앙의 정통성을 자신(自信)하여 반서북 교회권(敎會圈)이 서북계에 동조하지 않는 경우 이단(異端)으로 치죄하는 독선과 폭력적 태도를 주저하지 않았다. 더구나 비서북 지역 교회들이 그 수적 열세 때문에 교파의 경계선을 넘어야만 가능한 서북 비판 세력의 일종 동맹 형성을 적대시하는 풍조를 굳히기 시작한 것이다.

이러한 서북기독교의 '해방 이후의 움직임'101)은 개인적 신앙 차원에서 복음의 순수성을 유지하기 위한 것으로 이해될 수 있다. 하지만 그 순수성이 과연 평화와 사랑을 강조한 성서적 가르침에 근거하고 있는 것인지 생각해 볼 필요가 있다. 역사적 사회 현실 문제에 대한 판단력을 지니지 못한 채 제2차 세계대전 이후 진행된 냉전 체제의 비기독교적 요소 및 반복음적 요소를 식별해 내는 통찰력을 견지하지 못하고 배타적 이분법적 사고에 사로잡힌 점102)은 분명 역사적 비판을 받을 여지가 있다. 20세기 신정통주의 신학자 칼바르트가 나치에 동조하는 유럽 교회들을 향해 "역사적 현실

---

100) 연규홍(2005), 「종교권력과 교회분열」, 『神學思想』 131호, 한국신학연구소, 243~244쪽.
101) 서북 기독교의 복음주의적 성격은 해방 이후 정치적 상황과 맞물려 복음의 순수성이 퇴색된 측면이 강하다. 사실 초기 서북 기독교의 모습은 원시 기독교 공동체가 지니고 있던 복음의 열정으로 가득한 공간이었다.
102) 김경재(2005), 앞의 책, 322쪽.

에 무관심한 정통주의보다 더 사악한 이단은 없으며, 그것은 기독교를 가장한 영지주의"103)라고 비판의 메시지를 던진 사실을 새겨볼 일이다.

반면에 북간도 기독교 공동체는 지리적 위치 덕분에 식민지 상황에서도 비교적 신앙의 자유가 확보된 공간에서 진보적인 신학의 에큐메니컬104) 적 신앙을 강조하는 캐나다 선교부의 도움 아래에서 형성된다. 본래 북간도 지역은 1891년 재한 각국 선교기관의 '교계예양(敎界禮讓)'105) 정책에 의해서 캐나다 장로교회가 맡아 선교하던 곳이었으나, 캐나다 본국에서 1926년 교파 일치 운동이 결실을 맺어 캐나다 연합 교회(United Church of Canada)라고 하는 단일교회가 성립되면서 한국 선교도 그 연합 교회가 맡아 하게 되었다.106) 그들은 근본주의 신앙을 가진 미국 장로교 선교사들과는 달리 우리 민족의 문화와 민족의 독립운동을 존중하면서 다양한 차원에서 도움을 주는 역할을 수행하였다. 제국주의의 종교를 전파하는 것이 아니라, 예수의 '복음'을 전하려는 데 애를 썼다.

---

103) Karl Barth, *Church Dogmatics, Vol. I -IV.* G. W. Bromiley and T.F.Torrence(Edinburgh:T & T.Clark 1936-1969).

104) 교단의 분열과 갈등을 극복하고자 전개된 '교회 일치 운동'으로 시작하였으나, 넓은 의미로 확대되어 하나님 나라 안에 존재하는 모든 피조물들의 '화해와 일치'를 추구하는 운동으로 발전하였다. 점차 보편적 가치를 지닌 신학적 단어로 통용되고 있다. 본격적인 설명은 다음 장에서 언급할 예정이다.

105) '예양협정(禮讓協定 Comity Arrangement)'이라고도 불리는 이 정책은 1909년 9월 16일~17일에 이르러 더욱 구체화 된다. 주한미국북장로교, 남장로교, 호주장로교, 캐나다장로교 등 4개 장로교 선교부와 미국북감리회와 남감리회 등 2개 감리교 선교부, 곧 6개 선교부가 참여하여, 상호 존중과 양보 차원에서 선교 지역을 분할을 결정한 것을 말한다. 이러한 선교지 분할 정책은 불필요한 마찰이나 재정적 인적 낭비를 줄이고 조선을 효과적으로 복음화하기 위한 시도였으나, 지방색에 의한 교권의 대립과 해방 이후 교회 분열의 원인을 제공하였고 제국주의적 시각에서 소위 '나누어서 땅따먹기' 전략이라는 비판을 벗어나기 힘들다(한국기독교역사연구소(2000), 『한국 기독교의 역사 I 』, 기독교문사, 213~225쪽).

106) 문재린/김신묵, 문영금/문영미(엮음)(2006), 『기린갑이와 고만네의 꿈』, 앞의 책, 109~110쪽.

따라서 북간도 교회들도 서로 협력하고 연대하는 방식을 통해서 민족을 위한 독립운동을 전개할 수 있었고, 신앙적 차원에서도 서구 기독교의 신앙을 주체적으로 수용하여 토착화된 민족의 종교로 승화시켜서 '북간도 기독교'를 만들어 냈다. 그들은 독립운동을 단순히 민족을 위한 노력으로 인식하지 않았다. 그들은 일본 군국주의를 '하나님의 다스림'에 맞서는 거대한 폭력적 구조로 이해하였다. 즉 그들은 이 땅에 하나님의 정의가 선포되고 평화가 실현되어 모든 피조물들이 공존하기를 원하시는 하나님의 뜻에 부합하지 않는 일본에 대하여 예언자적 사명감을 갖고 누구보다 치열하게 저항했던 것이다.

이러한 그들의 신앙을 문화신학자 김경재는 '공공의 신학'이라고 명명한다. 그는 북간도 기독교를 가리켜, "예수 믿고 천당 가는 것에 머무는 개인적 종교가 아니라 노예 처지에서 신음하는 민족 전체를 살리는 출애굽의 종교"[107]라고 해석한다. 그런 의미에서 보수적 기독교가 '사유화 신앙'을 지녔다면, 진보적 기독교로 볼 수 있는 북간도 기독교는 '참여의 신앙'이라고 부연한다.

한편 역사학자 서굉일은 **북간도 기독교의 구성 3요소를 '캐나다 장로교 선교사'**, '**기독교 민족 운동가**', 그리고 '**민중**'으로 손꼽는다.[108] 이것은 그들 공동체가 소수 몇 사람의 결정에 의해 공동체의 방향을 결정한 것이 아니라 다수의 구성원이 의사 결정의 중요한 주체라는 의미이다. 1916년 북간도 교회 상황 보고서에는 "심산궁곡에도 주의 복음을 듣고 밋는자가 만흐며 그중 구세동교회에서는 교인들이 조합하야 토디를 사고 동명을 구세동이라 하고 몬져 예배당을 건축하고 그 후에 각각 자기집을 건축하얏 세

107) 김경재(2006), 「공공신학에 관한 한국 개신교의 두 흐름」, 『공공철학』시리즈, 제16권, 동경대학출판회, 417-447쪽.
108) 서굉일(2008), 『일제하 북간도 기독교 민족운동사』, 앞의 책, 8쪽.

동이라 하고 몬져 예배당을 건축하고 그 후에 각각 자기 집을 건축하얏다"[109]고 기록되어 있다. 이를 근거로 김주한은 북간도 교회가 바로 "민중들의 생활 공동체"[110]였다고 규정한다. 신학자 에른스트 트뢸치(E. Troeltsch)와 리차드 니버(H. Richard Niebuhr)가 밝힌 바, 하류층(민중)은 종교에서 가장 강렬한 힘과 의미를 가진 집단이며 종교의 생명력을 주도하고 발전시키는 계층적 의미를 지닌다.[111] 따라서 북간도 기독교 공동체가 역동적 에네르기를 뿜어낼 수 있었던 이유는 모든 존재자들의 생명을 존중하는 에큐메니컬 성격에 근거해 있었기 때문이다.

이러한 북간도 기독교 공동체의 정신은 그곳 출신의 구성원들이 해방 이후 한국 사회에서 보여주었던 삶을 통해서도 귀납적으로 증명된다. 시인 윤동주, 독립운동가 송몽규, 통일신학자 문재린, 평화통일신학자 문익환, 기독교 평화교육신학자 문동환, 독립운동가 이동휘의 비서였으면서 한국신학대학교를 세운 만우 송창근 목사, 초기 한국신학계의 거목 장공 김재준, 민중신학자 안병무, 크리스천 아카데미 에큐메니컬 지향의 경동교회 강원룡 목사, 정재면 선생의 아들로 건국대 총장과 한신대 학장을 지낸 정대위 박사, 민족 예술혼의 나운규 선생 등 많은 이들이 북간도 기독교에서 자라나고 교육을 받았던 인물들이었다.

윤동주와 송몽규, 문익환과 문동환은 집안 대대로 공동체의 핵심 구성원이었고, 문익환과 문동환 형제의 아버지인 문재린은 목사 안수를 받고 캐나다로 유학을 다녀와 진보 신학을 견인했던 인물이었다. 또한 송창근

---

109) 『죠선예수교장로회회록 데5회 회록』(1916), 41쪽.
110) 한신대학교학술원(김주한), 신학연구소 엮음(2005), 「북간도 지역의 기독교 민족운동 연구」, 『한국개신교가 한국 근현대의 사회문화적 변동에 끼친 영향 연구』, 한국신학연구소, 63쪽.
111) H. Richard Niebuhr, 홍병룡 옮김(2007), 『그리스도와 문화(Christ and Culture)』, 한국기독학생회출판부 참고.

목사는 명동중학교와 광성중학교에서 수학하였고, 김재준 목사는 1937년 3월부터 1940년 7월까지 용정 은진중학교의 교목으로 지내면서 역사적 신앙을 학생들에게 가르쳤으며, 강원룡은 교회 전도사처럼 활동을 했고, 그리고 안병무와 정대위, 나운규 등은 그곳에서 학교를 다닌 바 있다.

물론 윤동주와 송몽규는 해방 직전에 자신의 존재적 의미를 식민지에서의 죽음을 통해서 완결 짓고 해방 직후 사람들에게 큰 울림으로 남았지만, 다수의 사람들은 해방 이후 격변의 근현대사에서 정신사적으로 큰 발자취를 남긴다.

한국 전쟁기에 한국 장로교는 크게 세 집단, 즉 신사 참배 거부자들(고신파), 조선신학원 그룹(기독교 장로회), 월남한 서북 출신 기독교인들(예수교장로회)으로 구성되어 있었는데, 그들은 대다수 '조선신학원 그룹'에 속하며 지속적인 활동을 이어 나간다.[112] 당시 고신파와 예수교 장로회가 모두 보수적 성향인 반면에 기독교 장로회는 비교적 급진적 성경 해석을 시도하고, 사회 변혁에 관심을 가지면서 예언자적 신앙을 견지한 그룹이었다.

사실 기독교 전통은 크게 두 가지 흐름으로 분류된다. 하나는 예배와 예전을 중요하게 여기는 '제사장적 전통'이고, 다른 하나는 하나님의 말씀을 대언하여 사회를 비판하여 역사의식을 견지한 '예언자적 전통'이다. 양축이 균형을 이루지 못하고 제사장적 전통으로 치우치면 종교는 사회적 기능을 상실한 채 개인적 신앙에만 머물게 되고 순수성을 강조한 나머지 오히려 역사의식을 망각하고 권력과 야합하는 세속화 경향이 나타난다. 반대로 예언자적 신앙에만 치우치게 되면 예배와 예전의 기능이 약화되어 위로와 같은 종교적 기능은 상실한 채 무미건조한 이데올로기로 전락할 가능성이 있다. 그런데 한국 근현대사에서 한국 기독교는 역사적 통찰력

---

112) 윤정란(2010), 「한국전쟁 구호물자와 서북출신 월남기독교인들의 세력화」, 『崇實史學 제 34輯』, 숭실사학회, 324쪽.

이 미흡해서 편협한 시각을 드러내고 비윤리적인 행태113)를 일삼았다. 그로 인해 사회를 구원하는 종교적 기능을 수행하지 못하게 되었다. 이런 상황 속에서 북간도 기독교 공동체는 예언자 신앙을 강조하면서도 제사장적 전통을 결코 간과하지 않는 모습을 보여 주었다.

이러한 특징은 신비주의 전통의 '우상 타파' 정신으로 설명 가능하다. 종교윤리학자 윌리엄 제임스가 강조한 '지성적 성질'을 지니면서 일상적 인식 상태 곧 '주객 분리 구조'를 넘어서 돌파하는 경험 속에서 진정한 종교적 신비 체험은 이루어지기 마련인데, 그것은 '환하게 꿰뚫어 비추는 종교 경험의 상태'를 의미한다.114) 그러한 상태에 도달하면 깨달은 자는 절대적이거나 궁극적일 수 없는 가치115)를 '우상'으로 간주하고 그것을 타파하기 시작한다. 따라서 "최고의 종교적 경지, 내면의 경지는 왜곡된 역사와 현실, 변질된 권력을 향해 비판한다"116)라고 김경재는 말한다. 이와 같은 원리에 의해서 북간도 기독교 공동체의 무리들은 해방 이후 '삶의 자리 (Sitz'im Leben)'117)에서 내면의 신앙을 지닌 채 거대 권력에 저항하는 모습을 보여줄 수 있었다. 이외에도 그들의 모습 속에서 서북 기독교와는 다른 차원의 신학적 특성이 발견된다. 크게 '예수와 신을 인식하는 방식'과 '구원에 이르는 방식'에서 이견을 드러낸다. 서북 기독교는 개인의 신앙을 강조하면서 '케류그마(말씀으로 선포된) 예수'의 신적 속성을 부각시킨 반면,

---

113) 이 문제에 대해 신약성서학자 강일상은 한국 교회의 비윤리적 행태가 발생하게 된 원인을 성서 번역 문제에서 비롯된다고 규명한 바 있다. 그는 신약 성서의 그리스어 원어에는 '예수의 믿음'을 가질 것을 권고하였는데 초기 한국어로 번역하면서 '예수를 믿는 믿음'을 지녀야 하는 것으로 오역이 발생한 것으로 본다. 이것은 한국 교회가 예수의 신앙을 '내면화'하지 못하고 '대상화'하여 점차 비윤리적 행위를 일삼는 원인이 된다.
114) 윌리엄 제임스, 김재영 옮김(2000), 『종교적 경험의 다양성』, 한길사, 461~492쪽.
115) 여기서 가치는 '실재를 신처럼 절대시하는 인간의 모든 행위'를 의미한다.
116) 김경재(1987), 『폴 틸리히 신학연구』, 대한기독교출판사, 217쪽.
117) 여기서는 한국사회의 '삶의 자리'(불트만의 용어)를 뜻함.

북간도 기독교는 케류그마 예수의 이면에 감추어진 갈릴리 고난의 현장에서 민중들과 함께 했던 '역사적 예수'에 관심을 갖는다. 전자가 '복음주의'라면 후자는 '역사주의' 신앙의 양태라고 부를 수 있다.

구원의 방식에 있어서도 차이는 존재한다. 서북 기독교가 '위로부터의 신학'에 기초한다면, 북간도 기독교는 '아래로부터의 신학'을 토대로 두고 있다. 앞서 살펴보았듯이 북간도 기독교 공동체 속에서는 '민중'이 역사의 주체로 작용했다. 구원은 완성된 상황에서는 위와 아래의 '프락시스(Praxis)' 과정을 통해 존재자들이 온전히 신과 하나가 되지만, 그 출발점은 서로 다를 수 있다. '위로부터의' 시작은 관념화 과정을 거쳐 체화하는 과정으로 이어지는 반면, '아래로부터의' 시작은 척박한 삶의 현실 속에서 결단이 선행한다. 이러한 두 접근의 차이는 사회 변혁에 대한 태도와 공동체의 성격을 규정짓는 결정적인 요소가 된다. 아래부터의 신학을 중심으로 살펴보면 북간도 기독교의 민중들은 기득권층에 맞서 변화를 갈망하며 실존의식을 거쳐 역사의식을 견지하게 된다.

이 때 역사의식은 단순히 현실 지향적 태도만을 의미하지 않고, 그것을 넘어서는 보편적 의미를 지닌 확장된 개념이다. 아래로부터 시작된 '줄'이 초월적 실체의 '탁'을 만나, 신비의 순간을 자아내는 장면이 바로 '역사'란 장(場)을 통해 실현되기 때문이다.[118] 낱개로 존재하던 순간의 현실들이 겹겹이 쌓여 역사가 된 것이다. 이러한 역사의식을 북간도 기독교 공동체는 획득하였고, '구속사(구원의 역사)'적 의미에서 자신들의 존재적 의미를 찾았다고 볼 수 있다. 따라서 그들에게 신의 의미는 단순히 종교적 대상이 아니라, 신학자 폴 틸리히가 말한 것처럼 '본질 그것(the substance)'이면서

---

118) 이러한 기독교 역사의식은 남미 해방신학과 한국 민중신학 등에서 발견된다. 한국 교회사적인 맥락에서는 연규홍(2002)의『교회사의 해방전통』(한신대학교출판부)을 참고하면 보다 쉽게 이해할 수 있다.

터전 그것(the ground)'이었다.

이러한 그들의 역사의식과 신에 대한 인식은 그들 공동체가 '역사적 종말론'적 신앙 양태를 지니게 했고, 모든 존재자들의 '화해와 일치의 평화'를 추구하는 '에큐메니컬 세계'를 지향하도록 만들었다. 역사 속에서 실현되는 '하나님 다스림'을 위해서 그들은 연대의 필요성을 인식하고 포용력을 지닌 열린 공동체를 구성하려고 노력했다. 그리고 맹목적이기보다 이성적으로 민중을 설득시킬 논리를 찾고자 애쓰면서 점차 체계화시켜 나갔다. 이런 맥락에서 북간도 기독교를 서북 기독교를 대체할 만한 '**식민지 조선 밖에 있던 조선 기독교의 심장**'[119]으로 볼 수 있을 것이다.

3. 유년의 습작들 : 응축된 두 언어(종교와 동심)의 세계

앞서 밝혔듯이 윤동주가 속한 공동체는 '새 민족 공동체' 건설을 위해 학교를 세웠고 교육에 온 힘을 쏟았으며, '에큐메니컬' 기독교 정신을 실현하기 위해 노력하였다. 이러한 북간도의 분위기는 윤동주 시 세계를 구성하는 결정적 요소로 작용한다. 그 중에서도 유년 시절에는 '종교'와 '동심'이라는 두 언어의 세계가 응축된 형태로 나타난다. 비록 시적 완성도를 갖춘 **빼**어난 작품은 아니라 할지라도, '**詩人 윤동주'의 가능태**로서 습작기의 언어를 살펴보는 작업은 시 세계를 어떠한 방식으로 구성해 가는지 파악할 수 있게 하는 중요한 단서가 된다. 따라서 본 장에서는 유년기 시절 즉, 윤동주가 북간도에서 나고 성장하면서 쓴 작품들을 중점적으로 살펴보고, 이후 작품들은 다음 장들에서 다루고자 한다.

---

119) 밀란 쿤데라가 '예루살렘 연설'에서 이스라엘을 가리켜 '유럽 밖에 있는 유럽의 심장'이라고 한 것처럼, 북간도 기독교는 남다른 의미를 지닌다(밀란 쿤데라(Milan Kunder), 권오룡 옮김(2008), 「예루살렘 연설: 소설과 유럽」, 『소설의 기술』, 민음사).

먼저 유년 시절 윤동주의 행적을 추적하면서 의미 있는 점을 되짚어 보자. 윤동주는 1925년 아홉 살의 나이로 명동소학교에 입학하고 졸업한 후, 같은 지역에 있던 은진중학교를 다닌다. 그런데 윤동주는 1935년 9월에 어른들을 설득하여 평양의 미선계 숭실학교로 옮긴다. 당시 용정에는 친일 계통의 광명중학교(유일한 5년제 학교)만이 있었기 때문에, 이곳에 윤동주는 입학하기를 꺼려한 것으로 보인다. 민족의식이 투철하고 기독교 정신이 남다른 그곳의 분위기 때문에, 많은 가구의 자녀들이 상당한 경제적 부담을 감수하면서도 평양의 미선계 숭실중학교(5년제)로 전학을 한 것이다. 송우혜는 1935년 당시 용정 은진중학교 3학년의 분위기를 두 가지로 나누어 설명한다.

첫째, 송몽규처럼 독립운동에 투신할 학생들. 그들은 학교는 물론, 집과 부모형제를 모두 뒤에 두고 생과 사가 불확실한 미지의 곳으로 떠날 채비를 해야 했다.

둘째, 상급학교 진학에 대비해야 할 학생들. 그들은 보다 용이한 진학을 위해서는 5년제 중학교로 전학해야 했다. 당시엔 중학교라 하면 '5년제'가 정규 학제였다. 그래서 그보다 수업연한이 1년 짧은 4년제 중학교를 나오면 고등학교나 전문학교, 또는 대학 예과 등의 상급학교로 진학할 때 매우 불리했다.[120]

이러한 두 갈림 길에서 윤동주는 배움의 길을 선택하여, 평양숭실학교에 편입한다. 그러나 윤동주는 숭실을 7개월만 다닌 채 자퇴하고, 다시 1936년 4월 고향 북간도 용정의 광명중학교에 편입한다. 당시 숭실학교가 신사참배를 거부했다는 명목으로 일제에 의해 간섭을 받는 상황에 놓여

---

120) 송우혜(2004), 『윤동주 평전(재개정판)』, 푸른역사, 169~170쪽.

있었기에 본인의 의지와 상관없이 학교를 옮겨야만 했던 것이다. 실제로 윤동주가 광명중학교로 옮기고 난 2년 뒤, 숭실학교는 폐교를 당하고 만다. 당시 숭실학교는 한국어로 강의했지만, 광명에서는 일어로 강의를 진행할 만큼 두 학교는 서로 차이를 보이고 있었다.

'디아스포라의 땅' 북간도의 현실은 어린 학생 윤동주에게 고스란히 노출되어 있었다. '민족주의 기독교 계통의 학교'와 '친일 비기독교 계통의 학교'라는 이분화된 선택의 길 위에서 고민해야 했고, 자신의 언어를 갈고 닦을 수 있는 공간을 찾아 여기저기 옮겨 다녀야만 했다. 이러한 상황에 대한 윤동주의 심적 상태가 그의 언어 속에도 흔적으로 남아 있다. 첫째는 종교적 세계의 형태로, 둘째는 동심의 세계의 모습으로 나타난다.

우선 **윤동주의 최초 언어를 파악할 수 있는 종교적 시편**들을 살펴보자. 윤동주는 1934년 12월 24일 성탄절 전야제 때, 「초한대」, 「삶과 죽음」, 「래일은 없다(어린마음의물은—)」 등 총 세 작품을 쓴다. 물론 윤동주가 처음으로 쓴 작품으로 알려진 세 작품 모두 종교적 기표가 강하게 드러나지는 않는다. 「초한대」(1934.12.24.)만이 '제물', '제단', '초'와 같은 종교적 시어들이 직접 드러나고, 종교 체험인 '누미노제'의 장면이 형상화되면서 그 경험을 통한 강렬한 의지가 드러나는 등 종교적 성격을 전면에 보이고 있다. 그에 비해 「삶과 죽음」(1934.12.24), 「래일은 없다」(1934.12.24.) 등 두 작품에서는 직접적인 종교 기표를 찾아보기 힘들다. 다만, 성탄절 전야제 때 쓰였다는 점과 '삶과 죽음'에 대한 실존적 고민, 그리고 막연한 내일에 대한 긍정적 태도보다 '적극적 현실 인식'을 강조하는 북간도 기독교의 특성 등을 고려할 때 윤동주의 종교적 언어로 볼 수 있다.

초한대ㅡ

내방에 품긴 향내를 맛는다.

×

光明의祭壇이 문허지기전.

나는 깨끗한 祭物을보앗다.

×

염소의 갈비뼈같은 그의몸.

그의生命[121]인 心地까지

白玉같은 눈물과피를 흘려.

불살려 버린다.

×

그리고도 책머리에 아롱거리며.

선녀처럼 초ㅅ불은 춤을춘다.

×

매를 본꿩이 도망가드시

暗黑이 창구멍으로 도망한[122].

×

나의 방에[123]품긴

祭物의 偉大한[124]香내를 맛보노라.

昭和九年十二月二十四日[125]

-「초한대」[126] 전문

---

121) 『자필 시고전집』을 보면 "그리고도" -> "그의生命"으로 수정한 흔적이 나타난다
(왕신영·심원섭·오오무라마스오·윤인석 엮음(2002),『사진판 윤동주 자필 시고
전집(증보)』, 민음사).

122) "도망간" -> "도망한"으로 수정함(원고 노트의 흔적).

123) "나의 방의품긴" -> "나의 방에품긴"으로 수정함.

124) "祭物의 아픔을 偉大한" -> "祭物의 偉大한"으로 수정함.

125) 1934년 12월 24일

126) 『나의 習作期의 詩아닌 詩』(왕신영·심원섭·오오무라마스오·윤인석 엮음
(2002),『사진판 윤동주 자필 시고전집(증보)』, 민음사)에 수록된 작품의 원고 형태
를 텍스트로 삼았다. 이후부터 언급될 텍스트는 모두『사진판 윤동주 자필 시고전

「초한대」는 윤동주 시의 초기 종교 세계를 상징적으로 보여주는 작품이다. 성탄절 하루 전, 윤동주는 예수 그리스도의 탄생을 기념하기 위해 교회 안팎으로 켜 놓은 '초한대'를 보고서, 신비로운 힘에 매혹되고 강렬한 다짐을 한 것으로 유추할 수 있다. '초'를 통해 소위 속죄양 의식을 바탕에 둔 순교 의식까지도 강하게 드러난다. 이렇게 희생을 통한 헌신의 이미지는 후반기 작품으로 이어지는 연속성을 지닌 윤동주의 시의 중요한 특징이다.

그렇다면 여기에서 핵심 시어인 '초'는 어떠한 의미를 지니고 있는가. 초는 작품에서도 언급되었듯이 "그의 생명까지 불살라" 버리며 "백옥같은 눈물과 피를 흘리"는 자기희생을 감내하는 존재, 사명을 완수하는 '제물'이기도 하다. 초는 빛을 생성하여 그것을 발산함으로써 주변에 '광명'을 베풀지만, 그것은 '초'에게 있어서는 자기희생인 동시에 자기 소멸을 의미하기도 한다. 이런 의미에서 '촛불'은 스스로의 몸을 태워서 피워내는 불꽃이다. 따라서 그 불꽃은 '생명'까지 불사르는 것이기에 또 다른 희생의 상징인 '피'를 '흘리'는 것이 된다. 촛불은 자기를 구하기 위한 희생만이 아니라 자기가 헌신해야 할 어떤 가치를 구제하기 위한 희생의 의미를 지니게 되는 것이다. 또한 불꽃은 천정을 향해 상승하는 수직의 존재이고, 하강의 이미지를 창출하는 모래시계와 상반된 이미지를 생성하고 있다. 그래서 촛불이 생명을 불사르는 행위는 "선녀처럼 춤을 추는" 것이 될 수 있다.

그리고 '초한대'는 '내방' 안에서 더욱 꽉 찬 의미를 지닌다. 초의 향내가 득한 방 안은 '초한대'가 밝히는 우주의 축소판이고, 이때 '암흑'은 초가 극복해야 할 어둠의 세계가 된다. 그리고 초의 불꽃이 어둠을 내쫓는다면, 불꽃은 생성으로서의 존재, 존재로서의 생성이 되고, 방은 새로운 세계가 실

집(증보)』에서 가져온 것이기에 『사진판 윤동주 자필 시고전집(증보)』이라는 출처는 생략하고, 이 자료에 수록되어 있는 첫 번째 원고노트인 『나의 習作期의 詩아닌 詩』와 두 번째 원고노트인 『窓』과 자필시고집인 『하늘과 바람과 별과 詩』만 언급하기로 한다.

현된 공간이 된다. 이 점에서 촛불의 헌신은 "광명의 제단"을 성립할 수 있게 한다. 이때의 '광명'은 어둠이 쫓겨난 세계를 의미한다. 어둠이 제거된 제단은 새로운 존재의 생성을 예고하는 것이면서 동시에 세계의 변화에 대한 갈망을 내포하고 있는 것이기도 하다. 이런 점에서 제물은 희생의 표상이 되고, 새로운 세계로서의 제단은 '방'에서 실현되는 것이다.

이러한 「초한대」의 의미에도 불구하고 이 시에 대한 평가는 우호적이지 않다. 이상섭은 윤동주의 「초한대」에 대해 "흰 양초가 타들어가는 모양을 바라보며 17세의 문학 소년은 당시 닳아빠진 모더니스트 시인들 흉내를 내보는 것이다. 이런 습작품만 썼다면 우리는 윤동주를 특별히 기억하지 않을 것이다. 습작품에서는 순진성을 찾기 힘들다. 순진에서 멀어진 것이다"[127]라고 평가한다. 이상섭은 윤동주 시의 특질을 '순진성'으로 파악하고, 「초한대」가 순진성과 멀어진 것에 아쉬움을 표한다. 한편 송우혜는 이 시편이 창작된 배경에 대해서 흥미로운 가설을 내어 놓는다. 윤동주가 송몽규를 의식해서 시를 창작했다는 것이다. "'1934년 12월 24일'이란 날짜와 송몽규의 신춘문예 당선 작품이 신문에 게재된 '1935년 1월 1일'은 불과 1주일 간격이다. 이것은 송몽규의 신춘문예 당선과 그의 작품이 <동아일보>에 실려 온 나라 방방곡곡에 널리 알려진 것에 크게 자극받은 윤동주가 '자기 문학'에 대한 새로운 각성과 각오를 단단히 하게 되었음을 결정적으로 드러낸다. 그리하여 그는 그보다 일주일 전에 정리해놓았던 세 편의 시를 출발점으로 하여, 그 이후로는 시를 지을 때마다 완성된 날짜를 기록하여 정리하고 보관하는 일을 시작한 것이다"[128]라고 설명한다. 이 두 지적처럼 윤동주의 생애 첫 작품인 「초한대」는 열등감의 산물일 수도 있고, 시적 완성도가 미흡할 수도 있다. 하지만 혼돈의 덩어리로 내면에 남아 있

---

127) 이상섭(2007), 『윤동주 자세히 읽기』, 한국문화사, 248~249쪽.
128) 송우혜(2004), 『윤동주 평전(재개정판)』, 푸른역사, 126쪽.

던 열정이 특정한 계기를 통해 구체적 언어로 분출된 것은 시인 윤동주를 생성하는 토대로 작용했을 뿐만 아니라 윤동주 생애에서 시적 의미를 획득한 사건이라고 볼 수 있다. 흥미로운 것은 마치 가혹한 평가에 대한 피드백을 들은 것처럼 윤동주는 이 시편들 이후 한동안 '동시' 창작에 집중하면서 언어 조탁의 시간으로 들어간다.

사실 「초한대」는 시적 주체의 종교 체험 방식에서 중요한 특징을 보인다. 일반적으로 종교는 초자연적 실체를 숭배하거나 믿는, 일종의 신념 체계 혹은 도덕 체계의 주지적 형태로 나타난다. 아니면 이성의 범주를 넘어서 '절대 의존의 감정' 상태에서 체험적인 면이 강조되는 비주지적 형태로 드러난다. 이때 '절대 타자'가 발산하는 '신비'의 에너지는 인간으로 하여금 '두려움'과 '떨림' 같은 감정을 동반하면서 인간을 압도하는 방식으로 나타난다. 소위 '위로부터 내려오는' 신적 에너지가 강조되는 것이다. 그에 반해 「초한대」에서 묘사되는 신적 체험은 시적 주체의 '궁극적 관심'에 기인한다. 즉 '궁극적 실재'와의 관계에서 발생하는 변화를 꿈꾸는 방식으로 표현되고 있다. 이것은 '아래로부터 위로 올라가는' 에너지의 방향을 보여 준다. 두 방식 모두 궁극의 상태에서는 신적 존재와 일치를 이루게 되지만, 그 종교적 현상은 달리 나타난다. 「초한대」의 경우 후자의 방식을 통해 '나' 중심적 삶에서 벗어나 희생을 불사하고서라도 변화를 지향하는 면모가 강하게 드러난다. 이것은 북간도 기독교 공동체의 신학적 특성과도 일치하는 점이기도 하다.

「초한대」는 다소 거친 직유적 표현과 감정의 과잉이 나타나고, 어설픈 모더니즘적 요소도 지니고 있다. 하지만 북간도 기독교 문화의 바탕 아래 성실히 배우는 데 힘쓴 학생(종교인)의 언어적 결정체로서 그 의미를 부여받을 수 있다. 따라서 「초한대」는, 이후 펼쳐질 윤동주 시 세계를 의식적·무의식 차원에서 가늠할 중요한 단서를 제공한다고 볼 수 있다.

다음은 **윤동주 시의 '언어 조탁의 시간'이자, 순수한 '은유적 상상력의 세계'인 '동심의 세계'**[129]를 살펴보자. 여기서 '동심'이라고 표현하는 까닭은 당시 윤동주의 작품이 동시와 성인시를 따로 구분 짓기 어려울 정도로 동심을 표현한 것이 다수였기 때문이다. 사실 윤동주는 『카톨릭 소년』에 작품을 발표할 때, '尹童柱'란 필명을 사용할 정도로 동시에 대해서 남다른 애정을 드러낸다. 당시 유명한 시인들이 대부분 뛰어난 동시 작가였다는 점을 '학생' 윤동주가 인식하고 그들의 뒤를 따랐을 가능성이 크다. 특히 정지용 시집의 영향을 가장 많이 받은 것으로 보인다. 『정지용 시집』은 1935년 10월 27일 시문학사에서 발간되는데[130], 시집에는 「향수」, 「까페 프란스」, 「압천」 외에도 「삼월 삼짓날」과 「말」과 같은 동시들도 함께 수록되어 있다. 이 시집을 접하고서 윤동주는 동시의 가능성을 발견하고 구체적으로 동시를 쓰는 데 매진했을 것으로 보인다. 근대의 시인 중에서 정지용 시의 감염력을 벗어난 시인이 흔하지 않았던 것을 감안한다면 매우 설득력이 있는 추론이다.

그렇다면 윤동주의 작품은 그냥 배우기만 하면서 자신의 세계를 생성하지 못하는 모방 수준에만 그쳤을까? 이 물음에 여러 학자들은 윤동주 동시를 높이 평가하면서 윤동주만의 독특한 시적 특징을 추출해 낸다. 이세종[131]은 정지용의 동시를 '정서 균제'와 '세심한 언어 표현'으로 '동경과 미의식', '상상력과 순수'를 지향한다고 보았고, 윤동주의 동시는 '동심의 형식' 위에 '정신'이 더해져 두 요소가 조응한다고 보았다. 윤동주의 정신적

---

129) 윤동주가 동시를 쓴 행위에 대해서 어떤 연구자는 '유아기적 퇴행'으로 보기도 한다. 하지만 이는 역사적 맥락을 간과한 채 당시 동시의 중요성을 인식하지 못한 것이며 연구자의 선입견이 강하게 작용한 해석으로 볼 수 있다.
130) 윤동주는 1936년 3월 19일에 『정지용 시집』을 구입한다(송우혜(2004), 『윤동주 평전(재개정판)』, 푸른역사, 192쪽).
131) 이세종(1999), 「윤동주시의 문학사적 의미」, 『안양대학교 논문집』 18,19집, 안양대학교, 35~70쪽.

면모가 더욱 강하게 드러난다고 본 것이다. 김만석은 '윤동주가 동시대 선배 시인들의 창작 경험을 '비판적'으로 학습한 것으로 파악하여 윤동주의 동시에서 의식적 탐구와 노력의 흔적이 돋보인다'[132]고 평가한다. 그리고 이소연은 "윤동주 시를 읽다보면 참으로 순수하고 맑은 영혼을 가진 시적 자아와 시대, 현실에 고뇌하며 비극적 현실을 타개하려는 시적 자아를 동시에 만난다"[133]라고 설명한다. 그의 말처럼 윤동주의 동시에 나타나는 시적 주체의 두 면모는 다양한 시편들에서 교차하여 출현하거나 서로 갈등하는 모습을 보이기도 한다. 그런데 순수성 혹은 동심과 현실 인식은 한 편의 시에서 서로 어울리기 힘든 경우가 많다. 하지만 윤동주는 유년기부터 디아스포라의 현실에 놓여 있었고 그 상황을 넘어서려는 태도를 북간도 기독교 공동체로부터 자연스럽게 익힌 터라 두 측면이 모두 공존할 수 있었던 것이다. 이러한 특징은 동시대 시인으로서 일반 시와 동시를 모두 창작한 정지용과 박목월 등에게서는 찾아보기 힘든 요소이다.

이러한 특징은 윤동주가 머물렀던 공간을 염두에 두고, 각 학교에서 창작한 동시[134]들을 분석해 보면, 시기마다 시적 특징에 차이가 난다는 사실

---

132) 김만석(2010), 「윤동주 동시연구」, 『한국아동문학연구』 18권, 한국아동문학학회, 179~180쪽.

133) 이소연(2010), 「윤동주 시 시어 사용의 이중성 고찰」, 『한국문학이론과 비평』 48집, 한국문학이론과 비평학회, 105쪽.

134) 윤동주 동시의 수는 연구자에 따라 차이가 존재한다. 이소연은 『하늘과 바람과 별과 시-원본대조 윤동주 전집』(연세대학교 출판부, 2004)에서 동요 및 동시로 분류한 34편과 동시에 포함시켜도 무방할 시 4편을 합해 총 38편의 작품을 동시로 분류한다. 윤동주가 생전에 쓴 동시나 시·산문의 원본작품을 그대로 복사해서 수록해 놓은 『윤동주 자필 시고 전집(사진판)』에는 작품이 총 150편이 있는데, 첫 번째 원고 노트 『나의 습작기(習作期)에 시 아닌 시』에 59편, 두 번째 원고 『창(窓)』에 52편, 산문집에 산문 4편, 자필 자선시집 『하늘과 바람과 별과 시』에 19편, 일본 유학을 전후해서 쓰인 시 15편이 담겨 있다. 『윤동주 자필 시고 전집(사진판)』은 편자들이 동시로 분류한 20편과 윤동주 자신이 동요 또는 동시로 분류한 14편을 합하여 모두 34편의 동시가 수록되어 있다. 하지만 윤동주 시 세계 자체가 동심 지향적 성격을 지니고 있는 경우가 많기 때문에 시와 동시와의 구분이 모호한 경우

을 발견하게 된다.

창작연도	동시	특징
1935년	동시/동요 : 「童謠135)조개껍질- (바다물소리듯고싶어)-」 cf. 시 : 「거리에서」, 「空想」, 「蒼 空」, 「南쪽 하늘」	「空想」이 최초로 활자화된 윤동주의 시
1936년	동시/동요 : 「童謠 고향집-(만주 에서불은)-」, 「童謠 병아리」, 「童 詩 오줌싸개디도」, 「童謠 기와장 내외」, 「童詩 빨래」, 「비ㅅ자루」 (9.9), 「해ㅅ비」(9.9), 「비행긔」(10 월초), 「가을밤」(10.23), 「童詩 굴 뚝」(가을), 「무얼 먹구 사나」(10 월), 「童詩 봄」(10월), 「참새」(12 월), 「개」, 「편지」, 「버선본」(12 월초), 「눈」(12월), 「사과」, 「닭」, 「겨울」, 「호주머니」(1936년 12월 또는 1937년 1월) cf. 시 : 「비둘기」, 「離別」, 「食券 」, 「牡丹峯에서」, 「黃昏」, 「가슴1 」, 「종달새」	『카톨릭 소년』에 작품을 발표 할 때, '尹童柱'란 필명을 사용 「병아리」(1.6)(『카톨릭 소년』 1936년 11월호 발표), 「오줌 싸개디도」(『카톨릭 소년』 1937년 1월호 발표), 「비ㅅ자 루」(9.9)(『카톨릭 소년』 1936 년 12월호 발표), 「무얼 먹구 사나」(10월)(『카톨릭 소년』 1937년 3월호 발표)
1937년	동시 「거즛뿌리」, 「둘다」, 「반듸 불」, 「밤」, 「할아바지」, 「만돌이」, 「나무」	「거즛뿌리」(『카톨릭 소년』 1937년 10월호 발표)
1938년	동시 「해빛·바람」, 「해바라기 얼 굴」, 「애기의 새벽」, 「귀뜨람이와 나와」136), 「산울림」	
이후	동시를 쓰기 않음	

도 존재하는 것이 사실이다.
135) 윤동주가 직접 "童謠"라고 표기했다. 다른 시편에서는 "童詩"라고 직접 표
   기하기도 했다.
136) 두 번째 원고 노트 『창』의 표기를 따름.

이 <표>는 윤동주의 동시를 연도별로 정리한 것이다. <표>에서도 나타나듯이 윤동주는 1935년 12월에 첫 동시 「조개껍질」을 비롯한 여러 작품을 쓴다. 이 당시 윤동주는 평양 숭실에 다니던 시기였다. 이곳에서 그는 7개월 동안 「조개껍질」(童謠), 「고향집」(童謠), 「병아리」(童謠), 「오줌싸개도」(童詩), 「기와장 내외」(童謠), 「空想」, 「蒼空」, 「南쪽 하늘」, 「비둘기」, 「離別」, 「食券」, 「牡丹峯에서」, 「黃昏」, 「가슴1,2」, 「종달새」 등 다수의 시를 쓴다.[137] 이 시편들은 동시와 시가 혼재되어 있지만, 동시에 집중한 시기이고 윤동주의 시적 특성이 점차 제 모습을 갖추어 가는 '경도(傾倒)'와 '개안(開眼)'의 시기로 평가할 수 있다.

이러한 경향은 용정 광명중학교에 재학하던 두 해 동안 더욱 두드러진다. 윤동주는 광명중학교에서 많은 양의 작품을 쏟아내었다. 전학해온 1936년 4월에서 연말 사이의 9개월 동안에 시 12편, 동시 16편을 쓴다. 그러나 1937년이 되면 동시의 비중은 줄어들어 시 15편, 동시 6편을 쓴다. 그런데 광명중학교 시절에 주목할 점은 윤동주가 2년 동안 5편의 동시를 세상에 발표한 일이다. 당시 연길에서는 어린이 잡지 『카톨릭 소년』이 월간으로 발행되고 있었는데 윤동주가 거기에 투고한 작품들이 채택된 것이다.

북간도 기독교 공동체를 떠나서 평양 숭실학교를 찾아 갔지만 얼마 되지 않아 본인이 원하지 않았던 용정의 광명학교로 다시 돌아올 수밖에 없었던 상황에서, 윤동주는 추상적이고 관념적인 언어의 태도를 버리고 모어를 간결하게 가다듬는 동심의 세계를 선택한다. 그리고 친일 계통인 용정에 와서 매체를 통해 자신의 언어를 세상에 발표하려고 애를 쓴다. 이러한 노력은 언어를 통해 존재 증명을 할 수밖에 없는 디아스포라 현실의 적나라한 표출로 읽힌다. 윤동주는 중국에서 태어나서 국적으로는 중국인이

---

137) 창작 연대가 기록되지 않은 작품도 다수 존재한다. 예를 들어 「사과」, 「눈」, 「닭」, 「호주머니」, 「나무」 등과 같은 시편들이 있다.

어서 중국의 소학교를 다녔기 때문에, 1930년대에는 만주국의 '국민'이었고, 동시에 일본 제국의 '신민'이면서, 조선족이었다. 이런 혼종적 정체성 속에서 에스닉(ethnic) 혹은 내셔널(national) 아이덴티티(identity)로서 조선인임을 증명할 수 있는 유일한 근거는 언어, 곧 '조선어'뿐이었다.[138] 따라서 그는 고집스럽게 조선어만을 '우리말'로 인식하며 갈고 닦아 시를 썼던 것이다.

예컨대 동시 「참새」에서 우리말에 대한 윤동주의 의식을 엿볼 수 있다. "가을 지난 마당을 / 백로지인 양 / 참새들이 / 글씨공부 하지요 // 짹, 짹, / 입으론 / 부르면서 / 두 발로는 / 글씨공부 하지요 // 하루 종일 / 글씨공부 하여도 / 짹자 한 자 / 밖에 더 못쓰는 걸"(「참새」 전문)에서 보듯이, "참새"를 의인화하여 우리말 글씨공부를 하게 한다는 시각이 돋보인다. 우리말과 글을 못 쓰게 하는 비극적 시대에 견주어, '참새'를 보면서 우리말 '글씨공부'를 떠올리는 착상이 절묘하다. 이념을 직접적으로 토로하는 방식과는 달리 동시를 통해 현실을 드러내고 시인의 의중을 드러낸다는 점이 주목할 만하다.

그리고 이러한 경향은 윤동주의 다른 여러 시편들이 내포하고 있는 강력한 내적 근거로도 충분히 증명이 가능하다. 이 시기 윤동주의 언어에는 북간도 기독교 공동체에 대한 1) 그리움의 정서가 나타나거나, 2) 그곳의 풍경이 묘사되거나, 3) 그곳에서 추구하는 정신적 측면이 형상화되는 방식으로 나타난다. 이러한 경향은 모두 현실 상황에 의한 '내적 결핍'에 대한 반증으로 이해할 수 있다.

우선, 이 시기 **'그리움과 상실의 정서'**는 「童謠 조개껍질-(바다물소리듯고

---

138) 정우택(2009), 「在滿朝鮮人의 混種的 正體性과 尹東柱」, 『語文研究』 通卷 第143號, 한국어문교육연구회, 217-240쪽.

싶어)-」, 「南쪽 하늘」[139] 등에서 고향 북간도 기독교 공동체와 가족에 대한 그리움으로 나타난다. 그리고그리움은 「오줌싸개디도」에서도 발견된다.

아롱아롱 조개껍대기
울언니 바다가에서
주어온 조개껍대기
×
여긴여긴 북쪽나랴요
조개는 귀여운선물
작난감 조개껍대기.
×
데굴데굴 굴리며놀다.
짝잃은 조개껍대기
한짝을 그리워하네
×
아롱아롱 조개껍대기
나처럼 그리워하네
물소리 바닷물소리

一九三五年十二月, 鳳岰里에서.

-「童謠 조개껍질-(바다물소리듯고싶어)-」[140] 전문

「童謠 조개껍질-(바다물소리듯고싶어)-」은 윤동주가 쓴 첫 동시인 만큼 상징적 의미가 크다고 볼 수 있다. 앞선 시편들보다 형식면에서 간결해졌

---

139) 「南쪽 하늘」은 동시로 보기 어렵지만, 넓은 의미에서 '그리움과 상실'의 정서를 엿
    볼 수 있는 '동심의 세계'이기에 언급한다.
140) 『나의 習作期의 詩아닌 詩』에 수록된 작품의 원고 형태를 텍스트로 삼았다(왕신
    영·심원섭·오오무라마스오·윤인석 엮음(2002), 『사진판 윤동주 자필 시고전집
    (증보)』, 민음사).

고, 동심의 순수한 마음을 쉽고 따뜻한 우리말로, 그리고 맑고 투명한 어조를 곁들여 표현한 것이 눈에 띄는 특징이다. 사실 '동시'라는 형식 자체가 아이의 시선과 아이의 어조를 통해 발화하는 양식이기 때문에, 내용에서도 시적 자아는 세계와 비분리된 인식 상태에 놓여 있다. 자아와 세계의 양자 간에는 울타리가 없다. 그 자체로서 통전과 통합을 꿈꾸는 에큐메니컬 성격을 지닌다고 볼 수 있다. 그런 면에서 이 시편도 천진난만하게 '조개껍데기'를 갖고 놀면서 '작난감' 놀이에 푹 빠진 유년 화자의 모습을 통해 화자가 '나눠지지 않는 세계'를 즐기고 있음을 드러내고 있다. 그리고 '조개'를 '선물'로 여긴다는 장면에서 화자의 긍정적 세계관을 엿볼 수 있다. 이것은 각 연의 첫 구절에 제시된 의태어와 의성어를 통해 압축적으로 표현되고 있다. 즉 1연과 4연에서 화자는 '조개껍데기'를 "아롱아롱"이라는 아름다운 의태어로 설명하고, 3연에서는 화자가 '조개껍데기'를 "데굴데굴" 굴리며 적극적으로 놀이에 참여하고 있는 모습이 나타난다. 하지만 2연에서는 "여긴여긴"이라는 표현을 통해 순진무구한 아이와는 어울리지 않는 현실 인식이 드러난다. 더군다나 "북쪽나라요"라고 말하면서 화자의 분리된 상황 인식을 드러낸다. 그리고 화자는 문득 그 '조개껍데기'가 바닷가에 남겨진 또 한 짝을 그리워하고 있을 것이라고 느끼는데, "나처럼"이라고 표현함으로써 결국 그리움은 '화자의 정서'라는 것을 보여 주고 있다.

그런데 또 주목해야 할 점이 있다. '북쪽'이라는 지시어이다. 이 시어를 통해 유추해보면, 화자가 그리워하는 고향의 "물소리 바닷물소리"는 남쪽에 둔 고향의 소리를 의미한다. 즉, 화자의 고향은 남쪽이며, 그 곳을 떠나지금 북쪽에 살고 있지만 고향을 늘 그리워하고 있다는 것이다. 알다시피 윤동주가 태어난 고향은 지리적으로 북쪽에 위치한 북간도인데 고향이 남쪽이라고 표현한 것 때문에 다양한 해석을 유발시킨다. 이러한 태도는 디아스포라 인식과 관련된 해석으로 다음 장에서 좀 더 세밀하게 다룰 예정이므로, 이 장에서는 간략하게 살펴보고자 한다.

물론 시인과 시의 화자는 본질적으로 다르다고 본다면, 더 이상 윤동주의 북간도와 연관시키지 않아도 된다. 하지만 왜 하필 윤동주는 남쪽을 고향으로 둔 어린 화자를 설정하였는지 한 번 더 묻는다면, 북간도 기독교 공동체의 고향이라는 관점에서 접근할 수 있다. 윤동주의 고향은 지리적으로는 북쪽에 위치한 북간도이지만, 북간도 기독교 공동체가 남쪽에 위치한 조국을 떠나와서 북쪽에 자리 잡은 사실을 감안한다면 윤동주는 공동체와 자신을 동일시하면서 자신들의 뿌리로서의 고향을 남쪽에 위치한 조선으로 인식했다고 볼 수 있다. 결국, 이렇게 밝고 순수한 동심의 이면에도 떠나온 자들(디아스포라)의 현실 인식이 서늘하게 담겨 있는 것이 윤동주 동시의 특별한 성격이라고 할 수 있다. 「조개껍질」 외에 「南쪽 하늘」, 「오줌싸개지도」, 「童詩 고향집-(만주에서불은-)」 등의 여러 편의 동시에서도 '위치'를 가리키는 시어들이 공통적으로 발견된다. 간과해서는 안 될 부분이다.

　　　제비는 두나래를 가지엿다.
　　　시산한 가을날141)
　　　　×
　　　어머니의 젖가슴을
　　　그리는 서리나리는 져녁,
　　　어린영(靈)은 쪽나래의 鄕愁를 타고,
　　　南쪽하늘에 떠돌뿐―

　　　一九三五, 十月, 平에서.

　　　　　　　　　　　　　　　　- 「南쪽하늘」142) 전문

---

141) 원고 노트에서 "＿" 밑줄을 확인할 수 있다.

이 시편에서 시적 주체는 시인의 상황과 동일하게 '어머니'와 분리된 '남쪽하늘' 아래에 머물고 있다. 시인이 현재 "平(평양)에서" 머물고 있는 것에서 확인되듯이, 시적 주체의 '어머니'가 계신 곳은 시인의 고향인 북간도 공동체로 보아도 무방하다. 모성적 감정[143]의 원천인 '어머니'는 함께 있을 때는 그 존재 의미를 깨닫기 힘들다. 분리된 순간, 마침내 어머니의 존재는 그리움의 대상으로 승격한다. 여기에서 시적 주체의 심정인 그리움은 '제비'의 '나래'를 통해 고향으로 내달리고 싶은 것으로 나타난다. 즉 날개를 갖지 못해서 고향 북간도에 갈 수 없는 상태이기에 시적 주체의 그리움은 깊어 가는 것이다. 이러한 결핍된 정서는 어머니의 따뜻한 '젖가슴'이 차가운 "시산한 가을날"과 어둠이 짙어오는 "서리나리는 저녁"과 대비되면서 더욱 두드러진다. 그리고 시의 맨 끝에 놓인 '―'는 시적 주체의 말문이 막힌 심정을 드러내며, '말하지 않음'으로써 '더 많은 내면의 말'을 들려주는 효과를 거두고 있다.

이러한 그리움의 정서는 「南쪽하늘」과 짝패를 이루는 「黃昏」에서 동일하게 나타난다. "햇살은 미닫이틈으로 / 길죽한 一字를 쓰고……지우고 // 까무기떼 지붕우으로 / 둘, 둘, 셋, 작고날아지난다, / 쑥 ―꿈틀꿈틀 북쪽하늘로, // 내사…… / 북쪽하늘에 나래를펴고싶다."(「황혼」[144] 전문)에서 보듯이, 「南쪽하늘」에서도 '남쪽하늘'에서 떠돌던 "어린靈"은 '북쪽하늘'에서 날개를 펴고 싶어 하는 것으로 나타나고 있다. '제비'가 "까무기떼"로 교

142) 이 시편은 첫 번째 원고노트인 『나의 習作期의 詩아닌 詩』와 두 번째 원고노트인 『窓』에서 모두 수록되어 있다. 두 원고가 크게 차이는 없으나 『窓』에 수록된 원고 형태가 비교적 간결한 것으로 보아 완성도가 있어 보인다. 하지만 초기 윤동주의 의식을 살펴보는 측면에서 퇴고의 흔적이 강렬하게 남아 있는 『나의 習作期의 詩아닌 詩』에 수록된 작품의 원고 형태를 텍스트로 삼았다
143) 가스통 바슐라르(Gaston Bachelard), 이기림 역(1980), 『물과 꿈』, 문예출판사, 1980, 164쪽.
144) 『나의 習作期의 詩아닌 詩』

체되었을 뿐, 유사한 형식과 구조 속에서 정서는 그대로 이어진다. 그런데 중요한 것은 그리움의 정서가 시인의 개인적 경험에만 머물지 않고, 보편적 차원으로 확대된다는 점이다. "어린靈"으로 상정되는 어린 시적 주체가 모성을 상징하는 '젖'을 "그리는" 것에서 보듯이, 다시는 돌아갈 수 없는 어머니의 자궁을 그리워하는 보편적 공감대를 묘사하고 있다.

> 빨래[145], 줄에 걸어논
> 요에다 그린디도
> 지난밤[146]에 내동생
> 오줌쏴 그린디도.
> ×
> 꿈에가본 어머님게신,
> 별나라 디도ㄴ가,
> 돈벌러간 아바지게신
> 만주땅 디도ㄴ가,[147]

-「오줌소개디도」[148] 전문(1936)

이 시편은 앞서 언급한 윤동주 동시의 전형적인 특징인 '순수성'과 '현실 인식'을 선명하게 대비시켜 보여주는 작품이다. 1연에서는 화자의 동생이 밤사이 이불에 오줌을 쌌는데, 화자의 눈에는 그 자국이 '지도'로 보인다는 점에서 순수함을 흥미롭게 그려낸 반면, 2연에서는 천진난만한 아이가 상

---

145) "빠줄" -> "빨래"로 수정함.
146) "한밤에" -> "지난밤에"로 수정함.
147) 습작 노트에서 여러 번 퇴고한 것을 확인할 수 있다. "꿈에본 만주땅 / 그 아래 / 길 고도가는건 / 우리땅" -> "별나라 디도ㄴ가, / 돈벌러간 아바지게신 / 만주땅 디도 ㄴ가"로 수정함.
148) 『나의 習作期의 詩아닌 詩』(왕신영·심원섭·오오무라마스오·윤인석 엮음(2002), 『사진판 윤동주 자필 시고전집(증보)』, 민음사).

상하는 세계의 모습을 통해 아이가 처한 현실을 구체적으로 설명한다. 어린 화자의 어머니는 '꿈에'서나 볼 수 있는 '별 나라'에 계신 상황, 곧 돌아가신 상황이고, 아버지는 생계를 위해 '만주땅'으로 '돈벌러'가서 부재의 상태이다. 결국 어머니, 아버지가 모두 부재한 상황이기에 어린아이인 화자는 고아나 다름없는 상황에 놓여 있다. 따라서 이승과 저승, 국경 이쪽과 저쪽은 '선'이라는 경계가 가로놓여 있는 분리된 상황으로 화자로 하여금 그리움을 유발시키는 기능을 한다. 화자는 온 가족이 조우하는 세계를 그리워하고 있다. 여기서 주목할 것은 「南쪽 하늘」과 달리, 윤동주 개인의 그리움을 넘어 비참한 삶을 살아야 했던 식민지 조선의 아이들의 그리움으로 보편화되고 있다는 점이다. 퇴고 이전의 흔적에서 "길고도가는건 우리땅"이라고 적혔던 것을 통해서도 시인이 슬픔과 그리움의 정서를 민족적 차원으로 확대시킨 것을 확인할 수 있다. 이 외에도 「병아리」, 「비둘기」, 「기와장내외」 등의 작품에서도 비슷한 방식으로 그리움의 정서가 드러나고 있다.

다음은 **북간도 공동체의 풍경**을 이 시기의 동시에서 확인할 수 있다. 북간도의 풍경은 주변 풍경[149]과 자연물을 단순 묘사하는 방식으로 그려지거나, 혹은 은유적 상상물의 공간으로 묘사되기도 한다.

> 만돌이가 학교에서 돌아오다가
> 전보대를 있는데서
> 돌재기 다섯개를 주었읍니다.
>
> 전보대를 겨누고
> 돌첫개를 뿌렷습니다.
> ─딱─

---

149) 두 번째 원고 노트인 『窓』에 「風景」이라는 시편이 실제로 수록되어 있기도 하다.

두개채 뿌럿습니다.
　—아불사—
세개채 뿌럿습니다.
　—딱—
네개채 뿌럿습니다.
　—아불사—
다섯개채 뿌럿습니다.
　—딱—

다섯개에 세 개……
그만하면 되엿다.
내일 시험,
다섯문데에, 세문데만하면—
손꼽아 구구를 하여봐도
허양 륙십점이다.
볼거있나 공차려가자.

그이튼날 만돌이는
꼼짝몯하고 선생님한데
힌종이를 바처슬까요.
그렇찬으면 정말
륙십점을 맞엇슬까요

-「만돌이」150) 전문

　「만돌이」에서 화자는 학교 시험을 앞둔 학생 '만돌이'의 태도를 흥미롭
게 바라본다. 만돌이는 공부를 하지 않고 '전봇대' 밑에서 주운 돌멩이 다

---

150) 첫 번째 원고 노트인 『나의 習作期의 詩아닌 詩』에 있는 작품으로 형식적 특이성
　　과 마지막 연의 퇴고 과정에 주목할 필요가 있다(왕신영 · 심원섭 · 오오무라마스
　　오 · 윤인석 엮음(2002), 『사진판 윤동주 자필 시고전집(증보)』, 민음사).

섯 개를 하나씩 던져서 세 개나 맞추었으니, 내일 볼 시험도 잘 볼 것이라고 믿고 더 이상 공부를 하지 않는다. 화자는 그런 '만돌이'의 행위를 무시하지 않고 그 결과에 대해서 궁금해 한다. 평생 학생이었던 윤동주가 학교와 친구의 모습을 시의 소재로 활용한 것은 지극히 자연스러워 보인다. 이때 「만돌이」는 아직 철이 들지 않은 아이의 모습이라는 점에서 윤동주가 다녔던 숭실학교나 광명학교보다는 어린 시절 명동학교의 어떤 학생을 보고 썼을 가능성이 크다.

그리고 「병아리」에서는 북간도 마을의 일상에서 흔히 볼 수 있는 "병아리"를 시의 소재로 사용하고 있다. 김홍규는 이 시편에 대해서 "유년의 아름다움에 대한 집착"이라고 말할 정도로 윤동주는 유년 시절 북간도 풍경을 시의 소재로 많이 활용한다. 그리고 「병아리」뿐만 아니라 「봄」에서도 유년의 아름다움이 표현되는데 특히 "코올코올", "가릉가릉", "소올소올", "째앵째앵" 등의 의성어와 의태어를 각 연 끝에 배치시켜 시적 의미를 함축시켜 나타낸다. 그리고 「귀뚜람이와 나와」에서는 "귀뜰귀뜰/귀뜰귀뜰"을 시 도입부 전면에 배치하여 시 전체의 의미를 주도하게 하는데, 이러한 기법을 통해 윤동주가 경험하고 인식한 북간도 명동촌의 따스한 풍경을 묘사하는 데 적절하게 사용되고 있다. 즉 "아기", "고양이", "애기 바람", "아저씨 햇님" 등으로 표상되는 따뜻하고도 평화로운 동심의 세계가, 바로 윤동주가 유년 시절 경험한 북간도라는 공간의 이미지인 것이다. 이렇게 주변 풍경과 경험한 사실을 시에 반영하는 태도는 「바다」와 「비로봉」에서도 나타난다. 두 시편은 윤동주가 1937년 9월에 수학여행으로 금강산과 원산 송도해수욕장을 다녀와서 썼다는 점을 보더라도 윤동주의 시어들이 자신을 둘러싼 풍경에서 왔다는 것을 알 수 있다.

비오는날 저녁에 긔와장내외
잃어버린 외아들 생각나선지[151]
꼬부라진 잔등을 어루만지며
쭈룩쭈룩 구슬피 울음웁니다

-「기와장 내외」[152] 부분

　　그리고 「기와장 내외」에서는 북간도의 풍경이 윤동주의 시에서 은유적
상상력의 공간으로 작용하고 있음을 확인할 수 있다. 이 시에서 '기와장'은
단순한 사물이나 풍경이 아니라 내면의 정서로 자리 잡아 상상력의 근원
으로 작용한다. 이 시에서는 무생물인 "기와장 내외"를 의인화하고 있다.
'비 내리는 날' "기와장 내외"는 잃은 아들 생각에 구슬피 울고 있다. 여기
에서 "비"는 하늘에서 떨어지므로 하강 이미지를 형성하고 있으며, '기와
장'은 가옥의 가장 외곽 부분이면서 가장 위쪽에 위치한 구도 속에 배치되
어 있다. 아들을 잃은 상황에서 '하늘'로 떠난 아들과 가장 근접한 곳에 '기
와장'은 자리 잡고 있는 것이다. 하늘에서 떨어지는 비는 아들이 있는 곳에
서 내려온다는 의미를 지니면서 '기와장'의 눈물이 되기도 한다.
　　동시의 형식을 빌려 무생물을 통해 이렇게 슬픈 정서를 성숙하게 보여
주는 것이 윤동주 시의 묘미이다. 몇 해 전, 명동촌에서 십자가, 태극, 무궁
화 문양의 기왓장이 발견되었고, 그것이 북간도 기독교 공동체의 성격을
함축적으로 드러낸다고 이미 밝혀진 바 있다. 보통 하나의 그림을 생각할
때 나타나는 심상은 일종의 인식을 담아내는데, 감각을 통해 이미지가 발
생한다. 이때 이미지는 생각을 일으키는 운동이 된다. 다시 말해 **은유에서**
상상력[153]은 발생하는데, 단순히 그림을 생각하는 것이 상상력이 아니라,

---

151) "생각이나서" -> "생각나선지"로 수정함.
152) 『나의 習作期의 詩아닌 詩』(왕신영 · 심원섭 · 오오무라마스오 · 윤인석 엮음(2002),
　　『사진판 윤동주 자필 시고전집(증보)』, 민음사).

그 그림을 일으키는 원인으로서의 생각이 바로 상상력이란 것이다. 따라서 '기와장'과 같은 북간도의 풍경은 윤동주에게 있어서 바로 은유적 상상력의 공간, 동심의 세계가 구현된 공간으로 볼 수 있다.

이러한 특징은 시편 「무얼 먹구 사나」에서도 잘 드러난다. "바닷가 사람 / 물고기 잡아 먹고 살고 // 산골엣 사람 / 감자 구워 먹고 살고 // 별나라 사람 / 무얼 먹구 사나" (「무얼 먹구 사나」 1936.10)에서 보듯이, 화자는 "별나라 사람"이 무얼 먹고 사는지 궁금해 하는데, "별나라"라는 상상적 공간은 현실적으로 경험한 '바닷가'와 '산골에'를 바라보면서 구현된다. 이처럼 '북간도'라는 공간은 '별'처럼 수많은 상상력을 불러일으킨 시의 근원(Ground)이었음이 분명하게 드러난다.

그리고 **북간도 기독교 공동체가 추구하는 정신적 측면이 형상화되는 시편들이 존재**한다. 정신적인 측면에는 양면성이 존재하는데 이미 살펴본 동시에서 밝혀졌듯이, 디아스포라 혹은 식민지 조선의 민족이 겪어야 했던 '현실'에 대한 인식과 모든 존재자들이 분리되지 않고 하나가 된 동심의 세계 즉 '에큐메니컬 세계'라는 두 측면으로 나타난다. 가령 시편 「비둘기」에서는 시의 제목이 상기하듯이 '평화'의 상징인 '비둘기'가 시의 소재로 활용되었고, '두나래'를 가진 비둘기 '두 마리' 사이좋게 비상하는 장면을 통해서 '화해와 일치의 평화'를 추구하는 에큐메니컬 세계가 상징적으로 드러난다고 볼 수 있다. 하지만 이 땅에서 에큐메니컬 세계는 실현되지 못하고 존재자들이 서로 분리된 상황에서 서로를 그리워하는 모습도 쉽게 찾아 볼 수 있다. 그리고 그 분리된 근원을 분석하는 노력이 윤동주의 동심의 언어 속에서 나타난다.

이러한 경향은 윤동주가 친일 성향의 광명중학교에 재학하면서 더욱 두

---

153) 양명수(1999), 『은유와 구원』, 문학과 지성사, 32쪽.

드러진다. 윤동주는 본격적으로 동시에 관심을 기울이기 시작하면서 정형률을 가진 요적 동요에서 벗어나 '이야기성'과 '형상성'을 중시한 시적 동요, 즉 동요시를 창작하기 시작하는 등 시적 기법을 한층 다양하게 구사한다. 이때 윤동주의 동요시는 대체로 두 가지 형태로 집약된다. 하나는 「개」 등에서 볼 수 있듯이, 하나의 문장으로 이미지를 포착하거나 장면화한 동요시형이고, 다른 하나는 「겨울」, 「거짓부리」 등에서 살필 수 있듯이, 대구를 이룬 두 개 혹은 세 개의 연으로 구성하여 이야기나 의미를 전달하는 동요시형이다.

이러한 '이야기성'과 '형상성'은 알다시피 근대 시사에서 김동환, 이용악, 오장환 등 같은 리얼리즘 시인들이 앞서 보여준 방법이기도 하다. 명동학교에서 모든 졸업생들에게 김동환의 『국경의 밤』을 선물로 준 것으로 보아 성실한 학생이었던 윤동주가 이를 수용하고 따랐을 가능성이 크다.

> 산골작이 오막사리 나즌굴뚝엔
> 몽긔몽긔 웨인내굴 대낮에솟나,
> ×
> 감자를 굽는게지. 총각애들이
> 깜박깜박 검은눈이 몰여앉어서,
> 입술이 꺼머케 숯을바르고,
> 넷 이야기[154] 한커리에 감자하나식,
> ×
> 산골작이 오막사리 나즌굴뚝엔
> 살낭살낭 솟아나네 감자굽는내.
>
> 一九三六 가을.

—「童詩 굴뚝」[155] 전문

---

154) "호랑서방 넷알한커리에" -> "넷 이야기 한커리에"로 수정함.

현실은 '웨인' 연기가 대낮에 솟는다. 낮은 굴뚝 아래서 깜깜한 '검은' 눈의 총각들이 모여 피워내는 이야기는 '시커먼' 숯을 바른 입을 통해 나온다. 그들은 입에서 이야기 하나가 나올 때마다 감자 한 개씩을 삼켜 버린다. 인정이 넘치는 평온한 산골은 가슴속 추억 속의 모습이고 이미 현실이 아니다. 이렇듯 「굴뚝」은 일상 생활을 주제로 드러내고 있는데, 막막한 현실을 설명하는 것이 아니라, 읽는 이로 하여금 동화되는 감정을 불러일으키게 한다.

요컨대 북간도 기독교 공동체의 일원으로 태어나고 자란 '어린 학생' 윤동주는 이 시기에 「초한대」와 같은 '종교' 시편을 통해 처음으로 자신의 언어로 세계를 구축하는 시도를 하고, '동시'에 전념한다. 이 동시들은 완성도를 갖춘 빼어난 작품으로 평가하기는 어렵지만, 시인 윤동주가 형성하게 될 시 세계의 응축된 언어를 보여 주었다고 할 수 있다. 이러한 과정을 통해 윤동주는 자신만의 시적 특성을 점차 생성해 나가는데 그런 의미에서 '경도(傾倒)'와 '개안(開眼)'의 시기로 평가할 수 있다.

당시 상황을 살펴보면 윤동주는 유년 시절부터 '디아스포라의 땅' 북간도의 현실에 그대로 노출되어 있었다. '민족주의 기독교 계통의 학교'와 '친일 비기독교 계통의 학교'라는 이분화된 선택의 길 위에서 고민해야 했고, 자신의 언어를 갈고 닦을 수 있는 공간을 찾아 여기저기 옮겨 다녀야만 했다. 이러한 상황에 대한 윤동주의 심적 상태가 그의 언어 속에도 흔적으로 남아 있는데, 첫째는 종교적 세계의 형태로, 둘째는 동심의 세계의 모습으로 나타난 것이다.

「초한대」와 같이 초기 종교 시편은 다소 거친 직유적 표현과 감정의 과

---

155) 『나의 習作期의 詩아닌 詩』(왕신영 · 심원섭 · 오오무라마스오 · 윤인석 엮음(2002), 『사진판 윤동주 자필 시고전집(증보)』, 민음사).

잉이 나타나고, 어설픈 모더니즘적 요소를 지니고 있지만, 북간도 기독교 문화의 바탕 아래 성실히 배우는 데 힘쓴 학생(종교인)의 언어적 결정체로서 그 가치를 부여할 수 있다. 따라서 이후 펼쳐질 윤동주 시 세계를 의식적·무의식적 차원에서 가늠할 중요한 단서를 제공한다고 볼 수 있다.

다음은 '동심의 세계'가 그의 언어에서 나타난다. 윤동주는 '언어 조탁의 시간'을 가지면서 정지용, 김동환, 이용악, 오장환, 백석 등과 같은 선배 시인들의 시 형식을 충실하게 배우고 자신의 시에 적용한다. 그러나 내용적으로는 선배 시인들과는 다른 독특한 면모를 보인다. 그의 시에는 '순수성'과 '현실 인식'이라는 양면성이 드러나는데, 이것은 동시라는 형식을 통해 '현실'을 극적으로 보여주는 효과를 가져 온다. 그렇기에 윤동주가 추구하는 '에큐메니컬 세계'의 면모가 동시를 통해 더욱 부각되는 것이다.

구체적으로 개별 시편들을 살펴보면, 우선 북간도 공동체를 떠나면서 촉발된 '그리움의 정서'가 짙게 나타나는데 이것은 개인의 정서를 넘어 집단의 정서로 확대되어 보편적 의미를 보이기도 한다. 그리고 북간도 공동체의 풍경을 단순 묘사하거나 은유적 상상력의 세계로 드러내는 경향을 보인다. 또한 북간도 기독교 공동체가 추구하는 정신적 측면이 강조되는 시편들도 곳곳에서 발견된다. 이처럼 북간도 기독교 공동체는 윤동주의 초기 작품들과 깊은 관계를 형성하고 있다.

이러한 과정을 통해 형성된 윤동주의 시적 상상력은 단순히 언어만으로 현실을 반영하기보다는 '존재'와 '존재자'의 관계 또는 '시원(始原)'에 대한 근본적 사색을 감행하는 데 본질이 있다. 이러한 접근은 우리 현대시의 역사적 · 논리적 자장을 분할해왔던 '리얼리즘/모더니즘'의 미학적 분법으로는 포괄해낼 수 없는 영역을 확보한다. 뿐만 아니라 이러한 시적 방법론은 사물의 내면에서 웅얼거리는 '신성의 편재성(遍在性)'을 발견하면서 동시에 그 편재성이 인간은 물론 뭇 생명과 깊은 내적 연관성을 가지고 있다는 사실을 경이롭게 발견하는 데 목적이 있다.156) 우리 근현대시사의 시인 가운데 윤동주는 이러한 형식들, 즉 사물들 속에서 신성한 존재를 그것들끼리의 내적 연관성을 '종교'와 '동시'라는 형태로 시화하고 있는 대표적인 사례일 것이다.

---

156) 유성호(2005), 『한국 시의 과잉과 결핍』, 도서출판 역락, 28쪽.

Ⅲ. 윤동주 시의 디아스포라적 세계와 현실 인식 연구

앞서 윤동주 시는 '북간도 기독교 공동체'를 기준으로 구분된다고 밝혔다. 윤동주가 그곳에서 직접 머물면서 썼던 작품을 앞에서 다루었다면, 3장에서는 북간도 공동체를 온전히 떠나오고 분리된 상태[157]에서 세계를 인식한 윤동주의 시 세계를 살펴보고자 한다. 먼저 식민지 조선과 일본을 온몸으로 체험한 그의 삶을 실증적 자료를 바탕으로 정리할 것이고, 이어서 '디아스포라' 윤동주가 고향 북간도를 온전히 떠나면서 마주한 세계의 모습을 규명할 것이다.

1. '유랑의 경험' 식민지 조선과 일본에서의 체험 이야기

가. 식민지 조선 경험의 양면성

북간도에서 유년 시절을 보내고 식민지 조선 경성의 연희전문학교에 입학한 윤동주의 경험은 디아스포라 현실에서 언어를 통해 자신의 존재를

---

157) 물론 평양숭실중학교에 생활하느라 북간도를 떠나 있었지만, 7개월이라는 비교적 짧은 시간 동안 평양숭실중학교에 머물러 있었고, 곧바로 북간도(용정)로 되돌아갔기 때문에, 여기서 '온전히' 떠났다는 표현을 사용한 것이다.

실현하기 위한 '길 찾기' 과정이었지만, 결국 시대의 거센 물결에 이끌리는 '흐르는 존재'가 될 수밖에 없었던 양면성을 지니고 있다.

윤동주는 만 21세가 되면서 북간도(용정)의 광명중학교 과정을 마치고 1938년 4월 9일, 송몽규와 함께 연희전문학교 문과에 입학하여 기숙사[158]에 머물면서 식민지 조선의 삶을 경험하기 시작한다. 이때 연희전문학교는 윤동주에게 '일제 강점기'라는 암울한 시간을 빗겨갈 수 있는 공간 즉, 일종의 정신적 '소도(蘇塗)'로 기능한다. 윤동주는 자신이 시인으로 자라나서 존재를 증명할 수 있도록 최소한의 안전장치로서 연희전문학교를 선택한 것으로 볼 수 있다. 알다시피 당시 일본은 1931년 '만주사변'과 1937년 '중일전쟁'을 치르면서 1938년 4월 1일 '국가 총동원령'을 공포하는 등 한반도 내에서 노동력과 물자 등을 수탈하기 시작했다. 이런 상황에서 윤동주는 연희전문학교에 입학한 것이다. 이곳에서 윤동주는 그의 바람대로 일본의 직접적 간섭에서 조금은 벗어나 존재를 실현해 나간다. 여기에서 그는 북간도 기독교 공동체의 '에큐메니컬 정신'을 더욱 심화시킬 수 있었으며, 시적 언어의 완성도를 높일 수 있었다.

그러면 먼저 연희전문학교의 풍경을 살펴보자. 연희전문학교는 1915년 3월 15일 조선 최초의 선교사인 언더우드(Horace G. Underwood 우리말 이름 : 원두우)가 설립한 경신학당 대학부에서 시작되었고, 미국 기독교 북장로교, 남북감리교, 캐나다 장로교 선교부 연합 위원회 등 다양한 교단이 연합하여 학교 운영에 관여하였다. 따라서 연희전문학교는 창립자 원두우의 사상과 신앙에 바탕을 두면서 운영되었고, 그의 영향력은 크게 미치고 있었다. 언더우드는 1885년 조선 땅을 처음 밟고 이런 기도를 드렸다고 한다.

---

158) 윤동주는 1학년과 3학년 때는 기숙사 생활, 2학년과 4학년 때는 주로 학교 밖에서 하숙 생활을 하였다(류양선(2015), 『윤동주-순수한 영혼』, 북페리타, 58쪽).

지금은 우리가 황무지 위에 맨손으로 서 있는 것 같사오나 지금은 우리가 서양귀신 양귀자라고 손가락질 받고 있사오나 저희들이 우리 영혼과 <u>하나인 것을</u> 깨닫고, <u>하늘 나라의 한 백성, 한 자녀임을 알고</u> 눈물로 기뻐할 날이 있음을 믿나이다.[159]

이 기도의 "한 백성, 한 자녀"라는 구절에서 보듯이 원두우는 '화해와 일치의 평화'를 지향하는 에큐메니컬 신앙을 지니고 있었다. 그리고 "한민족은 주권을 빼앗길 민족이 도저히 아니다."라며 우리 민족을 위해 3대가 모두 우리 땅에 뼈를 묻을 정도로 '이 땅에서' 실현되는 신국의 선교 정책을 펼쳤다. 구체적으로 그는 한일 병합 직후부터 반일 활동을 전개해 나간다. '「예수교회보」의 폐간사건'과 '105인 사건과 연루'된 일만 보더라도 그의 신앙관을 뚜렷하게 엿볼 수 있다.

원두우는 「그리스도신문」을 발행하던 경력을 인정받아 한일 병합 직전인 1909년에 새롭게 창간된 장로교회 기관지인 「예수교회보」의 사무국장 겸 발행인(사장 한석진 목사)을 맡는다. 그런데 원두우는 과거 「그리스도신문」에 「독립신문」과 같이 정치 비판 내용을 가감 없이 게재한 것처럼 「예수교회보」를 통해서도 통감부와 총독부의 정책을 비판하는 기사를 게재한다. 한일강제 병합 직후 「대한매일신보」, 「황성신문」과 같은 민족지들이 일제히 폐간 조치되고 그 대신 친일 어용지 「매일신보」가 탄생하는데, 이런 분위기 속에서 원두우의 「예수교회보」도 결국 1910년 11월 29일자 제1권 40호가 총독부에 전부 압수당하며 발행 금지조치를 받게 된다.[160]

---

159) 「언더우드 기도문」, 안영로(2002), 『한국교회의 선구자 언더우드』, 쿰란출판사.
160) 홍이표(2014), 「원두우 강연집(15) "사랑하는 조선 동포여, 조금만 참으면 조선이 독립될 것입니다!" - 일제시대, 언더우드 부자(父子)의 메시지」, 『기독교 사상』 통권 661호, 78~93쪽.

조선총독부 경시총감부 고시(告示) 제78호 : 경성(京城) 중부(中部) 승동(承洞) 언더우드 발행(發行), 예수교회보(耶蘇敎會報) 제1권 제40호, 위(右) 신문지(新聞紙)는 치안(治安)을 방해(妨害)함으로 인(認)하야 광무(光武) 11년 법률 제1호 신문지법(新聞紙法) 제34조에 의(依)하야 그(其) 발매영포(發賣領布)를 금지(禁止)하고 이를 압수(押收)함. 1910년 11월 29일 조선총독부 경무총감 아카시 모토지로(明石元二郎)[161]

어떤 내용의 기사가 "치안을 방해했다"고 하는지는 모두 압수되어 폐기되었으므로 지금은 알 길이 없다. 하지만 그 내용이 어떤 것인지는 충분히 짐작할 수 있다. 당연히 총독부의 무단통치를 비판하는 반일(反日)적 내용이었을 것이다. 이미 강제 병합 직전인 1910년 8월 10일자 신문(제24호)도 통감부에 의해 '치안방해'를 이유로 압수당한 적이 있었으므로 「예수교회보」는 일제 당국의 꾸준한 감시 대상이요 눈엣가시였던 것이다.[162]

이뿐만이 아니라 원두우는 '105인 사건'에 연루된다. 원두우가 「예수교신문」 문제로 퇴진한 직후인 1910년 12월 28일에는, 평북 선천에서 안명근(安明根)이 데라우치 마사타케(寺內正毅) 총독을 암살하려다가 실패했다는 사건을 총독부가 날조하는 일이 발생한다. 이 일로 윤치호(尹致昊), 양기탁(梁起鐸), 이승훈(李昇薰), 이동휘(李東輝), 유동열(柳東說) 등 6백여 명과 배일(排日) 활동을 전개하던 신민회(新民會) 등 민족주의자들, 그리고 평안도 지역의 기독교 신자들이 대거 검속된다. 하지만 피고자들은 총독 암살 음모와 전혀 관계가 없다고 범행을 부인하자, 일경(日警)은 고문을 통해 거짓 자백을 강요한다. 이때 잔인한 고문을 지시한 사람은, 앞서 원두우가 발행한 「예수교회보」를 압수하고 발행 금지시킨 총독부 경무총감 아카

161) 앞의 책, 재인용.
162) 앞의 책, 참조.

시 모토지로(明石元二郞)였다. 그 결과 대표적인 요주의 인물 105명만 기소 처리된다. 하지만 그 마저도 추후 대부분 무죄로 판명되는데 이것이 바로 '105인 사건'이다. 알다시피 이 사건은 일제 총독부에 의해 조작된 것으로, 당시 내한 선교사들도 24명이나 관련되었는데 그것도 '단순방조'(單純傍助)가 아니라 암살을 직접 '사주'하거나 '독려'하는 등의 적극적 공모정범(共謀正犯)으로 연루가 된 것이다. 원두우는 바로 이러한 조작 사건의 자백 과정에서 최초의 정보 제공자로 발표되어 곤혹을 치르게 된다.163)

이렇듯 원두우는 억압당하는 우리 민족과 함께 거대 폭력적 권력 앞에 맞서는 신앙을 지니고 있었다. 그런데 이러한 그의 신앙적 태도는 제국주의적 성격을 지닌 채 조선 땅을 밟았던 선교사들과는 분명히 다른 영향력을 조선 사회에 드러내고 있었다. 1919년 3.1운동 이후 조선의 교회는 마펫(S. A. Moffett), 리(G. Lee), 홀드크로프트(J. G. Holdcroft) 같은 보수적인 선교사들의 영향 아래 놓여 있었다. 당시 한국 기독교의 주류를 형성하고 있던 서북 기독교 계통의 이들은 원두우의 신학적 노선에 대해 비판을 가한다. 이에 대해 한국기독교회사학자 연규홍은 이들의 대립을 이렇게 서술한다.

당시 서울은 한국 교회에서 서북계 교권세력과 맞설 수 있는 독자적 교회 형성에 일관하고 있던 곳이었다. 그런데 이러한 서울에서의 장로교는 교파적 생태로나 그 성향에서 교육·의료문화·사회운동 등을 강조하는 감리교에 흡사한 발전을 거두어 왔고, 서북의 교회는 그 대세가 장로교여서 이런 이유와 함께 자유주의 색채를 들어 기호(畿湖)교회를 근대주의자라고 왕왕 공격해 왔던 터였다. 이 말은 서울에 평양신학교 출신이 적었다는 말이며, 언더우드 신학이 평양에

---

163) 앞의 책, 참조.

주재하던 마펫, 리의 보수주의 수준에서는 의심을 받았다는 뜻이 된
다.164)

이러한 신앙적 학풍은 윤동주가 입학할 당시에도 계속 이어진다. 윤동
주가 입학하던 해인 1938년에 연희전문학교는 원우두의 아들인 원한경
(H. H. Underwood)이 교장으로 재직하고 있었다. 원한경은 아버지 원두우
의 뜻을 그대로 이어 받는다. '제암리 사건'을 세계에 직접 알리고, 아버지
가 세운 연희전문학교에서 우리말과 역사를 지도하여 우리 민족이 민족정
신을 함양하도록 도왔다. 구체적으로 원한경은 1934년 교장으로 취임하면
서 정인보, 최현배, 김윤경, 백남운 같은 학자들을 대거 교수로 초빙한다.
이러한 태도는 조선에서 유일무이한 것이었다. 그 결과, 일본이 1938년도
의 흥업구락부(興業俱樂部) 사건과 1942년의 조선어학회(朝鮮語學會)사
건에 연희전문학교를 연루시켜 곤경에 빠뜨리지만, 이것은 윤동주가 에큐
메니컬 정신을 강화시켜나가고 시적 언어로 존재를 증명할 수 있는 '그늘'
이 되기도 했다.

구체적으로 1934년 연희전문학교 교장으로 취임한 원한경의 취임 연설
에는 그의 우리 민족 사랑과 선교의 열정, 그리고 에큐메니컬 정신이 고스
란히 담겨 있다.

저는 4,000년 전, 강화도의 마니산 정상에 제단을 세운 단군의 종
교적 정신에 대해서, 그리고 대동강 옆에 위치한 기자시의 유산에
대해, 그리고 천여 년 전, 신라시대의 최치원 선생의 위대한 가르침
과 그 뜻을 계승해 온 많은 다른 선각자들께 감사를 드립니다. 또한
2,000년 전 동방에서 태어나신, 우리학교의 이상이시며, 우리의 구
세주이신 예수님께 감사를 드립니다. … 우리는 이 젊은이들에게 동

---

164) 연규홍, 「종교권력과 교회분열」, 앞의 책, 247쪽.

서고금의 막대한 정보를 제공해 주어 이들로 하여금 현재를 판단할 수 있는 지혜를 줄 것입니다. … 우리는 그들이 직면할 어떤 상황에서도 자신감을 가질 수 있도록 교육할 것입니다. 우리는 학생들이 전 세계의 모든 국가, 모든 계층, 모든 종교에 속해 있는 사람들과 협력하는 태도를 가질 수 있게 지도할 것입니다. 우리는 성부 하나님의 지혜와, 성자 하나님의 사랑과, 성령 하나님의 인도하심으로 이들을 사회에 대한 책임감을 갖도록 할 것입니다. 우리는 교육된 젊은이들을 조선 사회로 진출시켜 그들이 동포의 문제들을 해결할 수 있도록 만들 것입니다. "우리는 4천년에 걸쳐 이루어진 한국의 문화유산을 가치 있게 받아들이고, 이를 한국인의 기억 속에 간직하도록 하며, 오늘날의 새로운 의미를 부여하여 현재의 한국인이 그 참뜻을 이해하도록 할 것입니다. … 우리는 서양인이나, 경기도, 평안도, 경상도 사람을, 혹은 장로교나 감리교도만을 필요로 하는 것이 아닙니다. 우리는 오직 예수의 정신으로 자신의 맡은 일을 수행할 사람이 필요한 것입니다. 이 학원은 **화합의 이상을 달성하기 위해 설립되었으며, 이곳의 역사를 아는 모든 사람들이 명백히 아는 사실입니다. 이를 성취하기 위해 서양인과 동양인이 화합했습니다. … 모든 종파의 사람들이 하나의 교회에 모이게 하고, 이러한 자원, 사람들, 종교의 결합을 통해서 세계의 모든 사람에게 봉사하는 것, 이 모든 것이 우리 교육의 목적입니다.**[165]

　　　－ 원한경(H. H. Underwood)의 "연희전문학교 교장 취임사" 전문

　이렇듯 "화합의 이상"을 학교의 설립 목적으로 삼고, 동서양인의 '화합'은 물론, '모든 종파의 하나됨', '교회의 하나됨', '사람들의 하나됨'까지 지향한 연희전문학교의 학풍은 윤동주의 시적 언어의 완성도를 높이는 강력한 힘으로 작용한다. 윤동주 시에서 나타나는 에큐메니컬 지향성은 4장에서 자세하게 언급하겠지만, 여기서 소략해서 말하자면 에큐메니컬 정신은

---

165) 원한경(H. H. Underwood) "연희전문학교 교장 취임사" Inaugural Address", The Korea Mission Field, 1934, 12월호, (30집), 260-261).

윤동주의 시세계를 구성하는 원리로 나타난다. 윤동주는, 외솔 최현배 선생께는 조선어를 배우고, 이양하 교수께는 영시를 배우면서 언어를 더욱 세심하게 가다듬는다.166) 이런 연희전문학교가 윤동주에게는 후배에게 입학을 권고할 정도로 긍정적 공간으로 인식된다. 후배 장덕순(전 서울대 교수, 국문학. 윤동주의 광명중학 2년 후배)에게 윤동주는 연희전문학교의 모습을 다음과 같이 묘사하여 들려준다.

> 문학은 민족사상의 기초 위에 서야 하는데, 연희전문학교는 그 전통과 교수, 그리고 학교의 분위기가 민족적인 정서를 살리기에 가장 알맞은 배움터이다. 당시 만주땅에서는 볼 수 없는 **무궁화**가 캠퍼스에 만발했고, 도처에 우리 국기의 상징인 **태극 마크**가 새겨져 있고, 일본말을 쓰지 않고, 강의도 우리말로 하는 '**조선문학**'도 있다.167)

이런 윤동주의 말처럼 연희전문학교는 윤동주가 보기에 '무궁화'가 만발하고 '태극문양'이 곳곳에 새겨져 있으며 '조선문학'이 있는 공간이었다. 이것은 '막새기와'에 '태극문양'과 '무궁화문양'과 '십자가문양'이 새겨진 북간도 기독교 공동체와 다름없는 공간이었던 것이다.

그리고 이외에 당시 연희전문학교에서 만난 사람들도 '詩人 윤동주'가 생성되는 데 결코 간과될 수 없는 요소이다. 윤동주는 이곳에서 운명적 친구들을 만나게 된다. 송몽규는 말할 것도 없고, 1939년에 입학한 하동 학생 정병욱(1922-1982)을 알게 된다. 그와 함께 이화여전 구내 협성교회에

---

166) 당시 연희전문학교에는 다수의 선교사 겸 교수인들이 있었고, 유억겸, 이양하, 이묘묵, 현제명, 최현배, 최규남, 김선기, 백낙준, 신태환, 정인섭 등의 당대 저명한 한국인 학자들이 재직하고 있었다. 송우혜 평전, 230쪽. 그런데 윤동주 동생 윤일주의 증언에 의하면, 윤동주는 방학 때 돌아오면 최현배 선생과 이양하 선생 이야기를 가장 많이 했다고 한다. 그리고 윤동주 책장 가장 한가운데 꽂혀 있던 책이 바로 최현배 선생이 쓴 『우리말본』이었다고 전한다.
167) 송우혜(2004), 『윤동주 평전(재개정판)』, 푸른역사, 227~228쪽.

다니며 영어 성서반에 참석하는 등 신앙의 동지가 된다. 그들은 릴케, 발레리, 지드 같은 작가들의 작품을 탐독하며, 프랑스어를 독습하는 학문의 동지가 되기도 한다. 그리고 함께 기숙사에서 나와 종로구 누상동 9번지의 소설가 김송의 집에서 하숙하기 시작해 룸메이트가 된다.

이런 정병욱에 의해 훗날 윤동주의 시는 세상의 빛을 보게 된다. 1941년 12월 27일, 윤동주가 전시 학제 단축으로 3개월 앞당겨 연희전문학교를 졸업할 때, 졸업 기념으로 19편의 작품을 모아 자선시집(自選詩集)『하늘과 바람과 별과 詩』[168]를 77부 한정판으로 출간 할 계획을 한다. 하지만 당시 흉흉한 세상을 걱정한 주변인들의 만류로 뜻을 이루지 못하게 되자, 시집 3부를 작성하여 한 부는 자신이 갖고, 한 부는 이양하 선생에게, 또 한 부는 정병욱에게 증정하는데, 결국 정병욱이 보관하고 있던 시집을 통해 윤동주의 시는 세상에 알려지게 된다.[169] 그리고 정병욱은 훗날 서울대 국문과 교수로 재직하며 국어 교과서에 윤동주의 시를 싣는 노력을 한다.

강처중도 윤동주와의 관계에서 빼놓을 수 없는 사람이다. 그는 윤동주와 입학 동기생으로서, 연전 신입생 때 윤동주, 송몽규와 함께 기숙사 같은 방에 입사하여 연전 시절을 보낸다. 졸업반 때는 문과의 학생회장인 문우회장이었고, 윤동주가 일본으로 유학간 뒤 서울에 남겨둔, 「懺悔錄」을 낱장으로 된 시 원고들과 책과 책상, 연전 졸업 앨범까지 등을 보관하였다. 그리고 윤동주가 일본 유학 중에 그에게 보낸 편지 속에 써넣은 「쉽게 씌워진 시」 등을 비롯한 일본에서 쓴 시 5편 역시 보관해 둔다. 강처중이 아니었으면, 윤동주가 일본에서 쓴 시는 단 한 편도 세상에 전해질 수 없었을

---

168) 본래 이 자선시집의 제목은 『病院』이었다.
169) 일제의 검열에 의해서 시가 통과되지 못할 것이라는 이양하 교수의 권고에 의해 윤동주는 출판을 단념하게 된다. 정병욱이 받게 된 시고집 1부는 정병욱이 학병으로 끌려가기 전에 자신의 집에 소중히 보관해 달라고 어머니에게 부탁했다고 한다. 오늘날 우리가 윤동주의 시를 볼 수 있는 것은 바로 이 정병욱 보관본에 의한 것이다.

것이다. 그리고 그는 해방 뒤에 그가 보관했던 유품들을 월남해온 윤동주의 유족에게 전해준다. 현재 남아 있는 윤동주의 유품 중에서 정병욱이 보관했던 19편의 필사본 연도와 누이동생 윤혜원 씨 부부가 월남하면서 갖고 온 두 권의 습작 노트를 제외한 나머지 유품은 모두 강처중이 보관해 온 것이다. 강처중은 또한 1948년 1월에 출간된 윤동주의 초간본 시집 간행 작업도 주관함으로써 세상에 윤동주를 알리는 기초 작업을 한다. 이렇듯 연희전문학교의 친우들을 만나지 못했다면 '시인' 윤동주의 탄생은 불가능 했을 정도로 연희전문학교는 윤동주에게 큰 의미를 지닌다.

이처럼, 연희전문학교는 북간도 기독교 공동체를 '떠난' 윤동주가 '길 찾기' 과정 중에서 만난 '새로운 길'로서 윤동주에게 정신적 '소도(蘇塗)'의 의미를 지니는 긍정적 공간이었다. 입학한 지 한 달 만에 그는 「새로운길」 (1938.5.10.)이라는 시를 쓰며 당시 심정을 드러낸다.

내를 건너서 숲으로
고개를 넘어서 마을로

어제도 가고 오늘도 갈
나의길 새로운길

문들레가피고 까치가 날고
아가씨가 지나고 바람이 일고

나의길은 언제나 새로운길
오늘도……내일도……

내를 건너서 숲으로
고개를 넘어서 마을로

一九三八. 五. 一0.

- 「새로운 길」170) 전문

　　이 시는 수미상관의 구조를 이루면서 형식적 안정감을 보여준다. 퇴고
의 과정이 거의 나타나지 않은 것으로 보아 시인이 단 한 번 만에 간결하게
써내려간 것으로 유추할 수 있다. 그만큼 시인의 내면에 복잡한 갈등은 존
재하지 않으며, 해맑고 투명한 시인의 마음이 내면을 차지하고 있다고 볼
수 있다.171) 그리고 이 시는 일상적이고 소박한 시어를 구사하는 윤동주의
시적 특징이 고스란히 반영된 것으로 일반적인 언어가 시적 공간을 풍요
롭게 구성하고 있다.

　　시 속 화자는 꽃이 피는 "문들레"와 날고 있는 '까치'에 시선이 머문다.
꽃은 '피는' 것으로 새는 '나는' 것으로 자신을 증명하는데, 바로 그 존재 증
명의 순간을 화자는 포착하고 있는 것이다. 이어서 등장하는 "아가씨"라는
시어는 청년 윤동주의 마음을 설레게 하는 요인으로 작용하여, 시인의 내
면에 "바람"을 불러일으킨다. 물론 새로운 길은 굽이굽이 '건너고', '넘어
야 하는 힘겨운 세계172)이지만 결국에는 넘어설 수 있고 도달할 수 있는

---

170) 『하늘과 바람과 별과 詩』에 수록된 작품을 텍스트로 삼았다(왕신영·심원섭·오오
　　무라마스오·윤인석 엮음(2002), 『사진판 윤동주 자필 시고전집(증보)』, 민음사).
171) 이러한 특징 때문에 김열규는 "이미 초기 시에서 삶의 모순과 어둠이라는 세계를
　　체험한 20세 무렵의 청년으로서 동시를 썼다는 것은, 현실 세계에 적극적으로 대
　　응하지 못하고 심리적 도피, 즉 퇴행을 의미한다"(김열규(1964), 「윤동주론」, 『국
　　어국문학』 27호, 국어국문학회)고 평가한다. 고형진은 꿈을 노래한 동시보다는
　　'생활을 노래한 동시를 지향한 것'(고형진(1997), 「윤동주의 동시 연구」, 『語文學
　　硏究』, 상명대 어문학연구소, 91쪽)으로 본다. 마광수는 이 시편을 동시가 아닌 '소
　　년시'(마광수(2005), 『윤동주 연구』, 철학과 현실사, 72쪽)로 분류한다.
172) 마광수는 이 시에서 '마을'이라는 시어에 주목한다. 그는 화자가 '길 찾기' 과정을
　　거쳐 마침내 '마을'로 향하는 것에 시적 의미가 집중된 것으로 파악한다. 이때 '마
　　을'은 공동사회를 의미하기 때문에 시인이 궁극적 실천 목표나 삶의 지향점을 '이
　　웃의 사랑', '평화로운 지상적 공간의 확보'에 두고 있다는 것이다. 앞서 2장에서

공간이기도 하다. 따라서 다가올 미래에 대해 긍정적 시선과 설레는 기대를 갖고 있는 화자를 발견하게 된다.

하지만 기대와 달리 식민지 조선의 현실은 정신적 '소도(蘇塗)'조차 무참히 짓밟아버리는 일본의 잔혹한 모습이 드러나고 있었다. 1937년 7월 중국에서 중일전쟁이 발발하고, 조선 총독부는 8월 전장 근처도 아닌 서울에 등화관제까지 실시하면서 전시 분위기를 조성해 나간다. 1938년 2월이 되자 한인들을 대상으로 하는 '조선육군지원병령'을 공포하고, 5월에는 '일본국가총동원법'을 적용하면서 국가 전체를 전쟁 비상사태로 선포한다. 당시 중일 전쟁의 진행에 따라 미국은 중국을 지지하고 나서는데, 대통령 루스벨트는 이미 1937년 10월의 유명한 '제지(制止) 연설'을 통해 일본의 중국 침략을 인정할 수 없다는 뜻을 명백히 한다. 그래서 1938년 여름에는 일본으로 향하는 비행기, 무기 및 기타 전쟁 물자의 선적을 금지시키고, 1939년 7월에는 일본과의 통상 조약을 폐기해버린다. 이렇게 미국과 일본 간의 관계가 악화되자 미국 선교사들이 경영하는 연희전문학교와 조선총독부의 관계도 악화된다. 당시 상황을 원한경은 이렇게 묘사한다.

나는 할아버지의 동상이 서 있고 아버지가 학장으로 근무하고 있던 연희캠퍼스의 영어 강사로 사회생활을 시작했다. 한국에 돌아와 보니 일제의 식민정책이 아주 노골화되어 있었다. 교과내용으로 '修身과 일본어'가 강화되고 한국어를 없애기 위해 갖가지 조치를 취하고 있었다. 각급 학교에서는 한국어 사용이 금지되고 일본어 사용이 강요됐지만 연희전문학교만은 문과에서 한국어 강좌를 개설하고 있었다. 1, 2학년은 매주 3시간, 3, 4학년은 매주 2시간씩 한국어 강

윤동주의 시는 성서의 '마태복음'적 성격보다는 '누가복음'적 특성에 가깝다고 언급한 바 있다. 마광수의 지적처럼 이 구절에서 윤동주가 '마을'을 강조하고 '이웃 사랑'과 '평화'를 강조한 것을 다시 한 번 확인하게 된다(마광수(2005), 『윤동주 연구』, 철학과 현실사, 75쪽).

의를 받도록 해 일본의 소위 황국신민교육에 견딜 수 있는 데까지 지탱해보자는 방침이었다. 한국어 강좌는 이듬해(1940년) 봄학기부터 일본학이라는 과목으로 바뀌고 말았다. 일본어로만 강의하도록 강요함에 따라 일본말이 서툰 교수들의 강의 시간에는 폭소를 자아내는 일이 허다했다. 영어 교육에도 비상 신호가 내려졌다. 소위 일제의 국책에 맞지 않는 양서 수입이 제한됐고 중일전쟁 후 일본을 나쁘게 말한 버트란드 러셀과 『자유론』의 저자 존 스튜어트 밀의 작품도 가르칠 수 없었다. (중략) 연희전문학교 교장인 아버지의 고충과 시련은 아주 극심했다. 총무국 학무국은 연전의 재래 교기(校旗), 교가(校歌), 응원가는 물론 영어로 쓴 각종 게시사항을 철거하고 **황국 일본의 입장을 지지하는 선전 문구를 써 붙이라는 통첩을 해왔다. 중일전쟁 이후 조그마한 단체까지도 불법으로 손을 대기 시작, 연희 캠퍼스에서도 여러 교수들이 검속 당했다.** 현제명 교수 작곡집 첫머리에 수록됐던 「조선의 노래」가 금지곡이 되었던 것은 잘 알려진 일이다. 내가 한국에 돌아오기 전해엔가는 서대문경찰서 고등계 형사들이 대학 도서관을 수색, 불온문서란 이름으로 귀중도서 수백 권을 압수해갔다고 들었다. 압수당한 도서 가운데는 한일합병에 관한 영문 사료도 포함돼 있었다.[173]

연희전문학교의 이 같은 상황은 윤동주를 졸업 무렵부터 또 다른 '길'을 찾아 '유랑'하도록 만든다. 그리고 윤동주는 진로를 놓고 심각하게 고민하며, 깊은 내적 갈등을 겪는다. 사실 이미 평양 숭실학교 시절에 신사참배문제로 어려움에 빠진 학교의 모습을 보았고, 북간도 용정의 광명학교(친일 계통)에서 우리말 교육을 억압당한 경험[174]이 있었던 윤동주에게 연희전

---

173) 송우혜(2004), 『윤동주 평전(재개정판)』, 푸른역사, 260~261쪽.
174) 윤동주는 출생 지역이 지닌 복잡한 숙명과 모국이 처한 고난의 역사 때문에 학창 시절 동안 여러 개의 언어를 배워야 했다. 소학교 시절에 이미 일본어가 정규 과목이었고, 중학교 시절에는 일본어 교과서로 공부해야 했다. 현재 남아 있는 그의 학창 시절 학적부들을 살펴보면, 그는 모국어인 우리말 외에 일본어, 만주어, 영어, 중국어, 불란서어를 공부했다.

문학교의 어려움은 새삼스러울 것 없는 일로 인식될 수 있었다. 그러나 다니는 곳마다 반복되는 식민지 조선의 냉혹한 현실 앞에 지치고 좌절감은 커져만 갔을 것이다. 이렇게 식민지 조선의 경험은 연희전문학교라는 정신적 '소도(蘇塗)'와 일본 군국주의가 만들어 낸 '구조적 폭력'이라는 양면성을 지니고 있었다.

나. '참회(懺悔)'와 마지막 '길 찾기'의 시간, 일본 체험 이야기

윤동주는 식민지 조선에서 몸담았던 연희전문학교를 1941년 12월 27일에 졸업한 후, 다시 찾아온 삶의 갈림길에서 마지막 '길 찾기' 과정의 종착지로 일본을 선택하고 일본으로 건너간다. 창씨개명까지 하면서 「懺悔錄」을 쓰는 등 죄책감에 사로잡힌 채 선택한 길이었다. 졸업한 직후 송몽규와 함께 일본 유학을 결심한 것인데, 1942년 1월 29일 "히라누마 도오쥬우"라고 창씨개명을 했던 것이다. 1942년 당시 일본으로 유학을 가려면 선결해야할 과제가 바로 '창씨개명'이었다. 창씨개명을 하지 않으면 입학은 물론, 일본으로 건너가는 데 필요한 기본 서류인 '도항증명서' 자체를 뗄 수 없었다. 그 즈음 일제는 창씨개명을 시행할 때 관헌을 동원하여 협박을 가하고 저명인물을 호출하여 창씨를 노골적으로 강요하기도 했다. 그런데 총독부가 창씨개명을 강요한 구체적인 방법 6항 중 첫째가 "창씨하지 않은 사람의 자제에 대해서는 각급 학교로의 입학과 진학을 거부한다"라는 것이었다. 그리고 넷째는 "창씨를 하지 않은 사람에 대해서는 행정기관에서 행하는 모든 사무를 취급하지 않는다"는 것이었다. 이런 정황으로 미루어 보아 일본 유학을 결심한 윤동주의 창씨개명은 불가피한 것이었다.

이처럼 윤동주의 일본 유학은 숭실중학교나 연희전문학교 유학과는 전혀 다른 의미를 지닌다. 적국에 고개를 숙이고 들어가서 배우는 '길 찾기'

였고, '수치'와 '모멸'을 견디는 시간이었다. 이런 유학길을 윤동주는 서슴 없이 나아가지 못하고 머뭇거리면서 나아간다. 창씨개명계를 제출하기 5일전 1942년 1월 24일에 「懺悔錄」을 쓰고, 1942년 3월 일본으로 건너가는 그에게서 머뭇거림과 죄책감을 읽을 수 있다.

이런 의미에서 「懺悔錄」은 일본에서 직접 쓴 작품이 아니라 할지라도, 일본 유학에 대한 윤동주의 인식을 보여주는 중요한 작품이다. 특히『사진판 윤동주 자필 시고전집』에 나오는 「懺悔錄」 원고 노트의 '퇴고 흔적'과 '낙서 흔적'은 윤동주의 시적 언어 이면에 존재하던 깊은 고뇌를 잘 보여 준다.

〈「懺悔錄」 사진판 자료〉[175]

「懺悔錄」은 윤동주가 남긴 작품의 원고 중에서 퇴고의 흔적을 제외하고 낙서의 흔적이 유일하게 남은 작품이다. 먼저 '퇴고의 흔적'을 살펴보면 윤동주는 1연 1행 "거울에" 사이에 "속"을 삽입시키고, 4연 1행 "밤이면 밤이

---

175) 왕신영 · 심원섭 · 오오무라마스오 · 윤인석 엮음(2002), 『사진판 윤동주 자 필 시고전집(증보)』, 민음사.

면"을 "밤이면 밤마다"로 수정하고, 5연 1행 "어는"을 "어느"로 고친다. 이 것은 큰 의미 없이 오기를 바로 잡은 것으로 보인다.

그런데 중요한 것은 본문 아래 '그림처럼 보이는 낙서'와 '몇 개의 단어로 나열된 낙서'의 흔적들이다. 시 본문 바로 아래, 본문과 구별하기 위해 가로 선을 긋고 그 아래 빗살 모양의 많은 선들 사이로, "joy, happy, sentimentalism, poetry, poege, poem"들이 희미하게 보인다. 그리고 원고 하단에 한자와 한글이 보인다. "落書"라는 단어가 맨 오른쪽에 있고, "도항 증명, 상급, 힘, 생존", "시인의 생활, 시란?, 문학", "고경", "비애 금물"이라는 단어가 나열되어 있다. 그리고 "고경(古鏡)"이라는 단어를 두 번이나 쓴 부분이 눈에 띈다.

이를 바탕으로 윤동주의 생각을 재구성해 보면 우선 "고경(古鏡)"을 가장 중요하게 인식한 것으로 보인다. '오래'된 '거울'이라는 단어의 의미는 '역사'와 '자기 응시'의 표현이다. 이는 역사 속에서 자신의 모습이 어떻게 비춰질지 윤동주가 고민하고 있음을 드러낸다. 그리고 한자를 조합해보면 "조국의 힘을 길러 생존(독립)을 위해서는 상급 학교에 진학을 해야 하고, 그러려면 도항증명이 필요하다. 그리고 문학을 하고 싶어 시인이 되었는데 나는 시인의 삶을 제대로 살고 있는가, 그리고 나에게 시란 무엇인가? 그리고 역사 앞에서 나는 더 이상 감상적으로 슬픔에 잠겨서는 안 된다"라고 유추할 수 있다. 이렇게 보면 윤동주가 창씨개명을 하면서까지 '일본 유학을 감행한 이유'를 짐작할 수 있고, 시인으로서의 존재 실현과 역사의식을 얼마나 중요하게 생각했는지 알 수 있다.

사실 한국 근대문학의 형성기에 유학은 우리 문학에서 중요한 기능을 한다. 문학의 생산자와 창작 주체인 작가들이 대부분 유학 경험이 있는 사람들이었다. 그런데 그들이 선택한 지향적 준거 대상국은 거의 일본으로 한정되어 있었다. 이것은 일본이 근대적 가치 수용을 위한 매개 기능을 한다는 의미를 갖기도 하지만 유학 환경과 조건의 제약성이 있다는 의미가 더 강했다. 더군다나 일제 강점기라는 상황에서 일본과 조선은 식민 지배와 피지배라는 매우 비정상적인 상태, 즉 억압과 불평등, 갈등과 긴장의 관계에 있었기에, 일본 유학은 양가적 측면이 존재했다. 먼저 개화한 타자인 일본에 대한 '동경'이 있었던 반면, 폭력적 구조에 대한 '저항'이라는 태도도 지니고 있었다. 그리고 식민지 조선의 교육제도는 어쩔 수 없이 지배국 일본에 의존하는 관계에 있을 수밖에 없는 현실이었다. 조선의 많은 청년들이 유학생으로서 수학하고 체험하는 가운데 뜻있는 사람들이 한국 근대 문학을 선도하는 작가와 시인으로서의 문사가 되었다.[176]

이러한 맥락에서 윤동주도 일본으로 유학을 결정한 것으로 보인다. 일본을 적국이면서 동시에 배움의 공간으로 인식한 것이다. 하지만 윤동주의 유학은 선배 문인들의 유학과는 조금 다른 의미를 지니고 있었다. 근대 문학 초기와 달리 윤동주가 일본으로 건너가는 시점은 식민지 지배가 최고조에 달한 1940년대였고, 유학을 가지 않으면 어떤 삶도 보장할 수도 예측할 수도 없는 상황이었다. 따라서 '쫓기는' 사람처럼 윤동주는 유학을 결심한 것이다.

이렇게 윤동주는 懺悔의 시간을 지나 마침내 일본에 도착한다. 그런데 흥미로운 사실은 유학을 간 도쿄 릿쿄대학과 교토 도시샤대학은 모두 기독교 계통의 학교라는 점이다. 먼저 도쿄 릿쿄대학에서 첫 학기를 보내고 10월에 교토의 도시샤대학 영문과에 편입한다. 하지만 거기서 두 학기를 보내고 방학을 맞아 귀향하려던 차에 1943년 7월 14일 일본 경찰에 체포되어 독립운동이라는 죄명으로 구금되고 만다. 시인의 비문에는 이 일에 대해 "배움의 바다에 파도 일어 몸이 자유를 잃으면서 배움에 힘쓰던 생활

---

176) 이재선(2011), 「서문」, 하타노 세츠코(2011), 『일본 유학생 작가 연구』, 소명출판, 3~4쪽.

변하여 **조롱에 갇힌 새의 처지가 되었다**"라고 비유적으로 표현하고 있다. 윤동주는 끝내 자유의 몸이 되지 못하고 해방을 맞는 해 2월 16일 후꾸오까 형무소에서 옥사하고 만다. 끊임없이 "흐르는 거리"의 존재로 살다가 마지막 '길 찾기'의 여정 중에 그만, 소멸되고 만 것이다. 결국 일본에서의 체험은 윤동주가 예상했던 것보다 훨씬 강력하고 잔혹한 지배 체제였다는 사실을 알 수 있다.

그런데 윤동주가 일본에서 보여준 태도는 연희전문학교 시절과 비교했을 때 보다, 오히려 더욱 적극적이고 활동적인 모습을 보여준다. '懺悔의 시간'을 거친 만큼 윤동주는 역사 앞에 당당하게 서기 위해서 노력한다. 문학에만 몰두하지 않고 스터디 모임을 결성하여 사회적 영향력을 펼치기 위해서도 노력한다.

〈윤동주 재판 판결문〉

이것은 윤동주의 「판결」177)문 중 일부분이다. 물론 이 판결문이 윤동주를 수감하기 위해서 날조한 내용일 수도 있으나, '송몽규와 고희욱과 함께

---

177) 송우혜(2004), 『윤동주 평전(재개정판)』, 푸른역사, 402~408쪽에 자세히 언급됨.

민족의식의 계몽을 위해서 문학 작품이 유용할 것, 조선 문화를 사수해야할 것이라는 의논이 있었다'라고 하는 부분을 보면 윤동주의 태도가 민족을 위해서 더욱 역동적으로 바뀌었음을 짐작할 수 있다. 정리하자면 현실은 더욱 가혹해졌지만 윤동주는 그 수난과 죽음의 시간들을 직시하고 온몸으로 견디려고 노력했던 것이다.

그런데 중요한 것은 이러한 상황에서도 윤동주의 시는 이분법적 시각에 사로잡혀 일본인들을 저항의 대상으로 인식하지는 않았다는 점이다. 「판결」문에서 "윤동주가 '차별'을 해소하기 위해서 독립이 가장 시급하다"라고 언급한 부분에서 볼 수 있듯이, 윤동주는 평등을 중요하게 생각하였다. 이 말은 일본인들도 '차별'의 대상이 되어서는 안 된다는 의미로도 해석이 가능하다. 그러면 이것은 그들까지도 포용하고 같은 존재자로서 인정하며 함께 살아가고 연대해야 할 대상으로 보았다는 의미로도 읽힌다. 윤동주가 지니고 있었던 에큐메니컬 정신이 아니었으면 불가능했을 인식으로 볼 수 있다. 이 부분에 대해 그와 친한 친구였던 문익환도 윤동주가 죽음을 맞았던 자리에서조차 일본인들을 증오하지 않았으리라고 말한다.[178] 그에 따르면 윤동주는 인간성의 깊이를 들여다보아 자신을 죽음으로 몰아넣었던 일본인들까지도 미움으로 대하지 않았으리라는 것이다. 물론 타고난 성품이 올곧았다는 의미일 수도 있으나, 어떤 경우든 그의 '인간성의 깊이'는 에큐메니컬 정신과 관련 있다고 볼 수 있다. 그리고 이에 대해 권오만도 "(일본에서 남긴) 제한된 편수의 글들에서 윤동주는 굳이 일본인들을 조선인들과 구별하지 않는, 격의 없는 태도를 보여주었다"[179]라고 설명한다. 특히 일본에서 쓴 「흐르는 거리」를 인용하여 근거를 제시한다. "으스럼히 안개가 흐른다. 거리가 흘러간다. 저 전차, 자동차, 모든 바퀴가 어디로 흘

---

178) 문익환(1968), 「동주 형의 추억」, 윤동주 시집 『하늘과 바람과 별과 시』, 정음사.
179) 권오만(2009), 『윤동주 시 깊이 읽기』, 소명출판, 327~331쪽.

러가는 것일까? 정박할 아무 항구도 없이, 가련한 많은 사람들을 싣고서, 안개 속에 잠긴 거리는"에서 보듯이, 모든 교통수단이 "가련한 많은 사람들을" 싣는 장면은 '분별(分別)' 없는 그의 인식을 드러낸다. 그리고 ""새로운 날 아침 우리 다시 정답게 손목을 잡아 보세" 몇 자 적어 포스트 속에 떨어트리고, 밤을 새워 기다리면 금휘장에 금단추를 삐었고 거인처럼 찬란히 나타나는 배달부, 아침과 함께 즐거운 내림"이라는 구절처럼, "손목을 잡아 보세"라고 하며 '식민'과 '피식민'을 벗어나 있는 그의 인식을 나타낸다.

다. 詩人 윤동주의 탄생

식민지 조선과 일본에서 디아스포라로서 '유랑의 경험'을 한 윤동주는 이 시기에 비로소 '문청의 옷'을 벗어 던지고 어엿한 '시인의 옷'으로 갈아입는다. 정식으로 등단을 했다는 말이 아니라 시적 언어의 완성도가 그만큼 높아졌고, 마침내 詩人 윤동주가 탄생했다는 의미이다. 앞서 언급한 것처럼, '정신적 소도'였던 연희전문의 분위기 속에서 윤동주는 본격적으로 시를 창작하고 발표하기 시작한다.

연도	연희전문 재학 당시 작품
1938년	「새로운길」(5.10), 「어머니」(5.28), 「가로수」(6.1), 「비오는 밤」(6.11), 「사랑의 殿堂」(6.19), 「異蹟」(6.19), 「아우의 印象畵」(9.15), 「코스모스」(9.20), 「슬픈 族屬」(9) 동시 「산울림」, 「애기의 새벽」, 「해바라기 얼골」, 「햇빛·바람」
1939년	「달같이」(9), 「장미 병들어」(9), 「散文詩 츠르게네프의 언덕」(9), 「산골물」, 「자화상」(9), 「少年」
1940년	「八福」, 「慰勞」(12.3), 「病院」

1941년	「무서운時間」(2.7), 「눈오는地圖」, 「太初의아츰」, 「또太初의아츰」, 「새벽이올까지」, 「十字架」, 「눈 감고 간다」, 「못자는밤.」, 「돌아와보는밤」, 「看板없는거리」, 「바람이불어」, 「또다른故鄕」, 「길」, 「별혜는 밤」, 「무제(서시)」, 「肝」

　이 표에서 보듯이, 윤동주는 연희전문 재학 시절 4년 동안 수많은 수작(秀作)들을 쏟아내었고, 그 중에서도 선별하여 몇몇 잡지와 신문에 몇 차례 발표하기까지 한다. 연희전문학교 문과에서 발행하는 『문우(文友)』지에 「우물속의 自像畵」[180), 「새로운길」을 발표하고, 조선일보 학생란에 산문 「달을 쏘다(1939. 1.23)」, 시 「유언(2.6)」, 「아우의 印象畵(10. 17)」 등을 윤동주(尹東柱)와 윤주(尹柱)라는 이름으로 발표한다. 그리고 동시 「산울림」을 『소년』 1939년 3월호에 윤동주(尹東柱)란 이름으로 발표한다.

　이 시기 작품들을 분석해 보면, 먼저 동시와 결별하고 새로운 출발에 대한 기대감에 차 있는 시인 윤동주의 모습이 드러난다. 1938년 윤동주는 「산울림」을 비롯한 동시 5편(「산울림」, 「애기의 새벽」, 「햇빛·바람」, 「해바라기 얼골」)을 쓴다.

　　　까치가 울어서
　　　산울림,
　　　아모도 못들은
　　　산울림.

　　　까치가 들엇다,
　　　산울림,
　　　저혼자 들엇다,
　　　산울림.

---

180) 정확한 표현은 "우물속의 자화상"이 아니라 "우물속의 자상화"이다.

一九三八. 五.

-「산울림」181) 전문

평양숭실학교를 떠나 광명중학교 시절 본격적으로 동시 창작에 매진하였던 윤동주는 이 시를 『소년』1939년 3월호에 윤동주(尹童舟)라는 필명으로 발표하는데, 이 작품을 마지막으로 윤동주는 더 이상 동시를 쓰지 않는다. 이렇게 윤동주는 동시와 결별하고 '시인 윤동주(尹東柱)'의 길을 새롭게 모색한다. 동시 「산울림」의 시적 완성도에서 보듯이, 윤동주는 스스로 동시에 대해서는 어느 정도 성취를 이루었다고 판단했을 가능성이 크다. 「산울림」을 계기로 잡지 『소년』의 편집인이자 동요시인 윤석중을 만났고, 처음으로 원고료를 받게 되었으니 충분히 그렇게 판단했을 가능성이 있다. 그리고 송우혜의 말처럼, 윤동주가 더 이상 어린아이의 마음으로 돌아가 동시를 쓸 수 없었을 가능성182)도 존재한다. 1938년에 쓰인 다른 시들을 보면, '이성에 대한 관심'이라든지, 자아와 세계의 분리에서 오는 부정적 세계관이, 마침내 구체적으로 보이기 시작하기 때문이다. 드디어 냉혹한 현실을 인식하고 성인으로서 시인으로서 한 단계 성숙해진 모습으로 판단할 수 있다. 이렇게 '詩人 윤동주(尹東柱)'의 삶은 시작된다.

이 시기부터 윤동주의 기독교적 성격을 지닌 시도 한 단계 성숙한다. 유년시절 「초한대」에서 나타났던 어설픈 모더니즘적 습작 경향과 종교적 감정의 과잉은 보이지 않고, 성서적 어휘가 구체화되어 여러 가지 감정이 겹놓이면서 비교적 높은 시적 완성도를 보인다. 물론 윤동주는 이 시를 시집 『하늘과 바람과 별과 詩』에서는 뺀 것으로 보아, 시인 스스로 만족하지 못

---

181) 『窓』(왕신영 · 심원섭 · 오오무라마스오 · 윤인석 엮음(2002), 『사진판 윤동주 자필 시고전집(증보)』, 민음사).
182) 송우혜, 앞의 책, 240쪽.

한 시로 판단할 수 있으나 「초한대」에 비하면 **비교적 구체성**을 띤다는 측면에서 성숙도를 찾아볼 수 있다.

順아 너는 내殿에 언제 들어왔든것이냐?
내사 언제 네殿에 들어갓든것이냐?

우리들의 殿堂은
古風한 風習이어린 사랑의 殿堂

順아 암사슴처럼 水晶눈을 나려감어라.
난 사자처럼 엉크린 머리를 고루런다.

우리들의 사랑은 한낫 벙어리 엿다.

靑春!183)
聖스런 촛대에 熱한184)불이 꺼지기前,
順아 너는 앞문으로 내 달려라.

어둠과 바람이 우리窓에 부닥치기185)前
나는 永遠한 사랑을 안은채
뒤ㅅ門으로 멀리 사라지런다.

이제.186)
네게는 森林속의 안윽한 湖水가 있고,

---

183) "어둠과 靑春!" -> "靑春!"으로 수정함.
184) "붉은불이" -> "熱한불이"로 수정함.
185) "어리기" -> "부닥치기"로 수정함.
186) 이 연 바로 앞에 "一九三八.六.十九"를 썼다가 지운 흔적으로 보아서, "이제"부터 시작하는 연은 이후에 추가한 것으로 추측된다(『窓』(왕신영·심원섭·오오무라마스오·윤인석 엮음(2002), 『사진판 윤동주 자필 시고전집(증보)』, 민음사).

내게는 峻險한 山脈이있다.

- 「사랑의 殿堂」187) 전문

이 시에서 "聖스런 촛대에 熱한 불이 꺼지기 煎 / 順아 너는 앞문으로 내달려라"라는 구절은 신약성서 마태복음의 천국을 예비하는 처녀 비유를 연상시킨다. 그리고 구약성서에서 술라미 여인을 향해 애틋한 마음으로 노래를 불렀던 솔로몬의 <아가서>를 상기시키는 "암사슴"이라는 단어와 신약성서의 갈릴리 호수를 떠올리게 하는 '호수'라는 성서적 기표가 지나치게 노출되어 일급의 종교 시편으로 평가할 수는 없다. 그럼에도 불구하고 성서적 배경을 알지 못하는 사람이 읽더라도 시의 의미를 파악하는 데는 전혀 어려움이 없을뿐더러, 종교적 교의를 드러내는 이질적인 요소를 찾아보기 힘들다. 그리고 이성적 대상 "순(順)"이 등장한다는 측면에서 '사랑시'로 읽을 가능성188)이 생겨났고, "한낮 벙어리", "사라지련다", "안윽한 湖水" 등의 시어들을 언급한 것으로 보아서 대상의 부재 및 소멸 등과 같이 보편적 정서인 연민을 유발시키고 있다.

발에 터분한 것을 다 빼어 바리고
黃昏이 湖水우로 걸어오듯이
나도 삽분 걸어보리 잇가?

내사 이湖水가로
부르는 이 없이

---

187) 『窓』
188) 「少年」(1939), 「눈오는 地圖」(1941.3.12.) 등에도 '순이'는 등장한다. 고유명사보다는 일종의 보통명사로 사용되고 있다. 이루지 못한 사랑을 노래하는 시에서는 반드시 등장한다는 점이 특이하다. 그런 의미에서 「사랑의 殿堂」은 이루어지지 않은 아픈 사랑을 노래한 최초의 사랑시로 볼 수 있다.

불리워 온것은
참말異蹟이 외다.

오늘따라
戀情, 自惚, 猜忌, 이것들이
작고 金메달처럼 만저 지는구려

하나, 내 모든것을 餘念없이,
물결에 써서 보내려니
당신은 湖面으로 나를불려내소서.

一九三八. 六. 一九.

-「異蹟」189) 전문

「異蹟」은 「사랑의殿堂」보다 성서의 장면이 강하게 떠오르는 시이다. 신약성서 마태복음 14장 25절 이하에 나오는 설화로, '예수와 베드로가 물 위를 걸은 이적(異蹟)'을 시의 의미상 배경으로 사용하고 있다. 갈릴리 호수에서 예수의 제자들은 풍랑을 만난다. 그때 예수께서는 물 위를 걸어서 제자들에게 다가오신다. 제자들은 유령인 줄 알고 두려하지만 예수께서는 자신임을 밝히시고 제자들을 안심시키신다. 이에 베드로는 자신도 물 위를 걸어 예수께로 가게 해달라고 청한다는 내용이다. 그 베드로처럼 화자도 간절하게 현실의 고뇌로부터 구원받고자 열망한다. 그 열망은 '연정, 자홀, 시기'에 빠진 자신에 대한 연민의 감정과 스스로 그 일을 행해야 하는 결단에 대한 유보를 포함하고 있다.

단순히 교리를 부각시켜 신앙을 강요하는 태도를 취하고 있지 않아서

---

189)『窓』

관념적이거나 추상적인 단계를 벗어날 수 있었다. 성서의 한 장면을 구체적으로 묘사하면서 인간이 보편적으로 경험하는 종교적 체험의 감정을 "이적"으로 표현하고 있는 것이다. 따라서 여기서도 유년 시절 작품과는 시적 완성도에 확연한 차이가 나는 것을 확인할 수 있다. 이 작품으로 인해 윤동주는 본격적으로 '기독교 시인'이라는 이름표를 지니게 된다. 북간도 기독교 공동체의 신앙적 세례 아래, 그의 정신과 신앙과 문학은 서로 뒤엉키며 더욱 견고해져 가고 있었던 것이다.

그런데 이러한 시인의 과도기적 언어는 「자화상」을 기점으로 한 번 더 확연한 변화를 보인다. 「자화상」은 윤동주의 가장 대표적 작품으로 손꼽힌다. 윤동주의 높은 윤리 의식을 엿볼 수 있는 '자아 성찰'이 단연 돋보이는 작품일 뿐만 아니라, 시집 『하늘과 바람과 별과 詩』의 구성 순서를 보았을 때도, 「자화상」은 「무제(서시)」 다음에 배치됨으로써 실제적으로 윤동주 시의 출발을 알리는 작품으로 평가할 수 있다. 「자화상」이 쓰인 1939년은 윤동주의 행적이 제대로 잘 알려지지 않았고, 「자화상」을 전후로 시 창작 공백기가 비교적 길었던 사실들을 생각해 보면, 윤동주의 내면에 상당한 변화가 일어났음을 유추할 수 있다. 그것은 유년 시절과의 결별이었고, 새롭게 인식한 현실 앞에 당당히 맞서 나갈 내적 자아의 형성을 의미한다고 볼 수 있다. 이렇게 「자화상」[190]은 윤동주 시 세계의 진정한 첫 출발점이 된다. 「자화상」의 의미는 4장 에큐메니칼 시 세계의 구성 원리에서 1절을 할애하여 심도 있게 언급할 예정이기에 여기서는 생략함으로써 내용의 중복을 피하려고 한다.

이 「자화상」을 기점으로 윤동주의 시는 본격적으로 다른 면모를 보이기 시작한다. 「病院」과 「무서운時間」처럼 불안과 병적 상태를 드러내는 내면

---

190) 「자화상」은 윤동주 시에서 가장 중요한 부분이라 판단하여 다음 장에서 많은 비중을 할애하여 살펴볼 예정이다.

의 갈등이 시의 표면으로 떠오른다. 그리고 특히 기독교적 사상이 담긴 종교적 성향의 시들에서도 다양한 변화가 나타난다. 「八福」은 기존 성서적 의미를 이탈함[191])으로써 저항적 모습을 보여준다. 그리고 「太初의아츰」과 「또太初의아츰」, 「새벽이올때까지」처럼 종말론적 신앙을 통해 최후 심판을 염두에 둔 모습을 나타내거나, 「十字架」처럼 희생양으로서 처형당하는 예수 그리스도와 운명을 동일시함으로써 순응적 태도를 보이는 작품들이 출현한다. 또한 「懺悔錄」처럼 반성하는 모습을 나타내기도 한다. 이 외에도 「눈감고간다」, 「못 자는 밤」, 「돌아와 보는 밤」, 「看板 없는 거리」, 「바람이 불어」, 「또다른故鄕」, 「길」, 「별헤는밤」, 「무제(서시)」, 「肝」 등은 구체적으로 종교적 기표가 사용되지 않았지만 성서적 세계관을 바탕에 두고 일반적 자연물로 순간의 감정들을 표출하기도 한다. 이처럼 윤동주의 시 세계에서 기독교적 영향은 시 창작의 도구적 수단으로만 사용되지 않고, 시인의 (무)의식에 강하게 자리 잡으면서 형성되어 간다.

그리고 마침내, 선별된 작품들로 시집 『하늘과 바람과 별과 詩』를 구성한다. 그리고 이후, 일본 유학 시절에도 계속해서 詩作활동을 이어간다.

2. 윤동주 시에 나타난 디아스포라 주체의 세계 인식 연구

윤동주가 체험한 식민지 조선과 일본에서의 삶은, 앞서 살펴보았듯이 중심에 속하지 못한 주변인(타자)으로서 끊임없이 '길 찾기'를 시도하지만 결국에는 실패할 수밖에 없는 운명이었다. 따라서 그의 삶은 희생적 체험의 측면에서만 보면 '디아스포라'라는 단어로 귀결된다. 하지만 윤동주를

---

191) 앞서 언급하였듯이 시인은 이탈을 감행하였지만, 사실 이것은 마태복음에서 누가복음으로의 이행을 의미하는 것이다.

의식적·정신적 측면에서 바라보면 디아스포라적 의미뿐만 아니라 에큐메니컬 지향의 성격도 선명하게 지니고 있음을 확인하게 된다. 이렇게 윤동주는 양가적 측면을 모두 지니고 있으나, 지금까지는 희생자적 면모만 지나치게 부각되어 왔다. 따라서 다음 4장에서 에큐메니컬 정신을 살펴보고, 이번 3장에서는 기존에 축적된 디아스포라 담론을 바탕으로 윤동주 시의 의미를 파악하고자 한다.

이미 밝혔듯이 윤동주는 '북간도 기독교 공동체'라는 소수 집단의 구성원이었다. 그의 공동체는 나름대로 '새 민족 공동체'를 구상하고 실현해가지만 역사적 상황에서는 여전히 소수의 무리에 지나지 않았다. 이러한 상황을 유년 시절의 윤동주는 인식하지 못했다. 그러던 중, 평양 숭실학교로 편입하기 위해 북간도를 떠나 처음으로 조선을 방문하면서 자신들의 디아스포라 현실에 대한 인식을 갖게 된다. 평양 숭실학교에 입학하지만 신사참배 문제로 곤경에 빠진 학교의 모습을 보고 식민지 조선의 현실을 '온몸'으로 인식한 후, 민족의식과 역사의식이 구체화되기 시작한다. 그리고 연희전문학교에 진학하기 위해 북간도 공동체를 온전히 '떠나'오면서 디아스포라 인식을 더욱 뚜렷하게 지니게 된다.

이런 두 차례의 '떠남'은 윤동주 시를 연구하는 많은 학자들에 의해서 그 중요성이 드러났다. 먼저 정우택을 비롯한 여러 연구자들은 윤동주의 평양 유학을 시 창작의 중요한 기준으로 삼는다. 윤동주가 평양유학을 통해서 북간도를 발견하고 객관적으로 대상화해서 바라볼 수 있게 되었다고 말한다.[192] 그에 비해 오문석은 조선 유학과 일본 유학도 중요한 기준으로 포함시킨다.[193] 그런데 이 두 시각은 모두 윤동주가 북간도 공동체를 '떠난'

---

192) 정우택(2009),「재만조선인의 혼종적 정체성과 윤동주」,『어문연구』9월호, 한국어문교육연구회, 222쪽.
193) 오문석(2012),「윤동주와 다문화적 주체성의 문학」,『한국근대문학연구』Vol.25, 한국근대문학회, 160쪽.

것에 주목하고 있다. 본 연구자가 보기에는, 앞서 2장에서 유년 시절 윤동주의 '동심의 세계'가 '순수성'과 '현실 인식'이라는 두 축으로 형성된 것을 살펴보았듯이, 평양 숭실학교 시절 싹튼 '디아스포라 현실 인식'이 식민지 조선과 일본에서의 체험을 통해 구체화되었다고 판단된다. 한편 이미옥은 이 두 차례의 '떠남'을 상상계와 상징계로 구분하여 설명한다. 1단계는 '남쪽 나라', '남쪽 하늘' 등의 시적 은유를 통해서 북간도를 '상상계'에 속하는 것으로, 2단계는 직접적 체험을 통해서 인식한 상징계로 설명한다.194) 이렇듯 윤동주 시의 디아스포라 인식은 단계별로 변모하는 양상을 보인다.

따라서 윤동주 시에 나타난 '디아스포라' 현실을 제대로 파악하기 위해서는 우선 '떠남'의 대상이 되었던 '북간도 기독교 공동체'에 대한 윤동주의 고향 의식과 그 의식의 균열 과정을 살펴야 한다. 그리고 다음으로 그 균열 과정에서 형성된 '디아스포라 주체'와 '시공간 의식의 확장 경로'를 밝혀야 하고, 그 주체의 '세계 인식'을 분석할 필요가 있다.195)

가. 고향의식의 균열과 디아스포라 현실 인식의 발아(發芽)

그러면 먼저 윤동주 시에 나타난 고향 의식과 그 의식의 균열 과정을 살펴보자. 이미 2장에서 밝혔듯이 윤동주의 고향은 단순한 지리적 의미를 지닌 '북간도'가 아니라 '북간도 기독교 공동체'라는 구체성을 띤다. 이 공동

---

194) 이미옥(2011), 「윤동주 시에 나타난 디아스포라 의식의 변모양상 연구」, 서울대학교 문학석사학위논문, 29쪽.
195) 윤동주 시에 나타난 디아스포라적 세계 인식은 선행 연구에서 충분히 밝혀진 상태이다. 개별 시편에 관한 해석에서도 큰 차이를 보이지 않고 있다. 따라서 본 연구는 선행 연구의 특징적인 견해를 선명하게 밝히되, 일반적인 해석에 있어서는 출처를 생략하고 본 연구자의 언어로 논리적 흐름에 맞게 시를 해석하고자 한다. 이번 장에서 주로 참고한 논문들은 오문석, 정우택, 이미옥, 조은주, 정의열, 김상봉 등의 연구들임을 밝혀 둔다.

체와 윤동주는 불가분의 관계로 공동체는 그의 시의 토대이면서, 창작의 기준이며, 시세계 전체를 구성하는 원리이다. 윤동주 초기시의 한 단면이 '동심'과 '종교'의 세계로 압축되듯이, 유년 시절 윤동주에게 북간도 기독교 공동체는 자아와 세계가 분리되지 않은 '온전한 세계' 그 자체였다. 하지만 두 차례의 유학을 경험한 윤동주에게 그의 고향 북간도는, 더 이상 온전한 상태로 인식되지 않고 시대적 결여를 내포한 공간으로 인식이 싹트기 시작한다. 그런데 중요한 것은 윤동주의 고향의식에 균열을 가한 현실은 관념적 차원에서 수용되지 않고, '몸과 감각'(ex.「식권」1936.3.20.)으로 체험된다는 것이다.196) 음식과 같은 일상적인 것의 원초적인 '향유'197)를 통한 윤동주의 인식은 관념적 차원보다 훨씬 강력한 균열로 흡수된다.

이 당시 윤동주가 다니던 평양숭실중학교는 신사참배를 거부했다는 이유로 폐교 당한다. 다시 용정의 광명중학교로 돌아온 윤동주는 북간도 만주국에서는 '조선인'으로 분류되었는데, 막상 조선에 와서는 식민지 조선의 상태였기 때문에 '일본국민'으로 호명되고 있음을 발견한다. 즉 북간도에서는 조선인이라는 사실에 대한 자각이 불필요했지만, 선조들의 고향이었던 조선에서는 자신이 조선인임을 스스로 인식하면서 살아가게 된 것이다. 그렇지 않다면 일본인으로서 살아가는 것이 더욱 자연스러운 일이 될 것이기 때문이다.198)

바로 여기에서 윤동주의 고향의식에 균열이 발생한다. 북간도는 더 이상 그에게 순전한 고향으로 인식되지 않는다. 북간도에서 태어나고 자라 평양 숭실, 용정, 경성 연희전문을 거쳐 결국 일본(릿쿄, 도시샤 대학, 후쿠

196) 정우택(2009),「재만조선인의 혼종적 정체성과 윤동주」,『어문연구』9월호, 한국어문교육연구회, 222쪽.
197) 강영안(2005),『타인의 얼굴=레비나스의 철학』, 문학과 지성사, 125쪽.
198) 오문석(2012),「윤동주와 다문화적 주체성의 문학」,『한국근대문학연구』Vol.25, 한국근대문학회.

오카 형무소)에서 생을 마감한 윤동주 삶의 여정을 감안하면, 윤동주에게는 분명 '북간도(北間島)'라는 물리적 공간으로서의 고향이 존재함에도 불구하고, 그는 북간도를 '고향'이라는 단어로 섣불리 대체시키지 않는다. 그의 시 세계에서 전체적인 큰 축을 이루는 대부분의 시어가 표면적으로나 심층적으로나 분명 북간도(기독교)의 풍경에서 온 것임이 자명한데도, 심정적 차원에서 고향 북간도는 '고향 아닌 고향'이 되어 그 간극이 벌어진다. "어머님, 그리고 당신은 멀리 북간도(北間島)에 계십니다"[199]에서 볼 수 있듯이, 북간도는 화자에게서 "멀리" 떨어져 존재하는 공간이 되어 버린다. 이러한 고향의식은 다음 시편에서 잘 나타난다.

> 헌집신짝 끟을고
> 나여긔 웨왓노
> 두만강을 건너서
> 쓸슬한 이땅에
> ×
> 남쪽하늘 저밑엔
> 따뜻한 내고향
> 내어머니 게신곧
> 그리운 고향집.
>
> 一九三六.一.六.
> -「童詩 고향집 ―(만주에서불은)―」[200] 전문

여기서 "내어머니 게신곧"은 "내고향"이어서 "남쪽하늘" 밑 따뜻한 곳으로 이해할 수 있으나, 그곳을 북간도라고 보기는 어렵다. 알다시피 북간도의 지리적 위치는 위도 43°한반도 최북단이니, 시에서 말하는 "남쪽하

---

199) 「별헤는밤」(1941.11.5.).
200) 『나의 習作期의 詩아닌 詩』

늘"에 위치한 "고향"과는 확연하게 구분된다. "따뜻한 내고향"을 관용어
법으로 보아야 옳을 것이다. 물론 이 구절을 두고서 화자에 대한 해석이
서로 엇갈리지만, 북간도에 거주하면서 북간도가 아닌 고향을 그리움의
대상으로 삼고 있다는 면에서 유랑민이 화자인 것[201]은 분명해 보인다.

> 빨래, 줄에 걸어논
> 요에다 그린디도
> 지난밤에 내동생
> 오줌쏴 그린디도.
> ×
> 꿈에가본 어머님게신,
> 별나라 디도ㄴ가,
> 돈벌러간 아바지게신
> 만주땅 디도ㄴ가,

-「오줌소개디도」[202]전문(1936)

이 시에서도 북간도는 어린 화자의 가족을 위해 "돈벌러간 아바지게신"
땅으로 그려지면서, 이미 북간도가 시인 윤동주의 고향과는 별개의 의미
로 받아들여지고 있음이 드러난다. '오줌'싼 것을 보면서 '지도'를 떠올렸다
는 것은, 지리적 경계에 대한 인식이 확고해져 감을 유추할 수 있다. 윤동
주 자신이 태어나고 자란 북간도는 '우리 땅'과는 구분되는 디아스포라의
공간임을 깨달은 것이다.

이에 대해 오문석은 "돈벌러간 아바지게신/ 만주땅"을 경제적 갱생의 자
리, 희망의 땅으로서의 1930년 만주(북간도) 이미지를 반영한 것[203]으로

---

201) 조은주(2010), 「디아스포라 정체성과 탈식민주의적 계보학 연구 - 일제말
기 만주 관련 시를 중심으로」, 서울대학교 문학박사학위논문, 38쪽.
202) 『나의 習作期의 詩아닌 詩』

본다. 그에 따르면, 화자는 북간도로 떠난 아버지를 그리워하는 '조선'의 아들인데, 이 아이들은 「고향집」에서 나타나는, 북간도를 떠나온 화자와 마주보고 있다. 북간도에 있는 화자는 '남쪽' 고향에 두고 온 어머니를 그리워하고 있고, '남쪽' 고향에 있는 어린 화자는 북간도로 떠난 아버지를 그리워하고 있는 것이다. 북간도를 중심으로 해서 형성된 그리움의 거리는 유랑민의 등장으로 인해서 해체된 가족의 아픔을 물리적으로 보여주고 있다. 이처럼 윤동주가 북간도의 이미지를 시에 반영할 수 있었던 것은 북간도를 '떠남'으로써 비롯된 것이다.

이렇게 '고향 없이' 유랑하는 디아스포라는 불가피하게 길을 찾아 나서는데, 결국 '길 위' 거리에 놓이게 된다.

> 달밤의 거리
> 狂風이 휘날리는
> 北國의 거리
> 都市의 眞珠
> 電燈밑을 헤엄치는.
> 쪽으만 人魚 나.
> 달과던등에 빛어.
> 한몸에 둘셋의그림자,
> 커젓다 적어젓다,
> ×
> 궤롬의 거리
> 灰色빛 밤거리를.
> 것고있는 이마음.
> 旋風이닐고 있네.
> 웨로우면서도.

---

203) 오문석(2012), 앞의 책, 155쪽.

한갈피 두갈피.
피여나는 마음의 그림자.
푸른 空想이
높아젓다 나자젓다.

一九三五. 一. 十八.

- 「거리에서.」[204] 전문

「거리에서」라는 제목에서 보듯이 '거리'가 의미의 중심을 이루며, 두 연에서 반복적으로 거리의 배경을 드러내는 구조를 형성하고 있다. 그 거리는 황량하고 스산하기 그지없다. "狂風이 휘날리는/ 北國의 거리", "旋風빛 밤거리"의 세계에서 화자는 "都市의 眞珠"로 표현된 전등 빛 아래를 오가는 작은 '인어'에 지나지 않는다. 왜소하고 초라한 '물고기'는 '괴롬', '외로우면서도' 등에서 보여 주듯이, 보잘것없는 존재로서 물결치는 대로 쓸려 다니는 존재로 묘사된다. "한몸에 둘 셋의 그림자"에 이르면, 화자의 복잡한 심정은 여러 갈래로 번져만 간다.

즉, 외롭고 괴로운 심정에 공상으로 갈피를 잡지 못하고 있는 시적 화자의 내면 의식이 표현되어 있는데, 기복이 심한 마음은 "커젓다 적어젓다" 하는 그림자를 통해 나타나고 있는 것이다. 그림자를 또 하나의 자아로 본다면, 빛의 반대편에 생성되는 그림자는 자아의 어두운 면이 표현되고 있다고 할 수 있다. "높아젓다 나자젓다" 하는 공상은 마음의 그림자와 다르지 않다. 여러 갈래로 치닫는 허전하고 외로운 심정은 무엇인가를 향한 그리움으로 연결된다.

여기에서 '갈피를 잡지 못하는' 불확실한 방향성은 기존의 실향 의식이

---

204) 『나의 習作期의 詩아닌 詩』

나 본향 의식과는 변별되는 것으로 돌아갈 곳을 상정하지 않는 '유동 의식'에 가깝다. '유동 의식'은 유동 그 자체를 목적으로 삼기 때문에 도착점 보다는 과정에 무게를 두며 디아스포라 경험 속에서 오히려 고향이 부재하게 됨을 드러낸다. 디아스포라는 자신이 처한 디아스포라 환경과의 관계에서 그 의식이 발생하는데, 이질적인 세계와의 경계에서 의식의 작용은 디아스포라 갈등을 통해 팽창되고 확산되며 시·공간적 사유와 함께 '타자 체험'을 가능하게 한다. '타자 체험'이란 타인의 시점으로 세계를 조망하고 현재를 수렴해가는 것으로 디아스포라는 이런 의식의 변화 속에서 자신의 좌표를 설정해 나가고 주체를 구성해 가게 되는 것이다.[205] 따라서 이런 디아스포라의 눈에 비친 현실은 부정적일 수밖에 없고, 자신만의 방식으로 세계를 인식해 간다.

> 사이좋은正門의 두돌긔둥끝에서
> 五色旗와, 太陽旗가 춤을추는날,
> 금線을끊은地域의 아이들이즐거워하다.
> ×
> 아이들에게 하루의乾燥한學課로,
> 해ㅅ말간 倦怠가기뜰고,
> 「矛盾」두자를 理解치몬하도록
> 머리가 單純하엿구나.
> ×
> 이런날에는
> 잃어버린 頑固하던兄을,
> 부르고싶다.

---

205) 이미옥(2011), 「윤동주 시에 나타난 디아스포라 의식의 변모양상 연구」, 서울대학교 문학석사학위논문, 6쪽.

一九三六. 六月十日.

「이런날.」206)전문

이 시에서 북간도는 더 이상 유년의 따뜻한 기억으로 가득 찬 공간이 아닌 정치적 현실로 냉각된 접전 지대였고, 윤동주의 현실 인식을 잘 나타내고 있다. 만주국의 국기인 五色旗와 일본 국기인 일장기를 나란하게 세움으로써 간도까지 점령의 손길을 뻗은 일제와 그 일제의 하수인이 되어 여전히 땅 싸움을 벌이는 만주국의 모습을 조소하듯 묘사하고 있다.207) 윤동주는 '아이들'이 이해하지 못하는 "矛盾"에 주목하는데, '아이들'을 해맑고 무욕한 순수함의 상징이 아니라 욕심에 눈이 어두워 더 가지려고만 하는 것으로 묘사함으로써 끊임없는 침략으로 자신의 야욕을 채우기 위해 폭력적인 침입을 멈추지 않는 제국주의를 의미한다. 이때의 '잃어버린 형'은 고종사촌 송몽규를 지칭하는 것208)이라고 송우혜는 지적한다. 하지만 평양 유학 이후 인식의 변화에 비추어 볼 때, 민족 공동체의 현실, 주권을 상실했지만 여전히 핏줄로서의 애틋함과 영원히 기억될 수밖에 없는 모국의 존재209)를 상정한다고 볼 수 있다.

결국 이렇게 윤동주의 유년 시절 고향 북간도 공동체의 순수하고 온전했던 모습은 그의 내면에서 무엇인가 "잃어버린 상태"로 인지된다. 그렇다고 '잃어버린 것'의 의미가 실향 의식으로 환원될 수 있는 것은 아니다. 실향은 귀향의 태도를 동반하는데, 윤동주의 경우는 상실된 상태에서 현실을 직시하고 수용210)하고 있기 때문이다. 그런데 이 부분에서 윤동주가

---

206) 『나의 習作期의 詩아닌 詩』
207) 위의 책, 26쪽.
208) 송우혜(2004), 앞의 책, 215쪽.
209) 민족을 상상의 공동체로 사유함으로써 민족과 국가의 경계를 넘어선 문화의 '틈새(in-between-ness)'를 창조하고자 하는 디아스포라적 사유의 확대로 나타난다.

'잃어버린 사실'에 집중하여 그것을 '되찾으려는' 저항적 투사로 윤동주를 환원시켜 버리는 경향이 존재한다. 하지만 윤동주는 '잃어버린 것'을 '인지하지 못하는' 그 상태에 집중한다.211) '잃어버렸다'는 사실과 '잃어버린 것'이 무엇인지 알지 못하는 것을 병리적 현상(ex.「病院」)으로 간주하는 것이다. 결국 자아가 분열된 것이 아니라, 상실한 주체212)의 모습이 윤동주 시에서 나타나고, 그 주체를 회복하려는 시도213)가 중심축을 이루는 것이다.

---

210) 평양 유학 이후 고향 북간도 용정에 있는 친일 계통 광명중학교에서의 경험은 윤동주로 하여금 디아스포라 의식의 본질을 갖게 하는 계기가 된다. 당시 광명중학교에서는 우리말 사용이 제한되어 있었고, 이후 연희전문학교도 우리말 사용이 금지된다. 식민지의 현실이란 결국, 국가도 사라지고 민족도 사라지고 영토도 사라지게 되는 것이다. 그 상태에서 언어만이 유일하게 존재하게 되는데, 그마저도 소위 '이중 언어'의 현실에 놓이게 되면서, 윤동주의 디아스포라 의식은 더욱 심화된다. 윤동주의 생애 전체가 (언어에 대한) '유학'(배움)의 연속이었다는 점이 그 근거인 것이다.

211) 정의열(2003), 「윤동주 시에서의 "새로운 주체" 연구」, 서울대학교 문학석사학위논문,22~32쪽.

212) 철학자 김상봉은 자기 분열과 자기 상실을 구분하고 있지 않지만, 윤동주의 주체는 데카르트나 헤겔과는 구분된다고 말한다. 그에 따르면 데카르트도 고통스런 회의 끝에 자기를 발견했으며 헤겔도 참된 자기를 찾아가는 길은 나에 대한 허상이 전복되는 과정이니 또한 좌절과 절망의 길이기도 하지만 그렇다고 해서 윤동주의 "길"에서 시인이 말하는 자기 의식의 길은 데카르트나 헤겔의 길과 같다고 할 수는 없다고 말한다. 그는 이렇게 말한다. "데카르트나 헤겔의 자기의식은 자기에 대한 확신으로 발생한다. 물론 헤겔에게서 보듯이 그 소박한 확신은 전복된다. 동시에 자기 형성의 과정이며 완성의 과정이다. 하지만 시인에게서 자기의식은 단적으로 그것은 잃어버렸다는 의식, 자기 상실의 의식이다. 그러나 자기란 잃어버릴 수 있는 것은 아니다. 그런 까닭에 잃어버렸다 하면서도 무얼 어디다 잃었는지 모른다. 잃은 것이 자기이니 찾는 것도 오직 자기 속에서만 가능하다. 하여 시인은 잃은 것을 찾기 위해 자기가 있을 리 없다. 자기는 물건이 아니기 때문이다. 그러므로 상실의 자기의식은 필연적으로 자기를 초월하여 외부를 지향하게 된다. 그 지향이 끝없이 자기를 찾아 나가는 길이 된다."(김상봉(2011), 「윤동주와 자기의식의 진리」, 『코기토』69, 부산대학교 인문학연구소, 96~97쪽).

213) "잃어 버렸습니다./ 무얼 어디다 잃었는지 몰라/ 두 손이 주머니를 더듬어/ 길게 나아갑니다.", "돌과 돌과 돌이 끝없이 연달어/ 길은 돌담을 끼고 갑니다.","내가 사는 것은, 다만/ 잃은 것을 찾는 까닭입니다."

고향 의식의 균열 즉 북간도에 대한 인식의 변화는 내적 갈등과 자아의 주체 상실을 연쇄적으로 발생시킨다. 다시 말해 타자의 문제에서 주체의 문제로 이동하는 것을 의미하는 것이다. 자아가 세계를 바라보는 인식의 주체로서 확립되어 간다는 것은 근대적 사고의 산물인데, 주체가 자신과 세계를 알아가는 과정은 데카르트로 인해서 자기 자신으로부터 출발하게 된다. 하지만 근대 역사가 진행되는 중에 나타난 제국주의는 피지배 국가들이 세계 인식의 틀로서 기능하는 주체를 확립 과정을 통해 받아들이지 못하고 상실된 것으로 받아들이도록 강요한다. 따라서 윤동주와 같은 디아스포라에게 타자의 존재는 일상적인 주체와 대립하는 평범한 타자가 아니고, 거대한 구조 체계 그 자체이다. 그래서 '상징적 질서'로 진입하는 데에 어려움이 발생할 뿐만 아니라 주체의 선택에 있어서 강요받는 입장에 놓이기도 하는 것이다. 이 과정에서 디아스포라 주체는 '자기 소외'라는 기제를 택하기도 하며, 내적 갈등을 필연적으로 경험한다. 윤동주의 진로 문제를 두고 아버지[214](거대 구조와의 타협)와 충돌이 일어난 상황부터가 윤동주에게는 갈등의 상황으로 다가온다. 아버지의 말씀대로 의학을 전공으로 선택하여, 먹고 사는 문제를 해결할 것인지, 문학(언어)인으로서 물질적 삶보다 정신적 고양에 힘쓸 것인지 갈등을 강요받는다. 그 사이에서 윤동주는 과감하게 식민지 조선의 연희전문학교 진학을 결심한다. 그럼에도 불구하고 여전히 불안한 마음은 존재한다.

---

214) 김유중에 따르면, 윤동주의 아버지는 자신의 것이 아닌 어떤 권력에 고개를 숙였으며, 그것은 근대의 일부인 일본 군국주의 파쇼라는 기계라고 보았다. 김유중이 판단하기에, 각각의 분할된 집단 속에서 자리 잡은 인간은 필연적으로 '기계'에 의해 규정된 '욕망'과 밀착하게 되고 윤동주에게 이 기계는 일본군국주의라는 기계, 파쇼라는 기계, 근대라는 기계 이 세 가지로 작동하는 것이다(김유중(1993), 「윤동주 시의 갈등양상과 내면 의식」, 『선청어문』, 21권 1호, 서울대학교 국어교육학과, 268쪽).

싸늘한 大理石기둥에 목아지를 비틀어 맨 寒暖計,
문득 드려다 볼수있는 運命한 伍尺六寸의 허리가는 水銀柱,
마음은 琉璃管보다 맑소이다.

血管이 單調로이 神經質인 輿論動物.
각금 噴水같은 冷춤을 억지로 삼키기에,
精力을 浪費합니다.

零下로 손구락질할 수돌네房처럼 칩은 겨을보다
해바라기가 滿發할 八月校定이 理想곱ㅍ소이다.
피끓을 그날이―

어제는 막 소낙비가 퍼붓더니 오늘은 좋은 날세올시다.
동저골바람에 언덕으로, 숲으로 하시구려―
이렇게 가만가만 혼자서 귓속이약이를 하엿습니다.
나는 또 내가 몲으는사이에―

나는 아마도 眞實한世紀의 季節을몲아,
하늘만보이는 울타리않을뛰처,
歷史같은 포시슌을 직혀야 봅니다.
一九三七. 七. 一.

「寒暖計」215) 전문

　　미래의 불확실성은 불안한 감정을 동반하고, 끊임없는 감정의 변화를
초래하는데, 이 시에서처럼 그 마음은 '날씨'를 통해 표현된다. 우선 화자
는 마음을 '온도계'에 비유하면서 '분수 같은 냉춤'처럼 한기(寒氣)에 무차

---

215) 『窓』(왕신영 · 심원섭 · 오오무라마스오 · 윤인석 엮음(2002), 『사진판 윤동
　　주 자필 시고전집(증보)』, 민음사).

별적으로 노출되곤 하지만 여전히 자기의 임무를 수행하기 위해 모든 것을 감내한다. 이것은 앞으로 다가올 시련 속에서 희생을 감수하겠다는 의지로 비친다. 그리고 "어제는 막 소낙비가 퍼붓더니, 오늘은 좋은 날씨올시다"에서 볼 수 있듯이, 하루만에도 바뀌는 날씨를 언급하면서 혼자 귓속말하는 화자가 드러나 있다. '소낙비'와 '좋은 날씨'는 개인의 의지와 관계없이 '하늘'의 지배를 받는다고 본다면, 날씨의 변덕은 화자의 개인적 의지와는 관계없는 것이 되며, 시대적인 흐름으로 인한 역사적 당위성("歷史같은 포시슌")을 부여받게 된다. 이 과정에서 화자가 할 수 있는 일이라고는 '혼자 귓속 말이나 하고, "나는 또 내가 모르는 사이에" 구절처럼 아무것도 모르는 상황에서 '진실한 세기의 계절을 따라' 상황을 '지켜'볼 수밖에 없다. 이쯤 되면 화자는 강요받은 닫힌 공간에서 자폐적 증상을 보일 수밖에 없다. 그런데 윤동주의 경우는, 시에서 화자가 끊임없이 자신을 바라보면서도 '하늘'과 같은 외부의 세계를 동시에 바라봄으로써 현실을 돌파해 나가려 애쓴다. 여기에서 '나'는 분리된 시선으로 '또 다른 나'를 인식하게 된다. 그 상태에서 구원을 소망한다.

번개, 뇌성, 왁자지근 뚜다려
머―ㄴ 都會地에 落雷가 있어만싶다.

벼루짱 엎어논 하늘로
살같은 비가 살처럼 쏫다진다.

손바닥 만한 나의庭園이
마음같이 흐린湖水되기 일수다.

바람이 팽이처럼 돈다.
나무가 머리를 이루 잡지 못한다.

내 敬虔한 마음을 모서드려
노아때 하늘을 한모금 마시다.

一九三七. 八月. 九日.

-「소낙비」216) 전문

「寒暖計」를 쓰고 난 한달 뒤 윤동주는 「소낙비」(1937.8.9.)라는 시를 이어서 쓴다. 이것은 윤동주가 '소낙비'라는 시어에 대한 생각이 깊어졌음을 의미한다. '소낙비'라는 시어를 곱씹어 보면 양가적인 측면이 있다. 일반적인 어법으로는 소낙비가 내리는 날은 '안 좋은' 날이지만, '소낙비'를 하늘에서 쏟아지는 물로 이해하면, 땅을 적셔 풍요롭게 하는 '좋은' 것이 된다. 그런 소낙비가 계속 내려 홍수가 나면, '노아의 홍수'처럼 새로운 세계의 도래를 의미하기 때문에 긍정적인 의미로도 해석된다. 하지만 두 측면 모두, 시에서 화자의 심리 상태가 크게 요동치는 상태를 반영하고 있기에, 제어 불가능한 외부의 현실에 화자의 내면은 예민하고 쉽게 흔들릴 수밖에 없다. '노아 때'의 하늘은 인류 역사 이래 가장 큰 홍수의 침해와 같은 큰 재난을 의미하는데 이때의 하늘을 언급하는 것은 지금 내리는 소낙비가 그때와 같은 강도로 시적 화자의 마음에 강타하고 있음을 알 수 있게 한다. 그리하여 시적 화자는 강도 높은 폭풍우 속에서, 역사의 가장 큰 홍수를 만나 유일하게 구원을 받았던 노아처럼 '敬虔'한 마음으로 미래를 대비하고 있는 것이다. 이처럼 물은 의식의 변화를 의미하기도 하지만 가장 근원적인 모성과 연결되어 있다. 문학 작품에서 고향의 공간적인 성격은 곧잘 '물'이나 '강'같은 이미지로 환원되어 표현되기도 한다. 강은 바로 이러한 속성을 지닌 물과 공간이 만나 구체적인 고향으로 부상할 수 있는 시적 대상물

216)『窓』

로 떠오른다. 시 속에서 표상되는 바다나 물의 이미지는 윤동주가 인식하는 고향의 상황을 제시하고 있다. 바다는 무서운 속성을 가지고 모든 것을 집어삼키는 거대한 존재로 등장하는데 '바다'로 떠난 아들의 모습을 통해 '아버지'와 다시 만날 수 없는 아들의 모습을 그리고 있다.

그리고 이 시에 등장하는 바다는 모든 것을 파괴하는 무서운 힘을 가졌다. 아들도 맏아들도 모두 바다의 속삭임에 빠져 결국 돌아오지 못하고, 이것은 마지막 길을 재촉하는 아버지의 한 맺힌 유언이 된다. 비록 인칭의 시선으로 담담히 쓰고 있지만 바다의 유혹에 대한 공포와 한이 표현되고 있다. 아버지의 거센 만류에도 불구하고 연희전문으로 떠나기로 결심한 윤동주는 자신의 선택에 대한 불안과 부친의 선택을 따르지 못한 것에 대한 미안함도 가지고 있었던 것으로 보인다. 이 시에서의 '바다'가 미래에 도착할 공간이나 고향을 상징하고 있다면 다시 돌아올 수 없는 길에 대한 두려움도 아들을 통해 암시되고 있다.

1, 3, 4연은 화자의 말이고, 2연은 아버지의 말로 분리된다. '후어-ㄴ한 방'은 어슴푸레한 방과 임종을 지킬 아들조차 잃은 공허한 상황을 상징하고 2연의 집 떠난 아들이 보고 싶다는 것은 한 생애의 뼈아픈 고독감과 내부의 어둠을 극화하고 있는 유언이다. 아들은 노인의 꿈이다. 그런 아들이 진주 캐러가고 해녀와 사랑을 속삭인다고 하는 것은 단순히 곁에 없는 것이 아닌 환상적 목표를 찾아 떠나가 버린 것을 말한다. 그러기에 '밤에사'라는 조사를 통해 보람 없는 기대와 한을 발견할 수 있는 것이다. 결국 노인은 죽고 개만이 그 공간에서 짖는다.

그리고 이때부터 윤동주 시에서 시인의 세계 인식방식도 보다 다양해진다. 지리적 위치를 통한 지각이나 물과 바다의 상징을 통해 고향을 인식해 왔다면 이제는 직접 관계를 맺고 구체적으로 인지할 수 있는 하나의 대상으로 형상화하게 된다.

이처럼 '고향'에 대한 욕망과 인식은 초기에 구현된 것으로 보인다. 그러나 아직 '고향'이라는 대상이 가지고 있는 그림자를 발견하지 못한 것일 뿐, 분리되지 못한 그림자는 북간도의 '고향'에 대한 '우울한 초상화'로 부각되는데 이것은 북간도 공동체 사람들을 대상으로 하여 작성된 「아우의 印象畵」나 「슯은 族屬」과 같은 시를 통해서 잘 드러난다. '남쪽에 위치한 모국' 조선에 대해서는 무한한 낭만과 희망을 창출하고 있는 초기의 시들과는 대조적으로 민족이나 혈족에 대해서는 '슬프고', '가난하며', '한 맺힌 것'으로 묘사되어 있다.

붉은니마에 싸늘한 달이 서리여
아우의 얼골은 슬픈 그림이다.

발거름을 멈추어
살그면회 애딘 손을 잡으며
『늬는 자라 무엇이 되려니』
×
「사람이 되지」
아우의 설혼 진정코 설혼 對答이다.

슬며―시 잡엇던 손을 놓고
아우의 얼골을 다시 드려다본다.

싸늘한 달이 붉은니마에 저저
아우의 얼골은 슬픈 그림이다.

一九三八. 九月. 十五日.

- 「아우의 印象畵」[217)]전문

시에서 '붉은 이마'의 아우의 얼굴에는 '싸늘한 달'이 서리어 있다. 이것은 또한 화자의 눈에 '슬픈 그림'으로 비춰진다. 붉게 보일 정도로 아직은 덜 성장하고 성숙한 이마, 그리고 거기에 비춰진 '싸늘한 달'이 하나로 연결되어 애상적인 분위기를 연출한다. 그런데 '붉은 이마'는 어리고, 철이 없고, 힘없는 모든 유약함에 대한 상징이다. 이것은 북간도에 이민 간 가난하고 힘이 없으며 무엇보다 '꿈이 없는' 디아스포라를 아우르는 것이기도 하다.

「슬픈 族屬」에서 '족속'이라는 말처럼, 시대적 상황을 서글픈 민족의 운명과 결부시키고 있는 경향도 나타난다.

> 흰수건이 검은 머리를 두르고,
> 흰고무신이 거친발에 걸리우다.
>
> 흰저고리 흰치마가 슬픈 몸집을 가리우고
> 흰띠가 가는 허리를 질끈 동이다.
>
> 一九三八. 九月.

「슬픈 族屬」[218] 전문

여기서 '슬픈 族屬'은 '흰수건', '흰고무신', '흰저고리 흰치마', '흰띠'로 에워싸인 여인의 모습을 가리킨다. 그 여인의 발이 '거친' 것은 밟고 서 있는 현실이 척박해서이고, 몸집이 '슬픈' 까닭은 "허리를 질끈 동이"어야 할

---

217) 『窓』
218) 「슬픈 族屬」은 두 번째 원고 노트인 『窓』에도 실려 있고, 시집 『하늘과 바람과 별과 詩』에도 수록되어 있다. 창작 과정의 흔적을 살필 수 있다는 측면에서 여기서는 『窓』에 실려 있는 원고 형태를 텍스트로 삼았다(왕신영·심원섭·오오무라마스오·윤인석 엮음(2002), 『사진판 윤동주 자필 시고전집(증보)』, 민음사).

만큼 배가 고프기 때문이다. 고달픈 나날의 삶에서 오는 말 못 할 설움이 여인의 온 몸에 배어 있다.[219] 예로부터 우리 민족은 백의민족으로 불리었기에 여기서 흰색은 우리 민족 전체를 의미한다고 보아도 크게 무리가 없다. 윤동주의 어릴 적 친구였던 김정우는 이 시를 읽고서 "이 시를 읽을 때마다 머릿속에 구름처럼 떠오르는 생각은 주일날 교회당으로 예배를 보러 오시는 할머님·어머님들의 광경이다. 예배가 끝나고 교회당 뜨락에서 하얀 머릿수건을 두르고 하얀 치마저고리를 입은 시골 부인네들이 모여 오순도순 함경도 사투리로 이야기하고 있었던 그 순박한 모습에서 얻어진 심상이, 일제에 대한 백의동포의 슬픔을 읊게 된 원천이 되었을 것이다"[220]고 말한다. 김정우처럼 이 시를 읽는 사람들 모두가 북간도 지역 사람들로 받아들이지는 않더라도, 우리 민족 공동체가 생각나는 것은 자연스러운 일일 것이다. 그렇게 우리 민족의 상황은 갈수록 어두워져갔고, '슬픈 몸집'의 색깔은 짙어만 갔다.

살펴본 것처럼 이 시기 윤동주 시에는 희망과 절망, 이상에 가까운 세계와, 슬픈 얼굴을 한 사람('그림', '족속') 등 상반된 분위기의 시들이 공존하고 있다. 이것은 고향 북간도(행복한 기억의 원형)라는 공간의 결의 상태에 대한 연민의 감정과 어우러지면서, 북간도 공동체와 동일시에 힘쓴다. 그런데 윤동주는 그 모순의 자리에서 그치지 않고 상실된 주체 속에서 무엇인가 찾아내려는 의지를 보인다. 결연한 의지를 표명하는 것은 윤동주의 작품들 속에서 제국주의의 억압에 대한 적극적인 대응으로 가능하며 저항의 이미지를 형성하기도 하지만, 실상 저항이라 볼 수 있는 이분법적 시각은 그의 시에서 존재하지 않는다. 따라서 윤동주의 의지는 타자와 관계할 능력을 갖춘 주체가 상실되었다는 점에서, 타자에 대한 주체의 저항 의지

---

219) 류양선(2015), 앞의 책.
220) 김정우(1976), 「윤동주의 소년 시절」, 『나라사랑』 23 여름호, 외솔회, 119쪽.

가 아니라, '잃어버린 주체'를 회복하기 위한 의지로 보아야 한다.[221] 이 '잃어버린 주체'를 찾는 행위는 다음 4장에서 언급될 '성찰적 주체'의 탄생으로 이어지고, 윤동주가 '에큐메니컬 시 세계'를 펼칠 수 있는 구성 요소가 된다.

나. 디아스포라 공동체와 시·공간 의식 확장

윤동주에게 있어서 시공간의 사유는 본인을 위한 탈출구만이 아니라 민족 공동체의 현실을 공유한 개념이었다. 윤동주에게 '밤'은 '밤'을 넘어설 수 있는 시간에 대한 탐색으로 이어지고 그것은 초월적인 시간인 '태초의 시간'으로 귀결된다. 시간에 대한 탐색과 함께 공간에 대한 탐색도 동시에 이루어지고 있는데 '방'이라는 내밀하고 사적인 공간을 통해 유동하는 공간, 열린 공간에서 우주 공간까지 확대된다. 내밀의 공간과 세계의 공간, 이 두 공간이 어울리게 되는 것은 그들의 '무한'에 의해서이다. 인간의 커다란 고독이 깊어질 때 그 두 무한은 맞닿게 되고 혼동된다. 윤동주는 오히려 고독의 결정체인 '밤'과 '좁은 방'을 통해서 세계의 공간과의 소통을 훨씬 용이하게 구현해낼 수 있게 된다.

구체적으로 연희전문 후기 시들에서는 순차적으로 밤을 통해서 시간이 표현되고 다시 공간으로 심화되고 있다. 이전의 시에서는 자연의 시간을 의미했으나 이후 시에서 윤동주는 시의 내면적 의미를 밤으로 표현하고 공간에 대해서도 여러 층위의 발견과 모색을 거친다. 문학적 시간은 객관적 시간이면서 동시에 주관적 시간이다. 일상적인 양의 개념을 전제하고 있다. 그러면서 개인적이고 비일상적인 질의 개념으로 극복하고 있다. 그

---

221) 정의열(2003), 「윤동주 시에서의 새로운 주체 연구」, 서울대학교 문학석사 학위논문, 21쪽.

러므로 문학적 시간은 객관적인 시간과 주관적인 시간의 분열을 방지하기 위한 시간이라는 그 두 가지 시간의 변증법적 체계를 형성한다. 그것은 분열 자체가 생의 의미와 결합되는 시간이다.

언어로 개념화된 수많은 시간 속에서 윤동주는 항상 밤이라는 공간에 주목하고 있다. '밤'은 윤동주에게 있어 물리적인 시간이 아니라 심리적이고 상징적인 시간이다. 문학에서 밤은 '어둠', '절망', '보이지 않음'과 같은 상태를 상징하고 종종 '절망적인 상황'을 표현할 때 많이 쓰인다. 이 시기의 시들에는 시간적인 배경이 '밤'으로 등장하고 있거나 시의 주제 자체가 밤으로 되어 있기도 하다. 모국의 현실에 대한 자각과 심리적인 체험이 '밤'으로 표현되기 때문이다. 특히 시「못 자는 밤」은 "하나, 둘, 셋, 네…. 밤은 많기도 하다."라고 하면서 '밤'의 깊고 넓은 의미를 보여준다. 이처럼 윤동주가 밤을 자주 노래하고 시 속 배경을 종종 밤으로 설정하는 것은 밤이 출구가 없는 현실을 대변하기 때문이다. 이것은 디아스포라의 운명을 의미하기도 한다. 결국 모국에 와서도 모국을 찾을 수 없는 상황 속에서 모국의 시간을 자신의 시간과 동일시하면서 수없이 많은 밤을 파생하고 있는 것이다. 이러한 밤의 증폭은 시적 인식의 영역이 또 다른 차원으로 확장되고 있음을 보여준다. 그러나 밤에 대해서 절망하고 있지만은 않고 계속해서 탐색의 과정을 거친다.

　　太陽을 사모하는 아이들아
　　별을 사랑하는 아이들아

　　밤이 어두었는데
　　눈감고 가거라.

　　가진바 씨앗을

뿌리면서 가거라

발뿌리에 돌이 채이거든
감었던 눈을 왓작떠라.

一九四一. 五. 三一.

「눈감고간다」[222]전문(1941.5.31.)

이 시는 마치 아이들에게 호소하는 듯한 형태로 구성되어 있다. 배경은 역시나 "밤"이며 "어두었는데"라는 전제에도 불구하고 화자는 "눈 감고 가거라"라고 말한다. 어두우면 넘어지지 않기 위해 눈을 더 번쩍 뜨거나 빛이라도 빌려와야 하는데 시인은 오히려 어둠 속에서 '눈을 감아라'라고 하는 비상식적 발화를 한다. 이는 주위의 어둠으로 인해 눈을 떠도 결코 제대로 볼 수 없는 상황임을 강조한다. 그 어둠은 단순한 불빛으로 제거될 수 있는 형태가 아님이 드러난다. 또한 윤동주가 생각하는 '밤' 즉 '시대적 상황'은 개인의 힘으로는 극복하기 힘든 거대한 해일 즉 제국주의의 큰 폭에 기인하고 있다.

그러나 이러한 거대한 '폭력' 앞에서 '눈을 감으라'고 하는 행위는 얼핏 보면 소극적인 자세를 취하고 있는 듯 보인다. 하지만 화자는 자신의 '희망'을 완전히 포기하지는 않는다. 힘없고 천진난만한 아이들로 하여금 두렵고 추한 폭력의 실체를 보지 않고 '눈을 감게' 함으로써 그 어둠으로부터 지켜내려고 하는 의지임과 동시에, 희망의 상징이기도 한 '씨앗'을 뿌려 언젠가 회복될 힘에 대한 가능성을 버리지 않고 있는 것이다. '태양'을 사모

---

222) 자필시고전집 『하늘과 바람과 별과 詩』(왕신영 · 심원섭 · 오오무라마스오 · 윤인석 엮음(2002), 『사진판 윤동주 자필 시고전집(증보)』, 민음사).

x

하고 '별'을 사랑하는 아이들이기에 희망의 근거는 충분히 제시되고 있다.

그리고 이런 '밤'의 시간을 극복하기 위한 방법을 찾기 위해 윤동주도 계속해서 모색의 과정을 거친다. 「太初의아츰」과 「또太初의아츰」에서 "봄날도 아니고 여름 또 가을 그리고 겨울이 아닌 아침"을 기다리는 것처럼, 시인 윤동주는 '시간'에 대한 탐색을 통해 현실을 인식하고, 세계에 대한 통찰을 넘어서 모종의 확신을 가지고 미래에 대해 이야기 한다. 그만큼 간절히 '밤'으로 대변되는 현재의 시간에서 벗어나길 소망하고 있었음을 알 수 있다.

시간에 대한 인식과 더불어 공간에 대한 인식도 이 시기에 눈을 뜨게 되는데 밤을 극복하기 위한 방법으로 원초적 시간을 선택했다면 공간을 극복하기 위한 방법으로는 몇 가지 층위의 공간이 포착된다. 그것은 크게 두 개의 경향으로 분류할 수 있는데 첫 번째는 '좁은 방'의 이미지이고 두 번째는 '유동하는 거리'의 이미지이다. 이 두 공간은 서로 모순되는 것 같지만 '좁은 방'은 점차 '흐르는 거리'로 나아가 다시 확장되고 있으며 '좁은 방'과의 폐쇄적이고 대조적인 이미지의 비교를 통해 윤동주가 나아갈 수밖에 없는 '흐르는 거리'의 이미지를 더욱 강조하고 부각시킨다.

> 세상으로부터 돌아오듯이 이제 내 좁은 방에 돌아와 불을 끄옵니다. 불을 켜두는 것은 너무나 피로롭은 일이옵니다. 그것은 낮의 延長이옵기에―
>
> 이제 窓을 열어 空氣를 밧구어 드려야 할텐데 밖을 가만이 내다 보아야 房안과 같이 어두어 꼭 세상같은데 비를 맞고 오든길이 그대로 비속에 젖어 있사옵니다.
>
> 하루의 울분을 씻을바 없어 가만히 눈을 감으면 마음속으로 흐르

는 소리, 이제 思想이 능금처럼 저절로 익어 가옵니다.

一九四一. 六.

- 「돌아와보는밤」[223]전문

바슐라르는 거주하는 공간인 '집'을 기하학적 공간을 초월한 것이라고 본다. 그는 집에 거주한다는 역동성은 인간 생활의 위대한 통합력을 보여주는 것이며 '집'과 '방'은 시적 정서의 내밀성을 분석할 수 있다는 점에서 시인의 심리적 도결을 보여준다고 파악한다. '좁은 방'은 현실적인 공간으로 봤을 때는 연희전문의 하숙방이라고 볼 수 있으나 상징적인 의미로 봤을 때는 시인 자신의 심리적인 공간을 가리키는 것의 중의적 표현이다. 이 공간을 통해 화자의 내밀한 의식의 흐름 및 그 심층을 유추할 수 있다.

세상과 내면의 공간으로 회자되는 좁은 방은 서로 대치되어 있다. 화자는 자발적으로 불을 끄고자 한다. 낮은 피곤하고 그 피곤을 좁은 방에까지 끌고 오지 않으려는 의지를 통해 화자에게 있어 좁은 방은 휴식의 공간을 의미한다고 볼 수 있다.

이러한 '방의 설정'은 세상과 나의 '관계'를 묻는 최초의 질문이기도 하다. 세상과 어떤 방식으로 관계를 맺을 것인지, 어떻게 소통할 것인지에 대한 탐색이다. 방으로 구성된 자아의 영역과 그 영역 밖의 세계에 대한 화자의 두 가지 욕망과 시선이 고스란히 드러나 있다. 단절되어 있긴 하지만 언제든 서로 교통할 수 있고 바라볼 수 있는 '窓'을 갖고 있기 때문이다. "공기를 바꿔야 들여야 할 텐데"라고 시인은 세상과 소통하고자 하는 의지를 분명히 드러내고 있다. 세상으로부터 얻어야 할 것은 통상 인간이 사회와

---

223) 『하늘과 바람과 별과 詩』(왕신영 · 심원섭 · 오오무라마스오 · 윤인석 엮음 (2002), 『사진판 윤동주 자필 시고전집(증보)』, 민음사).

자연으로부터 자연스럽게 부여받은 빛과 공기이며 상징적인 의미로 환원하자면 개인적 존재를 이끌어줄 사회의 건강한 가치관들이기 때문이다.

그러나 이런 바깥은 계속 '밤'으로 설정되어 있듯이 어둡기만 하다. 고대하던 모국의 현실이 바람직한 '바깥'으로서 기능을 하지 못하기 때문이다. 그러니 세상 밖과 나의 공간을 연결해주는 '窓'의 존재도 그다지 제 역할을 다하지는 못한다. 어둠끼리는 결코 서로에게 도움을 주지 못하며 따라서 원활하게 소통될 수도 없기 때문이다. 결국 윤동주는 세상과 똑같이 어둠으로 자신의 공간을 구성한다. 그에게 '불을 끈다'라고 하는 것은 바깥의 어둠을 항상 의식하고 있다는 뜻이기도 하다.

시인에게 있어 '낮' 또한 빛을 주는 개념이 아니라 '피곤이 깃들어 있는' 고단한 시간이다. 그런 시간 속에서 견뎌야 하는 것은 생기와 희망으로 가득한 일상이 아니라 오히려 분노와 부끄러움으로 점철된 시간이다.

> 窓밖에 밤비가 속살거려
> 六疊房은남의나라.
>
> 詩人이란 슬픈天命인줄알면서도
> 한줄詩를 적어볼가.
>
> 땀내와 사랑내 포그니 품긴
> 보내주신 學費封套를받어
>
> 大學노―트를 끼고
> 늙은敎授의講義 들으려간다.
>
> 생각해보면 어린때동무를
> 하나, 둘, 죄다 잃어버리고

나는 무얼 바라
나는 다만, 홀로 沈澱하는 것일까?

人生은 살기어렵다는데
詩가 이렇게 쉽게 씨워지는 것은
부끄러운 일이다.

六疊房은남의나라.
窓밖에 밤비가속살거리는데,
등불을 밝혀 어둠을 조곰 내몰고,
時代처럼 올 아츰을 기다리는 最後의 나,

나는 나에게 적은 손을내밀어
눈물과 慰安으로잡는 最初의 握手.

一九四二. 六. 三.

-「쉽게씨워진詩」[224]전문

    앞서 「돌아와보는밤」은 연희전문시절, 「쉽게씨워진詩」는 일본에서 쓴 것이다. 그러나 두 시편의 시적 배경은 거의 동일하게 구성되어 있다. 시간은 어김없이 '밤'이고 창밖에는 그리움의 정서를 환기시키는 밤비가 내리고 있으며 공간은 '나의 방'으로 전제되어 있기 때문이다. 앞의 시와 다른 점은 모국의 연희전문학교 시절의 하숙방과 다르게 이 시에서 '방'은 '남의 나라' 즉 '육첩방'으로 표현되어 있다는 점이다. '육첩방, 남의 나라'라는 말을 두 번이나 사용함으로써 이전의 '방'의 의미에 비해 더욱 단절이 심화되

---

224) 유학시절의 습유작품으로 낱장의 원고 형태로 되어 있다. 시인의 자필 원고 형태를 그대로 시 텍스트로 삼았다(왕신영 · 심원섭 · 오오무라마스오 · 윤인석 엮음 (2002), 『사진판 윤동주 자필 시고전집(증보)』, 민음사).

어 있음을 알 수 있다. 또한 '육첩방'은 일본의 방임을 알게 하여 더 단절되고 소외될 수밖에 없는 근거를 제공하며 이러한 타지에 대한 인식은 화자로 하여금 깊게 침잠되어 있게 한다. '고향'이라는 익숙한 장소가 주는 위안과 보호가 부재한다는 점에서 타국의 '육첩방'은 의식과 긴장감을 유발하는 공간이다.

'잃어버린 친구들'과 "쉽게씨워진詩"는 대조를 이루면서 어려운 시대에 대한 강도를 심화시켜 주고 시적 화자는 다만 침전된 자신의 공간에서 자신의 또 다른 자아와 화해하기 위한 눈물겨운 반성과 시도를 하고 있다. 슬픈 천명의 시인으로서 자신의 운명을 인정하고 그 운명을 수용하는 것이 시대를 살아가는 자신의 의무임을 생각한다.

이처럼 윤동주에게 있어 방은 자신이 주거하는 공간이기 이전에 고독하게 앉아서 사색하고 반성하며 과거를 추억하는 공간으로서의 역할을 한다. 이것은 세상과 소통하고자 하는 의지를 지니고 있으나 거듭 실패하게 되는 폐쇄된 방으로서 스스로를 고립시키는 '감옥'과도 같은 역할을 하기도 한다. 자신에게 손을 내밀어 손을 잡는 행위와 등불을 밝혀 어둠을 내모는 행위는 이러한 철저한 고립 가운데서도 포기하지 않는 희망의 마지막 끈이 된다. 윤동주의 방은 자신을 보호하고 쉬는 공간이기보다는 자신의 내면과 만나는 깊은 심연의 공간으로서 기능한다. 시인은 이처럼 깊은 회한과 반성을 통해 계속해서 자신이 나아가야 하는 공간에 대한 모색을 하게 되는 것이다. 따라서 이 방은 자신을 보호하는 공간이 아니라 어딘가 모르게 단절되어 있는 공간이다. 그러나 이런 방은 침잠에 그치지 않고 점차 확장을 시도하고 있음을 알 수 있다. 이 시에서는 거리가 나타나고 거리를 통해 또 다른 공간으로의 접근이 가능해진다.

黃昏이 지터지는 길모금에서
하로종일 시드른 귀를 가만이 기우리면
땅검의 옴겨지는 발자취소리,

발자취소리를 들을수있도록
나는총명했든가요.

이제 어리석게도 모든것을 깨다른다음
오래 마음 깊은속에
괴로워하든수많은 나를
하나, 둘 제 고장으로 돌려보내면
거리모통이 어둠속으로
소리없이사라지는 흰그림자,

흰그림자들
연연히 사랑하든 힌그림자들,

내모든것을 돌려보낸뒤
허전히 뒷골목을 돌아
黃昏처럼 물드는 내방으로 돌아오면
信念이 깊은 으젓한 羊처럼
하로 종일 시름없이 풀포기나 뜻자.

四. 十四.

「힌그림자」[225] 전문

이 작품은 일본으로 건너가서 쓴 첫 작품이면서, 릿쿄대학 입학 후 쓴 첫 작품이기도 하다. 우선 이 시에서 '黃昏'은 일반적인 '밤'의 의미보다, 하루 일정을 마무리하는 과정을 상상하게 한다. '黃昏'은 밤 혹은 끝으로 가는 시간인데, 행복했던 과거와 불안한 현실 사이에 놓인 '황혼'에 처한 존재는 스스로 뒤돌아보는 성찰의 시간을 갖게 된다. 니체는 정오의 시간을 강조했지만, 윤동주는 두 번이나 나오는 '황혼'이라는 글자를 한자 '黃昏'으로 강조하여 표기하고 있는 것이다.

그런데 이 시에는 세 개의 공간 영역이 존재한다. 자신의 존재가 기거하는 '내 방'과 '길모금' 및 '거리 모퉁이'226)로 표현된 거리, 그리고 그 지점들을 통과해 사라진 원형 공간으로서의 '제 고장'이다. '거리 모퉁이'는 흐르는 거리의 일부이기도 하지만 상실이 통과하는 지점으로서 그 끝도 알 수 없는 사라짐의 영역이고, '제 고장'은 사라진 존재들을 흡수하는 원초적이고 모태적인 공간이라고 할 수 있다. '내 방'과 '제 고장'은 대치되어 있고 서로 닿을 수 없는 절대적인 심연의 거리를 가지고 있다. 거리는 그 둘 사이를 이어주는 중간지점으로서의 역할을 한다.

시적 화자는 '괴로워하는 나'를 '제 고장'으로 돌려보내면 '흰 그림자'들이 소리 없이 사라진다고 했다. 수많은 자아, 놓아주고 싶지 않은 추억들, 분신과도 같은 기억들에 더 이상 집착하지 않고 보낸다는 것은 결국 과거가 더 이상 재생할 수 없는 것임을 늦게나마 깨달은 것이며 더 이상 현재적인 시간과 공간속으로 끌어올 수 없는 성질임을 알게 된 것이다. 이는 윤동주가 과거와 현재, 원초적인 공간과 현재의 공간을 단절된 것으로 보고 있으며 그것 때문에 상당히 괴로워하고 있었음을 알게 해 준다.

---

226) "거리 모퉁이 어둠 속으로 / 소리 없이 사라지는 흰 그림자"라는 구절에는 거울을 닦으며 "어느 운석 밑으로 홀로 걸어 가는 / 슬픈 사람의 뒷모양"(「懺悔錄」)과 유사한 이미지가 느껴진다.

자연적이고 물리적인 그림자라면 '검은 그림자'라고 표현해야 할 것이지만, 검은 그림자를 희다고 한 것은 윤동주가 강조한 어둠과는 대조적으로 상생, 사랑, 순결, 생명 등을 포괄적으로 내포하고 있는 것이라고 볼 수 있다. 순백의 '흰' 그림자의 이미지는 그만큼 분신으로서의 존재가 애틋하고 밝은 기억을 머금고 있기 때문이다. 이는 윤동주가 그리워하고 사랑했으며 다시 회복하고 싶은 유년의 모든 기억과 찾고자 했던 이상적인 모국에 대한 꿈 등 그 모든 것들과 연결된다.

결국 내 방에서 멀어지고 있는 존재, 그 존재들은 '거리'라는 흐르는 공간을 거쳐 제 고장으로 사라진다. 이 모든 걸 돌려보내고 나서 시적 화자는 지극히 허무하고 큰 상실감에 휩싸이지만 역으로 모든 괴로움[227]에서 해방되고 모든 욕망에서 초월한 담담하고 의젓한 포즈를 취할 수도 있게 된다. 윤동주의 공간에 대한 인식의 확장은 결국 단절이라는 한계를 극복하고자 한 시도라고 볼 수 있다.

그리고 디아스포라 공간에 대한 탐색은 계속 영역이 확장되어 간다.

故鄕에 돌아온날밤에
내 白骨이 따라와 한방에 누엇다.

어둔 房은 宇宙로 通하고
하늘에선가 소리처럼 바람이 불어온다.

어둠속에 곱게 風化作用하는
白骨을 드려다 보며
눈물 짓는 것이 내가 우는것이냐

---

227) 우리는 도스토예프시키의 『죄와 벌』에서, 전당포 할머니를 죽였던 주인공 로쟈가 가난한 이웃의 장례 비용을 책임지는 이중성이 윤동주의 문학에서도 나타난다. 이 것은 「자화상」, 「무서운時間」, 「또다른故鄕」에서도 잘 드러난다.

白骨이 우는것이냐
아름다운 魂이 우는것이냐

志操 높은 개는
밤을 새워 어둠을 짖는다.

어둠을 짖는 개는
나를 쫓는 것일게다.

가자 가자
쫓기우는 사람처럼 가자

白骨몰래
아름다운 또 다른 故鄉에 가자.

一九四一. 九.

-「또다른故鄉」[228) 전문

이 시는 윤동주가 연희전문학교에서 북간도 고향으로 잠깐 돌아왔을 때
쓴 것으로, 고향에 돌아왔지만 시적 화자는 정작 '또 다른 故鄉'을 찾고 있
다는 점에서, 디아스포라의 태도가 드러난다. 시간적 배경은 밤이고, 여기
에서도 바람의 존재는 감지되고 있으며, 방에는 또 다른 자아의 분신이라
고 할 수 있는 '白骨'을 끌어 들이고 있다. 마음의 내밀한 방이 우주와 소통
을 시도하고 있음을 알 수 있다. 하늘에서 울리는 소리는 곧 신의 메시지와
같으며 그 소리의 실체는 곧 '바람'으로 상징되는 디아스포라를 의미한다.

---

228) 자필시고전집 『하늘과 바람과 별과 詩』(왕신영 · 심원섭 · 오오무라마스오
· 윤인석 엮음(2002), 『사진판 윤동주 자필 시고전집(증보)』, 민음사).

그렇게 본다면 바람이야말로 화자를 또 다른 고향으로 이끄는 운명적 힘이라고 볼 수 있다.

어둠 속에는 세 종류의 자아로 표상되는 분신이 등장하는데 각각 1) '風化作用되는 白骨' 2) '나' 3) '아름다운 魂' 등이다. 여기에서 '白骨'의 이미지가 중요한데, 김흥규는 '백골'을 어떤 초월적 세계의 추구를 제약하는 지상적·현실적 연쇄에 속한 존재로 본다. 이성우는 백골을 현실적 자아를 대변하는 시어로 보는 한편 고향이나 식민지 조국을 대변하는 양가성에 주목한다. 최동호는 '백골'의 '풍화작용'에 주목하여 '삶의 무의미성'을 도출하고 현실과의 타협을 일절 거부하는 태도로 결사의 지조를 표명하는 상징물로서 '白骨'을 평가한다. 이처럼 거죽도 벗겨지고 더 이상의 생명도 남아있지 않은 백골을 현실적인 자아를 대변하는 윤동주의 페르소나로 보는 견해가 대부분이다. 하지만 사실 윤동주에게 남아 있는 것은 '나'라고 지칭할 수 있는 거죽만 남은 객관적인 자아와 그 자아의 심층에서 여전히 고향을 찾고 있는 혼이다. 화자는 "白骨 몰래"라고 표현함으로써 희생된 페르소나를 뒤에 두고 또 다른 곳을 찾아 헤매는 부끄러움을 몰래 드러내고 있다.

밤을 새워 어둠을 짖는 지조 높은 '개'는 시적 화자를 채찍질하며 계속 흐를 수 있도록 하는 힘을 부여해주고 있다. '개'의 상징은 외부에서의 압력 같은 것이고, 화자는 '개'에 의해서 강제적인 힘을 부여받아 앞으로 계속 나아갈 수 있게 되는 것이다. 이러한 힘의 발현은 계속 흘러가야만 하는 운명에 처해 있는 화자를 좀 더 주체적으로 앞으로 끌어가는 역할을 하고 있다. 마지막 연은 화자 또한 스스로에게 그러한 명령을 내리면서 또 다른 고향이 자신이 추구해야 할 '또 다른 공간'임을 보여준다. 그리고 이러한 '또 다른 공간'의 발견은 시 「별헤는밤」에서 '우주적 공간'의 발견으로 이어진다.

지금까지 밝힌 '디아스포라 주체'와 '시공간 의식의 확장 경로'는 연구 목차 4장의 '에큐메니컬 시 세계'에서 언급할 '성찰적 주체'와 '화해와 일치의 평화 공간'이라는 개념으로 이어진다.

다. "죽어가는 것들"의 세계와 지워진 시집 『病院』

'디아스포라' 윤동주는 세계를 부정적 시선으로 바라본다. 그의 시 「刊」[229]에서 "습한 간을 말라우자"라는 구절을 보면, 이미 '습기에 의해 손상된 간 즉 '병든 상태'를 전제하는 부정적 인식이 드러난다. 그리고 윤동주 시에서 중심 소재로 자주 사용되는 '물'은 '비/눈/구름/안개' 같은 시어로도 다양하게 변주되어, 물의 부정적 속성으로 드러난다.

이러한 부정적인 시선은, 윤동주가 시집 『하늘과 바람과 별과 詩』의 제목을 애초에는 『病院』[230]으로 염두에 두었을 만큼, 그의 시 전체에 걸쳐서

---

229) 박군석은 「刊」에서 시적 주체의 '지평'을 의미 있게 바라본다. 그는 시인이 현실에서 겪은 외적 갈등을 엄밀하게 직시한 끝에 새로운 삶을 결의한 것으로 본다. 타자와 자기 세계의 한계를 현실의 전체 지평 위에서 조명하면서 근원적 자기 동일성의 토대를 윤동주가 확보해 나간 것으로 본다. 특히 윤동주가 「무제(서시)」, 「十字架」, 「별헤는밤」에서 자기 의지를 드러내기 이전에, 시인이 「刊」에서 현실 지평의 확고한 자기 주체성을 명증하고 있다고 평가한다(박군석(2015), 「윤동주 시의 「刊」에 나타난 '시적 주체'의 지평」, 『한국문학논총』, 한국문학회).

230) 물론 윤동주만이 세계를 '병원'으로 인식한 것은 아니다. 이미 1930년대에 이상이 그의 시 「紙碑」에서 "내키는커서다리는길고왼다리아프로아내키는작어서다리는짧고바른다리가아프니내바른다리와내아내왼다리와성한다리끼리한사람처럼걸어가면..."이라고 쓰면서 '병적 세상'을 표현한 바 있다. 그리고 T.S.엘리엇도 "온 땅이 우리의 병원이라"고 표현한 바 있다. **미셸 푸코**도 병원을 근대의 산물로 보면서 세계를 '병'의 시선으로 바라보았다. 그리고 **수잔 손택**도 '은유로서의 질병'을 언급하였다. 이렇듯 세계를 '병적 상태'로 파악하는 것은 근대 이후, 어느 정도 보편성을 지니고 있다. 하지만 윤동주의 경우는, 소통과 관계를 심각한 병적 증세로 판단하였다는 점에서 누구보다도 근대의 어둠을 정확히 파악하였으며, "病院"이란 제목을 '지우는 행위'를 통해 '병적 상태'를 넘어서려는 태도가 에큐메니컬 시세계와 맞닿는 점에서 독특한 면모를 지닌다고 평가할 수 있다.

강하게 나타난다. 정병욱은 「病院」과 관련하여 윤동주와 나눈 대화의 내용을 다음과 같이 진술한다.

'서시'까지 붙여서 친필로 쓴 원고를 손수 제본을 한 다음 그 한부를 내게다 주면서 시집의 제목이 길어진 이유를 '서시'를 보이면서 설명해주었다. 그리고 처음에는 ('서시'가 되기 전) 시집 이름을 '병원'으로 붙일까 했다면서 표지에 연필로 '병원'이라고 써 넣어 주었다. 그 이유는 **지금 세상은 온통 환자 투성이**이기 때문이라 하였다. 그리고 병원이란 앓는 사람들에게 도움이 될 수 있을지도 모르지 않겠느냐고 겸손하게 말했던 것을 기억한다.[231]

이 회고에 근거해서 본다면 윤동주의 기본적인 세계 인식이 작품 「病院」을 통해서 잘 드러난다고 볼 수 있다. 따라서 '병원'은 시대적 비유가 분명하고, 당시 우리 민족의 상황을 의미하고, 병든 여자는 우리 민족의 모습으로 이해할 수 있다.

살구나무 그늘로 얼굴을 가리고. 病院뒷뜰에 누어, 젊은女子가 흰 옷아래로 하얀다리를 드려내 놓고 日光浴을 한다. 한나절이 기울도록 가슴을 앓른다는 이 女子를 찾아오는 이, 나비 한마리도 없다. 슬프지도 않은 살구나무에는 바람조차 없다.

나도 모를 아픔을 오래 참다 처음으로 이곳에 찾어왓다. 그러나 나의 늙은 의사는 젊은이의 病을 모른다. 나안테는 病이 없다고 한다. 이 지나친 試鍊, 이 지나친 疲勞, 나는 성내서는 않된다.

- 「病院」[232] 앞부분

---

231) 정병욱(1976), 「잊지 못할 윤동주의 일들」, 『나라사랑』 여름호, 외솔회, 140쪽.
232) 『하늘과 바람과 별과 詩』.

이 시에서 표면적으로 병적인 상태에 빠진 사람은 '젊은 여자'와 화자인 '나'이다. '젊은 여자'가 앓고 있는 병은 "가슴을 앓른" 상태로 보아서 폐병으로 짐작되지만, 화자가 인식하기에 '젊은 여자'의 병적 상황은 의사가 진단한 '가슴앓이'라고 하는 표면적인 병의 문제가 아니다. 햇빛을 피해 "그늘로 얼굴을 가리"는 행위와 "흰옷아래로 하얀다리"를 내어 놓은 여자의 모습을 심각한 병적 상황으로 화자는 묘사한다. 그리고 여자를 찾아오는 이가 한명도 없고, '나비', '바람'조차 찾아오지 않는 상황을 더욱 심각하게 그려낸다. 햇빛을 피하는 행위는 죄를 지은 인간의 보편적 속성이다. '흰옷'과 '하얀 다리'의 '흰색'의 이미지는 「슬픈 族屬」에서 '흰색'이 민족의 정서와 관련된 것처럼 집단의 병적 상태로, 확장시켜 이해할 수 있다. 하지만 그 보다 중요한 것은 '소통이 부재'로 오는 '존재론적 소외'야말로 이 여자가 앓고 있는 진정한 병적 상태인 것이다. 이 부분에 대해 김우창은 "개인 의식이 침묵 속에 고립하고 의사소통의 노력이 단절된 관계"[233])라고 설명하고, 유종호는 "세대간의 단절[234]로부터 인간 상호간의 교감상실에 이르기까지 근대인의 소외경험"[235])이라고 지적한다. 결국 '병들어 버린 존재'보다도, **관계에 있어서 '병들게 하고'[236])** '병든 상태를 방치하는 현실'이 더욱 병든 것이라고 볼 수 있다.

성서에서 예수는 '뱃새다의 눈먼 사람'을 고치시고는 그에게 "마을로 들어가지 말아라"[237])고 말씀하신다. 그 마을의 고정관념("'병듦'은 죄로 인한

233) 김우창(1977), 「시대와 내면적 인간」, 『궁핍한 시대의 인간』, 민음사.
234) 류양선은 산문 「花園에 꽃이 핀다」(1939.1.발표)와의 관계에 주목하여 "병들어 있는 줄도 모르는 기성세대로 이루어진 사회"에 대한 비판과 "시대적 질환과 치유에의 기원"으로 병적 상태를 설명한다(류양선(2006), 「윤동주의 「병원」 분석」, 『한국현대문학연구』19호, 한국현대문학회).
235) 유종호(1995), 『시란 무엇인가』, 민음사.
236) 시의 "성내서는 않된다"는 부분에서 아픔을 표현조차 할 수 없는 상황을 드러내고 있다.
237) 마가복음 8장 22~26절.

것이다'는 율법적 인식)이 그를 계속해서 병든 상태로 간주하여, 눈 뜬 사람의 삶이 새로워질 수 없기 때문이었다. 마찬가지로 윤동주는 '젊은 여자'를 아무도 찾아오지 않는 그녀를 둘러싼 세계가 더욱 큰 문제를 지니고 있다고 판단한다. 따라서 그 세계에 속한 '나도 자연스레 병이 들 수밖에 없는 것이다. 이렇게 '소통이 부재'하여 소외를 발생시키는 병적인 세계에 대해서 윤동주는 인식하고 있는 것이다.

이러한 시각은 윤동주 시 곳곳에서 발견된다. 시집의 처음에 배치되어 있는 「무제(서시)」의 "모든 죽어 가는 것들을 사랑해야지"라는 구절에서도 찾아볼 수 있듯이, 이 세계는 모든 존재를 죽게 만드는 '죽음의 세계'이고, 따라서 이 세계는 '죽어가는 것들'로 가득할 수밖에 없는 현실이라고 시인은 파악한다. 물론 디아스포라인 윤동주만이 세계를 죽음의 공간으로 인식한 것은 아니며, '유한한 존재'로서 모든 피조물은 죽음을 운명적으로 맞을 수밖에 없다. 하지만 지금까지 살펴본 것처럼 윤동주가 경험한 식민지 조선과 일본에서의 체험은 단순한 죽음의 의미를 넘어서 모든 존재를 죽게 만드는 강력한 힘들을 지닌 죽음의 세계의 원인으로 작용했다고 볼 수 있다.

오오무라 마스오도 **죽어가는 것들**의 세계를 식민지 상황과 관련시켜 이해한다. 그는 "「무제(서시)」를 쓴 1941년 11월 20일은 이른바 태평양 전쟁이 시작되기 전이었다. 일본 군국주의 때문에 많은 한국인이 죽어갔으며, 사람 뿐만 아니라 말(언어)도, 민족의 옷도, 생활풍습도, 이름도, 민족문화의 모든 것이, 그리고 전쟁터로 내몰린 일본 백성들도 다 '죽어 가는' 시대였다. 이렇게 '죽어가는 것'을 사랑해야지라고 외친 그는 죽음으로 몰아대는 주체에 대해서 당연히 심한 증오를 갖고 있었을 것이다"[238]라고 말한다.

---

238) 오오무라 마스오(2001), 『윤동주와 한국문학』, 소명출판, 114쪽.

그런데 중요한 것은 윤동주가 '병원'과도 같은 세계를 환자로 가득한 부정적공간으로만 바라보지 않고, '치유'할 수 있는 '희망'의 공간으로도 인식하고 있다는 점이다.[239] 「病院」 뒷부분에는 다음과 같이 언급되고 있다.

> 女子는 자리에서 일어나 옷깃을 여미고 花壇에서 金盞花 한포기를 따 가슴에 꼽고 病室안으로 살어진다. 나는 그 女子의 健康이 ─ ─ 아니 내 健康도 速히 回復되기를 바라며 그가 누엇든 자리에 누어본다.
>
>   ─九四〇. 一二.

-「病院」[240] 뒷부분

"回復되기를 바라며"라는 구절에서 보듯이 화자는 '病院'에 속한 '女子'와 '나' 모두 '速히' 건강하기를 희망하여 "그가 누엇든 자리에 누어" 본다. 연민의 대상과 자신의 감정을 동일시하는 일반적인 문법적 관행을 따르지 않는다. 섣불리 말로 위로하지 않으며, 적절한 거리를 확보하면서 병적인 대상을 '女子'에만 국한시키지 않고 '나' 또한 환자로 간주하는 점을 강조한다. 이 부분에 대해 신형철은 "타자를 안다고 말하지 않고, 타자의 고통을 느낄 수 있다고 자신하지 않고, 타자와의 만남을 섣불리 도모하지 않는 시가 그렇지 않은 시보다 아름다움에 도달할 가능성이 더 높다"[241]고 말한다. 즉 연민의 대상과 '일정한 거리'를 유지한 것이 미적 완성도를 높였다는 평가이다. 한국 현대시사에서 "타자와의 관계에 대한 균형 감각을 결여하고 있는 일종의 편향 현상"[242]은 흔히 나타나는 법인데, 윤동주의 「病院」

---

239) 위르겐 몰트만(Jürgen Moltmann), 이신건 옮김(2002), 『희망의 신학』, 대한기독교서회.
240) 『하늘과 바람과 별과 詩』.
241) 신형철(2008), 「그가 누웠던 자리」, 『몰락의 에티카』, 문학동네, 512쪽.
242) 유성호(2005), 『한국시의 과잉과 결핍』, 역락. 17쪽.

의 경우 이를 극복한 선례로 볼 수 있다.

이렇게 보면 '病院'은 단순히 아픔이 가득한 '죽어가는 것들의 세계'만을 의미하지 않고, 아픈 사람들이 '함께 모여' 있는 연대의 공간을 뜻하기도 한다. 윤동주가 「病院」 이후 「무서운時間」이라는 종교적 체험의 시간을 거치고, 「十字架」의 희생을 예감하여 「무제(서시)」에 이르러 '나한테 주어진 길'을 비로소 발견했다고 볼 때, 그가 '병든' 세계를 '인식'한 것에 그치지 않고 새로운 세계를 '지향'한 것으로 이해할 수 있다. 달리 말해서 '앓는 상태'를 넘어서 '치유 상태'의 도달을 꿈꾸는 시인 윤동주의 의지가, 시집 제목 『病院』이라는 부정적 기표를 '지우고', 모든 존재자를 살리고243) 그들을 하나 되게 하는 '화해와 일치'의 에큐메니컬 세계를 표상하는 『하늘과 바람과 별과 詩』라는 기표로 이행하는 것으로 나타난 것이다.

이와 유사한 논리를 신학자 **위르겐 몰트만**에게서 발견할 수 있다. 그는 인간의 역사적 고통과 종말론적 희망이 서로 맞닿아 있는 지점을 발견했다. 그에게 그리스도의 십자가와 부활에 근거한 모든 '희망'은 단지 기다림이 아니라 과거와 현재와 미래의 동시대성의 지평 속에서 하나님의 미래를 갈구함으로써 역사를 의미 있게 만드는 것이다. 이에 신은 고통 받는 인간에게 손을 내밀고, 인간과 함께 '연대'하시며 종말의 순간을 통해 인간에게 희망을 선물하신다.244) 몰트만이 언급한 이 '희망'이 바로 윤동주에게서 '에큐메니컬 세계'의 지향의 태도로 나타난다고 볼 수 있다. 이를 다음 장에서 본격적으로 살펴볼 예정이다.

---

243) "죽어가는 것들"을 살리고자 노력하는 윤동주의 대상에 대한 '연민과 사랑'의 태도야말로 에큐메니컬의 핵심 요소로 볼 수 있다.

244) 위르겐 몰트만(Jürgen Moltmann), 이신건 옮김(2002), 『희망의 신학』, 대한기독교서회.

IV. 윤동주 시의 에큐메니컬 지향성 연구

'디아스포라'에 대한 윤동주의 세계 인식은 죽음의 의미와도 상통하는 부정적 시선으로 나타난다. 살기 위해 늘 "쫓기우는" 사람처럼 머무는 곳마다 그곳을 '떠나야만' 했고, 결국 이곳저곳 떠돌아다니다가 죽음을 맞이한 윤동주로서는 세계를 부정적으로 바라볼 수밖에 없다.

하지만 사실 '디아스포라'라는 단어의 의미는 부정적인 것에만 머물지 않는다. '부정적인 것과 함께 머물'다가 에큐메니컬 세계로 나아간다. 과거 유대인들은 예루살렘 성전(하나님의 집)이 무너지는 현실을 보며, 그들을 하나로 묶어 주는 매개물을 더 이상 고정된 장소로 인식하지 않았다. 국제적 정치 상황에 따라 유동적인 삶을 살 수밖에 없었던 그들은, 수없이 많은 장소로 흩어져서 살게 되지만, 보이지 않는 끈으로 서로를 연결하여 집단적 파괴로부터 벗어났고 민족적 정체성을 유지할 수 있었다. 한 장소에 모일 수는 없다고 할지라도 연대하고 서로 협력하면서 종족을 유지하였던 것이다. 그 결과 그들은 완전한 파괴나 섬멸을 방지할 수 있었다. 결국 디아스포라는 에큐메니컬 삶의 방식을 선택하면서 새로운 세계로 진입한다.

마찬가지로 윤동주도 디아스포라적 세계 인식을 넘어서 에큐메니컬 시 세계로 나아가는 모습을 보여준다. 따라서 이번 장에서는 윤동주의 시에서 직·간접적으로 나타난 북간도 기독교 공동체의 에큐메니컬 정신을 살펴보고자 한다.

1. 에큐메니컬 시 세계 "하늘과 바람과 별과 詩"

정우택은 윤동주의 시집 제목 "하늘과 바람과 별과 詩"라는 기표에 주목한다. 그것은 일반적인 미적 상징이나 비유에 그치지 않고, 그 자체로서 '시'이자, 사상 감성의 원천이며, 바로 북간도의 표상이라고 그는 말한다.245) 그의 말처럼 윤동주에게 북간도의 기독교 공동체는 단순히 시적 배경이 아니라 시 자체라고 해도 과언이 아니다. 윤동주의 시집 『하늘과 바람과 별과 詩』의 작품 배치를 살펴보면, 첫 번째 시편은 그동안 「서시」로 불렸지만 사실 제목 없는 「무제」이고, 마지막 시편은 「별헤는밤」으로 구성되어 있다는 것을 알게 된다. 처음과 끝에 나오는 두 작품은 모두 '하늘'과 '바람'과 '별'이란 시어를 통해서 윤동주 시 세계 전체를 상징적으로 보여준다. 이것은 다름 아닌 에큐메니컬 시 세계를 구성하는 물질로 볼 수 있다.246) 다시 말해 '북간도 기독교'라는 '언어 공동체'의 일원이던 詩人 윤동주가 그의 '지평융합(a fusion of horizons)의 장(場)'247)으로 "하늘과 바람과 별과 詩"라는 언어를 제시하고 있는 것이다.

죽는 날까지 하늘을 우르러
한점 부끄럼이 없기를,

---

245) 정우택(2009), 「재만조선인의 혼종적 정체성과 윤동주」, 『어문연구』, 한국어문교육연구회, 222쪽.
246) 에큐메니컬 정신은 윤동주의 <시> 뿐만 아니라 그의 <산문> 에서도 드러난다. 산문 「별똥떨어진데」 에는 "그는 나의 오란 리웃이요, 벗이다. 그렇다고 그와 내가 性格이나 還京이나 生活이 共通한데 있어서가 아니다. 말하자면 極端과 極端사이에도 愛情이 貫通할 수 있다는 奇蹟의인 交分의 한標本에지 나지 못할것이다."라는 대목이 나온다. "극단과 극단사이에도 애정이 관통"할 수 있다는 시인의 인식이 에큐메니컬 시세계를 창출하는 밑거름으로 작용한다.
247) 한스-게오르크 가다머(Hans-Georg Gadamer), 이길우, 이선관, 임호일(옮김)(2012), 『진리와 방법. 1.2.』, 문학동네.

잎새에 이는 바람에도
나는 괴로워했다.
별을 노래하는 마음으로
모든 죽어가는것을 사랑해야지
그리고 나안테 주어진 길을
거러가야겠다.

오늘밤에도 별이 바람에 스치운다.

1941. 11. 20.

「무제(서시)」248)전문

이 시에서 '하늘'은 북간도의 낮을 덮었던 자연물로 거울처럼 '나'라는 존재를 비추는 도구이다. '바람'은 하늘과 별이 땅 위에서 고정된 공간이라고 할 때 하늘과 땅을 채우는 유동적인 자연물이다. 그리고 '나'를 툭툭 건드리면서 깨달음을 주는 매개물이다. '별'은 북간도의 밤을 수놓은 자연물로, 죽은 사람과 사라진 사람과 그리운 사람이 머물 것으로 인식되는 공간이다. 그리고 '길'은 시적 주체의 존재 실현 방식으로 시인 윤동주의 시 쓰기 작업을 의미한다고 볼 수 있다.

형식적으로는 2연으로 구성되어 있는데 1연과 2연이 비대칭적 구조로 이루어져 있다. 1연은 8행으로 구성된 반면 2연은 1행으로 다소 빈약하게 구성되어 있다. 1연은 과거와 미래에 대한 다짐을, 2연은 현재형으로 진술하는데, 이것은 2연에서 내용적으로 균형을 맞추고자 시도한 것으로 볼 수 있다. 즉 "죽어가는 것에 대한 사랑"이라고 표현함으로써 모든 존재를 사

---

248) 『하늘과 바람과 별과 詩』(왕신영 · 심원섭 · 오오무라마스오 · 윤인석 엮음(2002), 『사진판 윤동주 자필 시고전집(증보)』, 민음사).

랑하는 것, 그 중에서도 죽어가는 존재들을 위한 길에 무게를 실은 것으로 이해할 수 있다.

이 구절을 놓고 오문석은 '별'과 "모든 죽어 가는 것을 사랑"하는 것에서 윤동주의 역사의식이 반영된 것으로 해석한다. 윤동주의 시 「이런 날」(1936.6.10.)에서 '오색기'(五族協和)와 그것을 지배하는 '태양기'(일본)를 '모순'적인 것으로 평가하는 구절에서 미루어 짐작되듯이, 만주국과 일본이 내세우는 평등과 공존 그리고 일치가 허구임을 드러내기 위한 윤동주의 시적 전략이 시에서 드러난 것이다. 만주국과 일본의 정책 대신, "별을 노래하는 마음으로/모든 죽어 가는 것을 사랑"(「무제(서시)」1941.11.20.)하는 방식을 채택했다는 것이다.[249] 그렇다면 여기에서 '별'은 그 숫자만큼이나 다양한 개별적 존재이거나 혹은 (만주국과 일본의 비순수함과 비교되는) 순수함을 내포하면서 결국 소멸할(죽을) 수밖에 없는 존재가 된다. 그리고 그 죽어가는 유한한 존재들을 사랑함으로써 그들과 일치를 추구하는 태도[250]가 이 시에서 두드러지는 것이다.

유성호 교수는 이 부분을 가리켜 광의의 기독교적 인생관, 윤리 의식에 포섭된다고 설명한다. 즉 "이 땅에서의 사랑과 신에 대한 사랑이라는 사랑의 수직과 수평이 만나서 이루어진 아름다운 현장을 이는 보여주고 있다"[251]고 지적한다.

---

249) 오문석(2012), 「윤동주와 다문화적 주체성의 문학」, 『한국근대문학연구』 Vol.25, 한국근대문학회, 158~170쪽.

250) 이러한 태도는 북간도 기독교 공동체의 일원이었던 문익환 목사에게서도 찾아볼 수 있다. 문익환은 1987년 연세대 이한열 열사의 장례식에서 절규에 가까운 목소리로 26인의 이름을 한 사람 한 사람 호명한다. 한국근현대사에서 명연설로 손꼽힐 정도로 많은 이들에게 감동을 주는데, 이것은 윤동주가 「별헤는밤」에서 '죽어가는 것들'의 이름을 하나 하나 부르는 풍경과 유사하다. 아마도 북간도 기독교 공동체 함께 몸 담음으로써 그들의 내면에 에큐메니컬 정신이 자리 잡고 있었기 때문으로 추측된다.

251) 유성호(2008), 『근대시의 모더니티와 종교적 상상력』, 앞의 책, 141쪽.

이처럼 '하늘'과 '바람'과 '별'과 '詩'가 구성해 내는 시 세계는 "모든 죽어가는 것"에 대한 구원의 프락시스(Praxis)로서의 사랑을 기반으로 구성된다. 떼이야르 드 샤르댕(Pierre Teilhard de Chardin)은 사랑을 인간 영성의 최고 형태라고 본다. 사랑은 인간 심리 상태의 어떤 낭만적 분위기가 아니라 가장 신비한 우주적 힘이며, 사랑의 에네르기는 본질적으로 연합시키는 힘이고 가장 근원적이고 우주적인 정신적 에네르기[252]라고, 그는 말한다. 이렇듯 윤동주의 시에는 사랑과 연민이라는 에네르기를 바탕으로 한, 역사의식도 나타나고, 부조리한 세계 권력에 맞서는 태도도 드러나며, 서로 연합하는 모습도 보인다. 따라서 그가 지향하는 세계가 바로 모든 존재의 화해[253]와 일치[254]를 추구하는 에큐메니컬 세계라는 결론에 도달하게 된다.

이러한 에큐메니컬 시세계는 시집 『하늘과 바람과 별과 詩』의 마지막에 수록된 「별헤는밤」에서 좀 더 확대되고 구체화되어 나타난다.

> 별하나에 追憶과
> 별하나에 사랑과
> 별하나에 쓸쓸함과
> 별하나에 憧憬과

---

252) 김성동(2015), 「떼이야르 드 샤르댕의 사랑에 대한 이해와 그 현대적 의의」, 『철학탐구』 제 39집, 중앙대학교 중앙철학연구소, 67~105쪽 재인용.

253) 화해의 풍경은 「소년」에서 잘 드러나 있다. "단풍잎 떨어져 나온 자리마다 봄을 마련해 놓고 나뭇가지 위에 하늘이 펼쳐 있다."의 구절에서 알 수 있듯이, "떨어"지는 희생을 통해서 "마련"된 "봄"의 "나뭇가지"를 담고 있는 "하늘"이야말로 에큐메니칼이 지향하는 하늘의 모습이다. 그리고 "손금"이나 "두손"을 통해서 존재와 존재의 마주함도 에큐메니칼 지향적 태도로 이해할 수 있다.

254) 윤동주의 시는 '일치'를 위해서 무엇보다 이분법적 사고를 경계한다. 가령 「새벽이 올 때까지」에서 "검은 옷"을 입은 사람과 "흰 옷"을 입은 사람을 "한 침대"에 "재우"기도 하고, 「병원」에서는 시적 주체가 "젊은 여자"의 '같은 자리'에 누워 보기도 하는 장면 등을 그 근거로 볼 수 있다.

별하나에 詩와
별하나에 어머니, 어머니,

　어머님, 나는 별 하나에 아름다운 말 한마디식 불러봅니다. 小學校 때 冊
床을 같이 햇든 아이들의 일홈과, 佩, 鏡, 玉 이런 異國少女들의 일홈과, 벌
서 애기 어머니 된 게집애들의 일홈과, 가난한 이웃사람들의 일홈과, 비둘
기, 강아지, 토끼, 노새, 노루, 「뿌랑시쓰·짬」, 「라이넬·마리아·릴케」 이
런 詩人의 일홈을 불러봅니다.

　이네들은 너무나 멀리 있습니다.
　별이 아슬이 멀듯이,

　어머님,
　그리고 당신은 멀리 北間島에 게십니다.

　나는 무엇인지 그러워
　이많은 별빛이 나린 언덕위에
　내 일홈자를 써보고,
　흙으로 덥허 버리엿습니다.

　따는 밤을 새워 우는 벌레는
　부끄러운 이름을 슬퍼하는 까닭입니다.
　(一九四一. 十一.五)[255]
　그러나 겨울이 지나고 나의별에도 봄이 오면
　무덤우에 파란 잔디가 피여나듯이
　내일홈자 묻힌 언덕우에도

---

255) 일자 표기 이후 부분은 시인이 뒤에 덧붙인 것으로 보인다. 덧붙여진 부분은 윤동주
　　가 "病院"이라는 시집 제목을 '지우는' 의도와 같은 맥락으로 이해할 수 있는데, 이
　　대목을 통해 세계인식을 넘어서 자신이 '지향한 세계'를 구체화했다고 볼 수 있다.

자랑처럼 풀이 무성 할게외다.

- 「별헤는밤」256)부분

　이 시에서 형상화된 에큐메니컬 세계는 우주라는 거대한 공간으로 확대되고, 지나간 시간과 추억이 현재로 소환되어 시간의 복층 구조(역사)를 이루고 있다. 그 확장된 시간과 공간 사이에 윤동주 시 전체를 통틀어 가장 많은 존재들이 등장한다. 모든 것을 포용할 수 있는, 에큐메니컬 세계의 '장(場)'으로 '하늘'이 제시되고, 이 하늘에는 수많은 존재가 사라져가는 계절 '가을'로 채워져 있다. 그 사이에 존재자들이 별처럼 놓여 있다. "소학교 때 책상을 같이 했던 아이들"과 "佩, 鏡, 玉"을 비롯한 북간도에서의 '異國少女', 그리고 수많은 이웃사람들과 함께 그의 시속에 등장해 왔던 '비둘기, 강아지, 토끼'를 비롯한 동물들과 '쨤, 릴케'와 같이 자신이 사랑하는 시인들까지도 그 사이에 담겨 있다. 거대해진 시간과 공간에도 불구하고 그 존재들이 소멸되어 가는 것을 방치하지 않고 그 이름들을 호명하여 살려내려는 시인의 의지가 엿보인다. 그래서 하나에 불과했던 '별'이 하나의 세계가 되고, 하나의 우주로 환원될 수 있는 것이다. 즉, 확장된 시공간보다, 확장된 시공간 안의 존재들의 배열에 시는 무게 중심을 두고 있다. 여기서 그 존재의 의미에 주목할 필요가 있다. 윤동주는 자신의 민족이 아닌 '이국소녀'와, 인간이 아닌 '비둘기', '강아지', '토끼' 같은 생명체257)들도 자신의

---

256)『하늘과 바람과 별과 詩』(왕신영 · 심원섭 · 오오무라마스오 · 윤인석 엮음(2002), 『사진판 윤동주 자필 시고전집(증보)』, 민음사)

257) 서구 근대적 자연관은 구약성서에서 "세상을 정복하라"는 신의 명령을 오독하여 윤리적 고려 대상을 '인간'으로 제한하여 인식하였다. 이에 대한 반성으로 싱어가 공리주의적 관점에서 감정을 지닌 '동물'까지 윤리적 고려 대상의 범위를 확대시켰고, 슈바이쳐가 '생명체'까지 확장시켰다. 오늘날에는 '무생물'까지 직접적 윤리의 고려 대상으로 인식하는 '생태주의'적 시각이 도출되었다. 그런데 윤동주의 경우, 이 시에서 보듯이 윤리적 고려대상을 단순히 확대 · 확장시킨 것에 머물지 않고 대

이웃으로 인식하고 의미 있는 존재로 파악한다.[258]

이렇게 윤동주가 그려낸 시적 풍경은 구약성서 이사야의 구절을 환기시킨다. 제1 이사야[259] 성서기자는 "그때에 이리가 어린 양과 함께 거하며 표범이 어린 염소와 함께 누우며 송아지와 어린 사자와 살찐 짐승이 함께 있어 어린 아이에게 끌리며, 암소와 곰이 함께 먹으며 그것들의 새끼가 함께 엎드리며 사자가 소처럼 풀을 먹을 것이며, 젖 먹는 아이가 독사의 구멍에서 장난하며 젖을 뗀 어린 아이가 독사의 굴에 손을 넣을 것이라, 나의 거룩한 산 모든 곳에서 해됨도 없고 상함도 없을 것이나 이는 물이 바다를 덮음과 같이 여호와를 아는 지식이 세상에 충만할 것임이라"(이사야 11장 6~9절)라고 말한다. '**새 하늘과 새 땅**'을 꿈꾸는 이 장면은 북간도 기독교 공동체의 에큐메니컬 세계를 향한 꿈이기도 했고, 그 구성원이었던 윤동주의 꿈이기도 했다.

그런데 이 꿈은 "별들이 조화롭고 평화롭게 공존하는 천상의 공간"만이 아니라, "별들의 질서를 지상으로 끌어내려 지상"[260]에서 실현될 꿈이었

상을 바라보는 근본적인 태도에 관해서 사유한다. '나' 중심에서 '타자'를 윤리적으로 고려하는 것을 넘어서 "별하나"에 새긴 "추억"과 "사랑"과 "쓸쓸함"과 "동경"에서 보듯이 '죽어가는 모든 것들'의 존재를 구성하는 **내면에까지** 그의 시선이 침투해 있다. 그렇게 새겨진 '별의 세계' 에큐메니컬의 세계에 그가 사랑한 '詩'까지도 담아내면서 시인은 **에큐메니컬 문학의 가능성을** 오늘날 우리에게 제시하고 있다.

258) 물론 역사 속에서 존재와 존재자를 귀하게 인식하고 그들의 '하나됨'을 강조하는 흐름은 비단 윤동주 시에 펼쳐진 에큐메니컬 세계만이 강조한 것은 아니다. 고대 중국의 춘추전국시대에 '분열'된 상황에서 '**대동사회(大同社會)**'를 구상한 공자, 고대 불교가 이념과 학문에서 분열하고 대립하던 것과 달리 '**화쟁(和諍)**'으로 '화해와 회통(會通)'을 실천한 원효대사 등의 모습에서도 일찍이 드러났다. 하지만 윤동주의 에큐메니컬은 국가적 이데올리기의 관점을 극복하고, 융합적 관점이 아니라 개별자의 존재양식을 모두 인정하면서 그것의 가치를 극대화시켜 '**합류**'라는 **관점**으로 기독교적 토대 위에서 전개되었다는 특이성을 지니고 있다.

259) 구약성서 『이사야』를 신학계에서는 통상 제1이사야(1장~39장), 제2이사야(40장~54장), 제3이사야(55장~66장)로 구분한다. 내용과 문체상의 차이 때문에 이같이 구분하고 있다.

다는 데에 주목해야 한다. 윤동주에게 '별'은 하늘에 '홀로' 떠 있는 상태로는 무의미하고, 그 '별'이 땅에 있는 존재들과 관계를 형성할 때 비로소 의미를 지니게 되기 때문이다. 윤동주는 "나무 틈으로 반짝이는 별만이/ 새 世紀의 希望으로 나를 이끈다"(「山林(1936.6.26.)」)라고 술회한 적이 있는데, 이처럼 '별'은 땅 위의 존재를 사랑과 희망, 그리움으로 이끄는 매개물로 이해할 수 있다. 이런 의미에서 윤동주의 시는 "현실의 반영이 아니라 신성의 현현"이고, 그의 언어는 "**하나의 사건**"이다.261) 그리고 그의 시는 곧 "성육신(incarnation)의 언어"이며, "말씀이 육화되어 피어난 꽃"의 의미를 지닌다.262)

2. 에큐메니컬 세계 구성을 위한 전제 조건

가. 존재 '되기(Becoming)'와 성찰적 주체의 탄생, 그리고 「우물 속의 자상화」 분석

시집 『하늘과 바람과 별과 詩』의 시작과 끝이 에큐메니컬 시 세계를 형상화했다면, 그 '사이'에 배치된 「자화상」에서 「길」까지의 시편들은 에큐메니컬 세계를 떠받치고 있는 구성 요소들을 드러내고 있다. 에큐메니컬 시 세계를 실현하기 위해서는, '새 하늘과 새 땅'에 걸맞은 '**새 사람**'이 필요하듯 **성찰적 주체의 출현**이 전제되어야 한다. 화해와 일치의 평화를 위해서 시적 주체는 타자와의 관계 속에서 끊임없이 자기를 성찰하고, 동일성

---

260) 김옥성(2012), 『한국 현대시와 종교 생태학』, 박문사, 246쪽.
261) 남진우(2013), 『나사로의 시학』, 문학동네, 69~70쪽.
262) 위의 책, 70쪽.

시각에서 탈피하여 차이를 인정하는 열린 자세를 보여야 한다. 그리고 자기를 둘러싼 세계를 직시하며 역사의식을 견지해야 한다. 앞서 <연구방법론>에서 에큐메니컬 운동은 특정이론에 기반 하여 도출되지 않고, 삶의 자리에서 실천적·역동적 움직임을 통해 발전해 왔다고 밝힌 바 있다. 따라서 에큐메니컬 개념은 고정되어 있지 않고 재전유(reappropriation)를 통해 끊임없이 변화하고 발전해 나가고자 노력한다. 이 과정에서 '자기부정'의 태도와 큰 '메타노이아'($\mu\epsilon\tau\alpha\nu o\iota\alpha$), 즉 '회개(방향전환)'가 전제되지 않고서는 에큐메니컬 세계의 성립은 불가능하다.

이러한 '자기부정'과 '메타노이아'의 자세는 윤동주의 시 「자화상」과 「길」을 비롯한 여러 작품에서 드러난다. 다수의 시편들 곳곳에서 '성찰적 과정', 즉 존재 '되기(Becoming)'[263)의 모습을 발견할 수 있다. 그리고 이러한 에큐메니컬 주체의 형성은 주체의 인식을 넘어서 타자에 대한 배려와 정의에 대한 관심[264), 그리고 성숙한 신앙적 태도로 이어지게 된다.

구체적으로 "무화과 잎사귀로 부끄런 데를 가리고 // 나는 이마에 땀을 흘려야겠다"(「또 태초의 아츰」 부분)에서 볼 수 있듯이, 능동적이고 덤덤한 모습으로 직면한 상황에서 "땀 흘릴" 각오를 마다하지 않는다. "첨탑이 저렇게도 높은데 / 어떻게 올라갈 수 있을까요"(「십자가」 부분)처럼, '어떻게' 살아가야 하는지 삶의 방식에 대해서도 고민한다. 그리고 "밤이 어두웠는데 / 눈감고 가거라 // 가진 바 씨앗을 / 뿌리면서 가거라 // 발뿌리에 돌이 채이거든 감았던 눈을 와짝 떠라"(「눈감고 간다」 부분)처럼, '밤'이 어두웠는데 눈을 감고서라도 길을 '가라'며 의지를 불태운다. 그리고 "가자 가자 /

---

263) 화이트 헤드의 '과정 철학'에서 가져온 개념으로, 그는 '존재(Being)'에서 '생성(Becoming)'을 강조하면서 고정된 실체가 아니라 현 실재를 중시한다. 들뢰즈는 '생성'을 '되기'로 표현하기도 한다.

264) 이미 3장에서 언급한 바 있다. 윤동주가 "죽어가는 것"에 대해 연민과 사랑의 태도를 보인 측면이 이러한 측면의 근거이다.

쫓기우는 사람처럼 가자"(「또 다른 고향」 부분)라고 사람들에게 말하고, 스스로도 계속해서 '길'로 "나아갑니다."(「길」 부분)라고 고백한다.

하지만 시적 주체에게 현실은 냉혹하기만 하다. "죄를 짓고, 눈이 밝아" 땅에서 "해산하는 수고"를 겪어야 한다. 쇠렌 오뷔에 키에르케고르(Søren Aabye Kierkegaard)가 "하늘에는 하나님이 존재하고 땅에는 사람이 존재한다"라고 선언하고 '죽음에 이르는 병'을 규명한 것265)처럼, 시적 주체에게는 신적 존재와의 관계성이 단절된 채 존재할 수밖에 없는 실존의 자리가 펼쳐져 있다. "죄를 짓고 / 눈이 / 밝아"(「또 태초의 아츰」 부분)에서 볼 수 있듯이, 선과 악을 알게 하는 열매(분별지)를 획득하게 되지만, 이내 눈이 밝아 이웃과 '다름'을 발견하고 스스로 '단절' 소통 불능의 상태에 놓인다. 수치심을 이겨야 하고, "이마에 땀을 흘려야"만 하는 현실 앞에 직면한 것이다. 이렇게 단절된 세상은 '病院'과도 같은 공간이다.

그럼에도 불구하고 에큐메니컬 시적 주체로서, 단절된 듯 보이는 상황에서도 '소통'을 시도한다. '전신주'(「또太初의아츰」)를 통해 하나님의 계시를 받을 수 있는 열린 공간을 확보해 나간다. 그리고 '병원' 같은 공간이지만, "그 여자의 건강이-아니 내 건강도 속히 회복되기를 바라며 그가 누웠던 자리에 누워"(「病院」)봄으로써 타자와 동일시하고 단절을 극복하려고 한다. 그런 후 "겨울이 지나고", "봄이 오는 별"(「별헤는밤」)의 에큐메니컬 세계를 염원한다.

무엇보다도 「자화상」에서 존재의 '되기(Becoming)' 과정이 잘 드러나 있다. 「자화상」은 윤동주가 실제로 「자화상」을 창작하기 전에 한동안 시를 쓰지 않고 절필의 시간을 가진 후 내어 놓은 첫 작품이다. 큰 침묵을 깨고서 작품을 쏟아 내기까지 깊은 고민과 성찰의 과정을 통과한 후 힘겹게 「자화

---

265) 쇠렌 오뷔에 키에르 케고르(Søren Aabye Kierkegaard), 임규정 옮김(2007), 『죽음에 이르는 병』, 한길사.

상」을 써 낸 것이다. 시의 내용 자체에서도 '변화하는 자아' 즉 '성찰의 과정'을 담고 있지만, 「자화상」판본이 3개나 존재하는 것만 보아도 최종본을 완성하기 위해 윤동주가 얼마나 많은 퇴고의 시간을 가졌는지 짐작할 수 있다.266) 이것은 평생을 학생으로 살면서 배움에 힘쓴 윤동주의 생애를 통해서도 증명되듯이, 윤동주가 내면적 지향점($T\varepsilon\lambda o\varsigma$)을 향해서 끊임없이 자아를 부정하고 새로운 자아를 형성하고자 노력했던 모습을 확인할 수 있다.

이러한 모습은 앞에서 언급한 북간도 기독교 공동체의 신학적 특성과 관련이 깊다. 윤동주는 보수적 신앙을 지닌 사람들처럼 신을 '대상화'하지 않고, 신의 믿음을 '내면화'하여 행위에 있어서 자율적이고 주체적인 윤리의식을 지닌다. 같은 맥락에서 윤동주의 '부끄럼'도 이해될 수 있다. '부끄럼'은 타인의 시선보다 자신의 눈을 의식하는 정서로, 자신의 행위를 타자의 시선에 맡기는 '쪽팔림'과는 질적인 차이를 지니고 있는데267), 윤동주가 자기 성찰과 윤리적 자기 완성을 위해서 얼마나 노력하였는지 짐작할 만하다.

따라서 이번 절에서는 「자화상」판본 3개를 비교 분석함으로써 에큐메니컬 시 세계를 구성하는 기본 전제인 '성찰적 주체'의 탄생 과정을 살펴보고, 이어서 「자화상」판본의 최종 형태로 짐작되는 「우물 속의 자상화」의 시적 의미를 구체적으로 분석해보고자 한다.

알다시피 윤동주 시에서 「자화상自畵像」이 차지하는 의미는 매우 크다. 윤동주 시의 특징을 가장 잘 보여주기도 하고, 유고시집 구성에서는 「序

---

266) 김치성(2014), 「윤동주 시편 「우물 속의 자상화」 연구」, 『비평문학』 제53호, 한국비평문학회.
267) 유성호(2000), 「'두 장의 거울'을 보는 자아: 윤동주의 시세계」, 『진리·자유』통권 38호.

詩」268) 다음에 놓이면서 사실상 시집의 첫 시편에 해당하기도 하며, 「자화상自畵像」 전후로 한동안 윤동주가 시를 절필하였다는 점에서 얼마나 오랜 고민 속에서 빚어진 작품인지도 알 수 있다. 따라서 윤동주 시에 있어서 중요한 기준이면서 시의 백미(白眉)는 단연 「자화상自畵像」이라고 할 수 있다.

구체적으로 이 「자화상」은 '부끄럼'으로 표상되는 자아 성찰적 태도와 누구도 쉽게 부정할 수 없는 숭고함269)을 읽어낼 수 있는 근거 텍스트로 읽히고, 그의 짧은 시력(詩歷)을 구분 짓는 기준270)으로 제시되기도 한다. 1930년대 식민지 상황에 맞선 소위 '자화상' (소극적)전략으로 시대정신을 표출하는 맥락271)에서도 이해되며, 특히 시인 이상과의 비교를 통해 거울 메타포에 집중하는 텍스트로 언급되기도 한다. 또한 자화상 연작시의 중심에 놓이는 시편272)으로 해석되기도 한다. 이렇듯 「자화상」은 윤동주의 대표 작품이라고 해도 손색이 없으며, 수많은 연구의 분석 대상으로 다루어지고 있고, 그에 따라 연구가 넓어지며 깊어지고 있는 상황이다. 그 바탕에는 연구자들이 각고의 노력 끝에 빚어낸 자료가 그 토대를 이루고 있다. 송우혜의 『윤동주 평전』273), 오양호의 북간도 자료274), 조재수의 『윤동주

---

268) 이복규(2012), 「윤동주의 이른바 '서시'의 제목 문제」, 『한국문학논총 제 61집』, 한국문학회, 참고.
269) 이재복(2012), 「한국 현대시와 숭고」, 『한국 현대시의 미와 숭고』, 소명출판, 101쪽.
270) 조재수는, 자화상 이전에는 동시, 동요를 비롯한 일반 서정시를 많이 썼다면, 이후 에는 깊은 생각이 배어 있는 작품을 많이 썼는데 그 기준이 「自畵像」이라고 말한다 (조재수(2005), 『윤동주 시어 사전 - 그 시 언어와 표현』, 연세대학교 출판부, 12쪽).
271) 오문석(1998), 「1930년대 후반 시의 '새로움'에 관한 연구」, 『상허학보』제4집, 상 허학회, 19-24쪽.
272) 류양선(2012), 「윤동주의 '자화상 연작'과 시정신의 성장과정」, 『한어문교육』제27 집, 한국언어문학교육학회, 322-347쪽.
273) 송우혜(2004), 『윤동주 평전(재개정판)』, 푸른역사.
274) 오양호(1995), 「북간도, 그 별빛 속에 묻힌 고향」, 권영민 엮음, 『윤동주 전집2-윤 동주 연구』, 문학사상사, 외 다수.

시어사전 – 그 시 언어와 표현』275), 그리고 왕신영 · 심원섭 · 오오무라마스오 · 윤인석 등이 엮은『사진판 윤동주 자필 시고전집(증보)』276)은 윤동주 시 연구의 중요한 발판을 마련해 주고 있다. 특히『사진판 윤동주 자필 시고전집(증보)』은「자화상」을 창작할 당시, 시인으로서 윤동주가 겪은 고뇌의 흔적이 고스란히 담겨 있다. 그 덕분에 시 창작 과정의 상황들을 재구성하여 시인의 창작 의도를 살필 수 있는 계기가 마련되었다.

『사진판 윤동주 자필 시고전집(증보)』에 의존하여 꼼꼼하게 윤동주의 시를 살펴보면 몇 가지 사실과 직면한다. 첫째, 소위「자화상」이라고 알려진 이 시는 시인이 적어도 세 단계(「자상화」,「자화상」,「우물 속의 자상화」)를 거치면서 최종적인 작품이 되었다는 점이다. 둘째는 그 단계별 순서에서 가장 앞선 것이『창』에 실린 미완의「자상화」이고, 셋째는 정병욱이 갖고 있던 자필 원고 1부가 해방 후 정음사에서 간행될 당시 시편「자화상」의 말미에 기록된 연도가 "1939"년 "9"월이라는 점, 그리고 넷째는「자화상」완성 이후 1941년 6월 연희전문학교 문우회지인『문우文友』에「우물 속의 자상화」라는 제목으로 수정하여 윤동주가 제출한 것 등을 확인할 수 있다. 정리하자면 윤동주는「자상화」→「자화상」→「우물 속의 자상화」순서로 자신의 작품을 완성했다는 결론277)에 도달한다.

물론, 시집의 형태로『하늘과 바람과 별과 詩』(정음사, 1948년)가 윤동주의 기획에 의해 묶인 것이고, 그 시집에 수록된 시편이「자화상」이라는 점은 분명한 사실이다. 그리고 윤동주가「자화상」을 1939년 9월에 쓰고,「우

275) 조재수(2005),『윤동주 시어 사전 – 그 시 언어와 표현』, 연세대학교 출판부.
276) 왕신영 · 심원섭 · 오오무라 마스오 · 윤인석 엮음(2002),『사진판 윤동주 자필 시고전집(증보)』, 민음사
277) 1945. 3. 6. 유해는 화장하여 고향으로 모셔와 3월 6일 용정의 동산 교회 묘지에 묻히다. 장례식에선『문우』지에 발표되었던「우물속의 自像畵」과「새로운길」이 낭독될 때에도,「우물속의 自像畵」가 낭독된 것에 주목해야 한다.

물 속의 자상화」를 1941년 6월에 쓴 이후, 시집을 구성할 때 다시 「자화상」
을 삽입한 사실을 미루어 본다면 「자화상」을 최종 텍스트로 삼을 수도 있다.
그럼에도 불구하고 윤동주가 손수 공식적인 자료로 제출하여 생전에 활자
화된 작품이 「우물 속의 자상화」라는 점을 감안한다면, 적어도 윤동주가
「자화상」과 「우물 속의 자상화」 사이에서 고민한 것만은 분명하다. 미완
의 상태였던 「자상화」의 흔적에도 근거는 남아 있다. 윤동주가 "자화自畵"
라고 처음 쓴 다음 "상像"을 삽입한 것이 그 근거이다. 이 시편에서 두 제목
(「자화상」과 「우물 속의 자상화」)의 사소한 차이는 해석에서 전혀 다른 방
향으로 흘러간다. 「자화상」이라고 하면 "상像"에 초점이 맞추어져 나르시
시즘적 거울 이미지가 강조되며, 「우물 속의 자상화」라고 하면 "우물"이라
는 상징과 "화畵"라는 그림의 의미가 강조되기 때문이다.

　　윤동주보다 앞선 시기에 「자화상」(1936)이라는 제목으로 시를 창작한
바가 있는 시인 이상278)과 비교해보면 이런 유추적 해석은 더욱 설득력을
지니게 된다. 모더니스트 이상이 거울이란 시적 질료를 사용하여 자아와
세계에 대한 인식을 드러낸 것에 반해, 윤동주는 고전적 질료인 '우물'로
대체하거나 거울이라고 하더라도 녹색 이끼가 낀 청동거울 즉 "명경(明
鏡)"을 사용함으로써 일종의 왜곡되고 변형된 반사체를 일부러 사용한 것
으로 보인다. 거울이라는 근대적 질료를 통해서도 충분히 나르시시즘적
이미지의 단계를 구현할 수 있었음에도 불구하고 전통적·민족적 '우물'을
사용한 데는 시인의 의도가 개입되었을 것이다. 즉 윤동주의 「자화상」을
단순히 나르시시즘적 의미가 내장된 거울 메타포의 일환으로만 평가하는
것은, 시인의 의도와 다소 거리가 있어 보이는 해석이 된다. 김현자도 자화

---

278) 박종화(1923), 이상(1936), 노천명(1938), 윤동주(1939), 윤곤강(1939), 서정주
　　(1941), 권환(1943), 박세영(1943) 등이 일제시대 「자화상自畵像」이라는 제목으로
　　시를 썼다.

상의 나르시시즘적 요소에 관해 언급하면서 "물을 들여다보는 동작은 같지만 윤동주의 시에서는 정반대의 의식을 나타내고 있는 점에 주의해야 한다. 여기서 그의 자세는 우물(즉 자신의 내부)에 물이 고이기를 기다리는 처지(그 긴 기다림의 자세)인 것이다."[279]라고 말하면서 문제 제기를 한다. 그리고 김윤식은 한발 더 나아가 '우물'을 인간이 만들었다는 점과 깊이에 관여하였다는 점에서 '샘'과 구별하고, 그 우물의 깊이를 동굴과 같은 폐쇄적 공간(릴케, 프란시스 잠, 정지용, 백석으로 표상되는 내면 세계로의 동굴의식)으로서의 윤동주의 내면세계에 빗대어 설명한다.[280] '샘'과 차별화된 '우물'에 대한 김윤식의 설명은 윤동주의 시적 주체가 우물물을 들여다보는 행위는 나르시시즘과 변별되는 것임을 암시적으로 보여준다. 그리고 일찍이 빅토르 위고가 우물을 '자신의 내부를 통해 외부를 바라보는 일'이라고 말한 것처럼 단순한 거울 메타포로 보기는 어렵다. 따라서 제목과 텍스트도 거울의 이미지를 넘어서는 「우물 속의 자상화」를 대상으로 삼는 것이 시인의 의도와 맞닿는다는 측면에서 타당하다고 판단된다.

그러므로 윤동주가 남긴 세 편의 작품 「自像畵」, 「自畵像」, 「우물 속의 自像畵」를 비교 분석함으로써 개별 작품의 의미는 물론, 최종 형태의 작품으로서의 「우물 속의 自像畵」에 담긴 시인의 시적 의도를 파악하는 것은 매우 중요하다.

소위 「自畵像」 관련 세 작품을 비교 분석하면 이런 공통점과 차이점을 알 수 있다.

---

279) 김현자(1999), 『한국현대시 읽기』, 민음사, 126쪽.
280) 김윤식(2004) 「캄캄한 뇌우(雷雨) 속에 얻은 몇 알의 붉은 열매(1)」 『문학사상』 380, 문학사상사, 228~231쪽.

	「자상화自像畵」	「자화상自畵像」	「우물 속의 자상화自像畵」
전문	<u>산굽</u>을 돌아 논가 외딴 우물을 <u>단혼자 차저 가선</u> 가만히 드려다 봅니다. (1연1행) 우물속에는(2연1행) 달이 밝고(2연2행) 구름이 <u>흐르고</u>(2연3행) 하늘이 펼치고(2연4행) 가을이 있습니다. (2연5행) 그리고 (3연1행) 한 사나이가 <u>있습니다.</u> (3연2행) 어쩐지(4연1행) <u>그사나이가 있습니다.</u> (4연2행) 돌아가다 생각하니 (5연1행) 그사나이가 가엾서 <u>집</u>니다.(5연2행) 도로가 드려다 보니 (6연1행) 사나이는 그대로 <u>있습</u>니다.(6연2행) 다시(7연1행) 그 사나이가 미워저 돌아갑니다.(7연2행) 돌아가다 생각하니 (8연1행)	<u>산모퉁이</u>를 돌아 논가 외딴우물을 홀로 <u>찾아 가선</u> 가만히 드려다 봅니다.(1연1행) 우물속에는 달이 밝고 구름이 흐르고 하늘이 펼치고 파아란 바람이 불고 가을이 있습니다. (2연1행) 그리고 한 사나이가 있습니다.(3연1행) 어쩐지 그 사나이가 <u>미워저</u> 돌아갑니다. (3연2행) 돌아가다 생각하니 그 <u>사나이가</u> 가엾서집니다. 도로가 드려다 보니 사나이는 그대로 있습니다. (4연1행) 다시 <u>그사나이가</u> 미워저 돌아갑니다.(5연1행) 돌아가다 생각하니 그 <u>사나이가</u> 그리워집니다.(5연2행) <u>우물속에는</u> 달이 밝고 구름이 흐르고 하늘이 펼치고 파아란 바람이	<u>산모퉁이</u>를 돌아 논가 외딴 우물을 홀로 찾어가선 가만히 드려다 봅니다.(1연1행) 우물 속에는 달이 밝고 구름이 흐르고 하늘이 펼치고 파아란 바람이 불고 가을이 <u>있습니다.</u>(2연1행) 그리고 한 사나이가 있습니다. 어쩐지 그 사나이가 미워저 돌아 갑니다.(3연1행) 돌아가다 생각하니 <u>그 사나이가</u> 가엾서집니다. 도로 가 드려다 보니 사나이는 그대로 있습니다.(4연1행) 다시 <u>그 사나이가</u> 미워저 돌아갑니다. 돌아가다 생각하니 <u>그 사나이가</u> 그리워집니다.(5연1행) 우물 속에는 달이 밝고 구름이 흐르고 하늘이 펼처 있고 파아란 바람이 불고 가을이 있고 추억처럼

	그사나이가 그리워 집니다.(8연2행) 우물속에는(9연1행)	불고 가을이 있고 追憶처럼 사나이가 있습니다. (6연1행)	(6연1행) 사나이가 있습니다.(6연2행)
창작 일자	<u>일자 표시 없음</u>	1939. 9.	
수록 잡지	습작 노트『창』	유고시집, 『하늘과 바람과 별과 시』	연희전문 회지, 『문우文友』(1941. 6)
원본 표기 특이 사항	1. 제목: "외딴우물"이라고 쓴 다음, 자우고 다시 한자로 "自像畫"로 고쳐 씀 2. 제목: "自像畫"은 먼저 "自畫"이라고 쓴 다음, 삽입 표시 후 "像"을 "自"와 "畫"사이에 표기함 3. 다른 텍스트에는 "산모퉁이"이지만 "산굽"으로 표기 4. 다른 텍스트에는 "홀로"이나 "단혼자"로 표기 5. 다른 텍스트에는 "찾아가선"이나 "차저가선"으로 표기 6. 다른 텍스트에는 "봅니다."이나 "봄니다."로 표기 7. 다른 텍스트에서 모두 2연이 1행으로 압축되어 있으나, 5행으로 나누어서 표기 8. 다른 텍스트에는 "하늘" 앞에 "파아란"이	1. 앞 텍스트에 없던 "파아란"이 첨가됨 2. 3연에서 앞 텍스트에 없던 "미워져"가 첨가됨 3. 4연~5연의 "그사나이"에서 보듯이, 「우물 속의 자상화自像畫」 텍스트와 달리 띄어쓰기가 안 됨 4. 2연과 6연의 "우물속에는"에서 보듯이, 「우물 속의 자상화自像畫」 텍스트와 달리 띄어쓰기가 되지 않음 5. 6연에서 "달이 밝고 구름이 흐르고 하늘이 펼치고 파아란 바람이 불고 가을이 있고 追憶처럼 사나이가 있습니다."가 첨가됨	1. 앞의 「자화상自畫像」에서 안 된 띄어쓰기가 됨. 2. 마지막 연의 "하늘이 펼치고"가 "하늘이 펼처 있고" 바뀌어서 표기

	란 수식어가 있지만, 여기서는 빠져있음 9. 다른 텍스트에서는 "그리고 한 사나이가 있습니다. 어쩐지 그 사나이가 미워져 돌아갑니다."로 되어 있으나, 여기서는 "그리고 한 사나이가 있습니다."와 "어쩐지그사나이가 있습니다." 연을 나누었고 '미움'이라는 감정이 아직 나타나지 않음. 10. 다른 텍스트에서는 "집니다"이나 아직 "짐니다."로 표기. 11. 3~8연까지 "사나이"가 의미의 중심을 이루며, 각 2행씩 1연을 구성하고 있음. 12. 다른 텍스트에서 마지막 연이 "우물 속에는~추억처럼 사나이가 있습니다." 이나, 여기서는 마지막 연이 "우물 속에는"이라는 미완결의 형태로 나름의 여운을 남김		
연행 구분	19행 9연(1행, 5행, 2행, 2행, 2행, 2행, 2행, 2행, 1행)	8행 6연(1행, 1행, 2행, 1행, 2행, 1행)	7행 6연(1행, 1행, 1행, 1행, 1행, 2행)

이 비교표는 세 시편의 특징을 보다 확연히 드러내기 위해 개별 작품의 특이 사항과 변화 과정에 주목하면서 분석한 것이다. 형식적 측면에서 단

일 행의 길이는 길어졌으나 연은 짧아진 것이 눈에 띈다. 그 결과 문장이 좀 더 압축되고 간결한 인상을 남기게 된다. 그리고『窓』에 수록된 「자상화」는 서술어가 소리대로 표기된다든가, 인칭 대명사 "그"가 뒤에 오는 시어 "사나이"와 붙어서 나오는 등, 맞춤법과 띄어쓰기가 제대로 이루어지지 않고 있음을 확인할 수 있다. 이 부분은 「자화상」에서 대폭 수정되었으나 여전히 띄어쓰기는 미흡하다가 「우물 속의 자상화」에서 와서 마침내 현대어에 가까운 형태를 갖추게 된다. 그리고 내용적 측면에서 "산굽"과 "산모퉁이", "단혼자"와 "홀로", "바람"과 "파아란 바람", "추억"의 없음과 있음, 그리고 제목에서 "像"과 "畵", 표제로서 "우물"의 없음과 있음 등의 차이가 해석의 단초가 된다. 이 시편들은 저마다 해석에 차이가 발생하고 그에 따라 윤동주의 시적 전략도 변화한 것으로 볼 수 있다.

이 표에 근거해서 '회화적 재현의 응축'으로서 「자상화自像畵」의 의미를 살펴보면 흥미로운 점이 발견된다. 비록 습작 노트의 형태로 수록된 미완의 텍스트일지라도 윤동주의 시 의식이 발달한 과정을 살필 수 있다는 측면에서 「자상화」만을 대상으로 삼아 분석하는 일은 그 나름대로 가치 있는 일이라 판단된다. 여기서는 「우물 속의 자상화」의 초기 형태로서 「자상화」만의 의미를 찾는 데 목적을 둔다.

앞의 표에서 살펴본 것처럼 「자상화」만이 드러내는 특징은, 우선 대전제로서 제목이 자상"화(畵)" 즉 '그림'이라는 점이다. 그리고 1연에서 표기된 "산굽"과 "단혼자"는 「우물 속의 자상화」에서의 "산모퉁이"와 "홀로" 등과 차이를 보인다. "모퉁이"를 돌고, "홀로" 어딘가를 찾는 사람은 그 마음에 외로움과 쓸쓸함을 지닐 것 같은 반면, '산기슭'의 평안도 방언인 "산굽"과 "단혼자"에서는 외로움의 정서가 절제되거나 오히려 상황을 이겨내려는 꿋꿋함이 느껴진다. "굽"과 "단"이 끊어지고 힘이 들어가는 발음이라면, "산모퉁이"나 "홀로"는 부드럽고 자연스러운 발음인데 이 둘은 분명 다른 정서를 보여준다. 그리고 시 전체를 일종의 그림으로 파악하고 조망한 다면, 1연에서는 우물 밖의 사나이와, 그 사나이가 우물을 찾아나서는 길 위의 풍경을 응시하는 '시선'이 존재함을 알 수 있다. "산굽을 돌아 논가 외 딴 우물을 단혼자 차저가선 가만히 드려다 봅니다."라는 구절은 "사나이" 뿐만 아니라 "풍경"(그림)을 담아내고 있다는 점에서 주목할 만하다.

그런데 2연으로 들어서자마자 밖에 존재했던 시선은 곧바로 "사나이"의 시선으로 전환되어 묘사된다. 우물 속 풍경이 그 시선을 통해 드러날 때도 다른 텍스트에서 보였던 "파아란"은 아직 첨가되지 않으면서 "하늘"의 속 성이 본격적으로 드러나지 않는다. 다만 자연물인 "달"과 "구름"과 "하늘", 그리고 계절적 시어인 "가을"이 행갈이를 통해 각각 독립적인 행을 구성함 으로써 존재 자체만의 의미로 자리 잡고 있다. 로고스로 천지 만물을 창조 하는 신처럼, 한 행 한 행 존재들을 호명함으로써 바탕 화면에 풍경을 집어 넣는 듯한 장면을 보여준다. 이어서 "한 사나이"가 보인다. 그런데 이를 바 라보는 시선은 이중적이다. "사나이"가 바라보는 우물에 사나이가 반사되 지만, 그 일부만 떼어놓고 보면 "우물"의 시선으로 바라보는 그 "사나이" 또한 존재하기 때문이다. 그렇다면 역으로 우물이 "달"과 "구름"과 "하늘" 과 "가을"을 바라보는 시선의 주체가 되기도 한다. 그리고 그 우물은 풍경 을 담고 있으면서도 수많은 상징을 응축한 우물로서 그 기능을 발휘하고 있는 것이 된다. 요컨대 「자상화」에 나타난 시선의 이동을 정리하면, '우물 을 찾아가는 사나이와 그 길 위의 풍경'을 바라보는 시선 → '우물 속 풍경' 을 바라보는 "사나이"의 시선 → '우물 밖 풍경과 "사나이"'를 바라보는 "우 물"의 시선 등의 흐름으로 나타난다.

이러한 분석은 근대에 접어든 회화 예술이 직면한 상황을 들여다보면 시적 의도를 보다 쉽게 이해할 수 있다. 근대와 함께 들어온 문명의 도구 (거울과 카메라)에 맺힌 '상(像)'은 인간의 재현 능력을 넘어섰고, 단순한 모방의 차원에서는 더 이상 인간의 행위가 인정받을 수 없게 된다. 이를 극복하고자 회화는 기계가 할 수 없는 회화적 재현을 모색한다.[281] 회화는 현실 재현을 버리고, 스스로 작업 양식을 반성하는 것을 테마로 하는 회화(그림)를 창조해 낸다. 사실주의에 영향을 받은 인상주의 화가들은 조명이 통제되는 아틀리에가 아니라, 야외에서 태양의 직사광선 아래 움직이며 변화하는 자연을 화폭에 담으려 빛에 따라 순간순간 변하는 사물의 색채에 주목하고, 사실적 기법인 원근법을 과감히 없애며, 빛이 만들어 내는 상(像)의 조화를 추구한다. 가령 모네는 건초더미의 색채가 변하는데 초점을 맞춘다.[282] 이러한 변화의 핵심에는 인간이 사물 그 자체를 완벽히 인식할 수 없다는 이해가 들어 있고, 관찰자의 시점에 따라 관찰 대상이 달라지며, 관찰 대상은 관찰의 시점에 따라 왜곡되어 인식된다는 생각이 놓여 있다.

이런 측면에서 윤동주의 시편 「자상화」는 회화적 재현의 전략으로서 하나의 풍경이 담긴 그림을 보여 준다. 그런데 그 그림은 선명하고 객관적인 상(像)이 아니라, 관찰자인 "사나이"의 시선에 의한 주관적 이미지이다. 이후 나타나는 「자화상」과 「우물 속의 자상화」와는 달리, 「자상화」의 3연에서 8연까지에서는 "사나이"가 의미의 중심축을 이루며, 각 2행씩 1연을 구성하고 있는데, 이것은 사나이를 강조하는 맥락으로 이해 가능하며 관찰자로서 사나이를 설명하는 근거로 볼 수 있다. 그리고 바로 그 "사나이"의 뒤틀린 주관적 인식을 담아낼 수 있는 역할은 "우물"이 담당했던 것이다. 거울이나 사진처럼 고정되어 있지 않기에, "밝"기도 하고, "흐르"며, "펼치고", "있"는 그림이 드러날 수 있는 것이다. 작품이 창작될 무렵, 1930년대 후반 식민지 조선에서 사진 전시회가 자주 열린 사실을 감안한다면 윤동주가 이런 회화적 전략을 지향한 것은 의미가 남다를 수밖에 없다. 나르시

---

281) 가라타니 고진(조영일 역)(2006), 『근대 문학의 종언』, 도서출판 b, 59~63쪽.
282) 마네의 '풀밭 위에서의 식사'(1863년 作).

시즘적 자아로의 매몰된 인식이나 분열된 의식의 양상을 드러내거나 어설 픈 모더니즘 추종자로서가 아니라, 근대 속에 매몰될 수밖에 없었던 "우 물"의 재발견을 통해 예술로서의 시의 방향을 제시한 것으로 평가할 수 있 다. "봄니다"와 "슴니다"에서처럼 미분화되며, 마지막 연의 "우물속에는"으 로 끝나면서 뒤의 내용이 생략된 채 구체화되지 못하고 있지만, 마지막 연 이 여운을 남기듯 우물의 상징이 응축되어 녹아 있는 시편으로 「자상화」를 이해할 수 있을 것이다.

다음으로 '성찰적 주체의 탄생'을 의미하는 「자화상自畵像」의 의미를 살펴보자. 「자상화」에서 「자화상」으로의 이행은 그 구성부터가 짜임새를 갖추며 내용적으로도 다양한 의미를 지니는 모습으로 한 단계 발전한다. 제목에서부터 "상(像)"의 이미지가 강화됨으로써 반사체를 통한 성찰적 주 체를 탄생시키는 것을 암시한다. 물론 자신의 모습을 본다고 해서 모두 성 찰적인 것은 아니지만, 주체가 형성되어가는 과정을 「자화상」의 내적 논 리로 파악할 수 있다.

「자화상」으로 이행하면서 표면으로 떠오른 내용들을 정리해 보면 우 선, 형식적 측면에서 19행 9연(1행, 5행, 2행, 2행, 2행, 2행, 2행, 2행, 1행) 이던 것이 8행 6연(1행, 1행, 2행, 1행, 2행, 1행)으로 바뀌어 긴 호흡으로 간결해졌고, 내용적 측면에서는 "산굽"과 "단혼자"가 "산모퉁이"와 "홀로" 로 바뀌었으며, "봄니다"와 같이 소리 나는 대로 표기하던 것을 "봅니다"로 기본적인 맞춤법에 맞추어서 표기하였다. 그리고 「자상화」에는 없던 "파 아란"이 첨가되었으며, 3연에서도 이전에 없던 "미워져"가 가미되었다. 그 리고 6연에서 "우물속에는" 뒤에 "달이 밝고 구름이 흐르고 하늘이 펼치고 파아란 바람이 불고 가을이 있고 추억(追憶)처럼 사나이가 있습니다."가 덧붙여지고 있다.

이를 바탕으로 의미를 재구성하면, 이전에 빈약하던 감정("산모퉁이", "홀로", "미워져")이 강화되었고, "들여다 보"는 행위가 부각되었다. 그리고"추억(追憶)"이 들어오면서 시간성을 부여받게 되었고, "파아란"이란 색채와 깊이가 더해지면서 내면이 탄생하게 되었다. 이 모든 변화는 성찰적 주체가 탄생하게 되는 요소로 작용한다.

알다시피 시의 해석 과정이 감각(감성), 인지, 이해, 판단이라고 할 때 미학은 철학이 배제하고 있는 감각(감성)의 단계를 포괄하기 때문에 시를 생경한 개념 혹은 이념이나 이데올로기적인 해석의 도그마로부터 자유롭게 할 수 있다.[283] 뒤집어서 이해하면 시가 내포하는 감각(감성)은 예술에서 존재의 본질적인 연관들을 해명할 수 있는 논리를 지니는 결정적 요인이라는 것이다. 고정된 실체가 존재하지 않듯 인간의 마음도 고정되지 않고 끊임없이 변화하는 법이다. 순간의 감정이라 치부할 수도 있겠지만 심적 가변성이야말로 인간의 본질에 가깝다. 그런 의미에서 「자화상」에서 보여주는 감정의 변화('미움' → '가여움' → '미움' → '그리움')들은 가장 인간다운 모습을 드러낸 것이라 이해할 수 있다. 그런데 「자화상」에서 드러나는 감정들은, 사단에 비해 비판의 대상이 되었던 '칠정(七情)' 즉 희(喜), 노(怒), 애(哀), 구(懼), 애(愛), 오(惡), 욕(欲) 등의 감정과도 구분된다. "사나이"의 즉흥적이고 제어되지 못한 일반적 감정이 아니라, "사나이"를 '응시하는 시선에 의한 감정' 즉 내적 기준으로 대상을 일차적으로 판단한 후 밀려오는 이차적 감정이기에 '성찰적 감정'으로 보아야 한다.

성찰적 감정은 이어서 "들여다보"는 행위를 통해서 구체화된다. 단순히 '보는' 행위가 아닌 "들여다"보는 행위[284]를 통해서 끊임없이 자기를 관찰하여 문제를 발견하고 변화하고자 하는 의지가 엿보인다. 여기서 일반적

---

283) 이재복(2012), 「한국 현대시와 숭고」, 『한국 현대시의 미와 숭고』, 소명출판, 80쪽.
284) "들여다보"는 행위는 윤동주 시 곳곳에서 드러난다.

행위가 아닌 성찰적 행위를 시적 주체가 행하고 있음을 발견하게 된다. 게다가 "홀로 찾아가"는 자발적 모습과 "가만히" 들여다보는 삶에 대해 진지한 응시 태도는 자못 경건하기까지 하다. "가만히" 본다는 것은 물리적 시간을 내면적 차원에서 정지시킨 후에, 능동적으로 내면과 마주하는 고요의 시간으로 진입한다는 의미이기 때문이다.

그 시간 속에서 마주한 여러 가지 감정들을 지나고 나면, 무엇인가 깨달은 '참나(眞我)'는 과거에 심하게 흔들렸던 '나'와는 분리되며, 과거 속에 나의 모습까지도 하나의 "추억"으로 포용할 수 있게 된다. 그만큼 내면은 깊어지고 그 층은 두터워진다. 우물 속에 "파아란 바람"이 존재하는 것도 우물의 심층만큼이나 내면이 깊어졌다는 뜻이다. 우물이 깊으면 깊을수록 "파아란" 색채는 짙어가며, 그럴수록 내면은 더욱 단단하게 성숙하여 마침내 숭고함까지 이르게 된다. 결국 "우물"은 단순한 반사체가 아닌 '내면의 반영체'로서 내면을 지닌 성찰적 주체를 탄생시키는 기능을 담당하고 있는 것이다.

마지막으로 「자화상」 세 개의 판본 중에서 최종 완성본으로 짐작되는, '궁극적 작품'으로서의 「우물 속의 자상화自像畵」의 의미를 살펴보자. 최종 형태의 텍스트인 「우물 속의 자상화」로 이행할 때, 큰 변화는 나타나지 않는다. 다만 제목이 바뀌었고, 띄어쓰기가 비교적 제대로 이루어지며, 「자화상」의 마지막 연에서 "하늘이 펼치고"가 「우물 속의 자상화」에서는 "하늘이 펼처 있고"로 바뀌었다. 제목이 바뀐 것은 시인이 "우물"과 "화"(그림)에 초점을 맞추었기 때문이고, 띄어쓰기는 퇴고 과정을 한 번 더 거쳐서 완성된 최종본이라는 사실을 증명한다. "펼치고"에서 "펼처 있고"로 변한 것은 전자가 현재성을 강조한 반면, 후자는 "하늘이 펼"처진 상태의 결과를 강조한다. 의미를 조금 확장해 보면, 이미 완성된 결과에 초점이 맞추어졌다는 측면에서 「우물 속의 자상화」를 윤동주의 궁극적 작품으로 볼 수 있는 또 다른 근거가 되며, 이는 시인의 의도를 유추할 수 있는 단서를 제공하는 변화인 것이다.

「우물 속의 자상화」에서 "우물"은 제목에서 상기되듯 단연 핵심적 위치에 놓인다. 잘 알다시피 단순한 하나의 이미지가 반복되고 집요하게 착근되어 지속성과 안정성을 얻을 때 그 독특한 의미는 상징의 영역까지 획득[285]하게 되는데, 우물은 우리 민족에게 그런 상징적 의미를 지닌 시어이다. 일종의 근사(近思)의 정신(먼 곳이 아닌 가까운 곳에서 먼저 진리를 찾으려는 정신)에서 발현된 상징으로서 우물은 우리 민족의 일상적 생활공간이었다. 물론 근대 사회에 접어들면서 우물은 점차 소멸되어 갔지만, 그것은 전통적으로 우리 삶의 '샘'(원천)이었다. 세월을 거듭하면서 우물은 점차 '생명의 잉태 공간', '제의적 공간', '새로운 세상을 지배할 인물의 탄생 공간', '치유와 재생의 공간', '고귀한 존재를 만나는 공간', '부재하는 모성적 공간' 등의 집단적 상징성을 획득하게 된다.

이런 우물의 의미를 제의적 공간과 연관 지어 「우물 속의 자상화」에 적용해 보면, 우물을 "찾아가"는 행위는 찾아가는 이의 간절함이 극에 달한 종교적 기원의 행위[286]가 되며, 우물 속을 "들여다"보는 것은 내적 변화(깨달음)를 추구하는 기도의 행위가 된다. 특히 1, 2연의 경우는 소위 판타지 문학에서 자주 보이는 낯선 공간으로 진입하는 양상이 나타나는데, 시선의 양태인 '들여다보기'는 비밀 공간으로 진입하기 위한 일종의 '통과의례' 같은 것이다. 그래서 그 관문에 해당하는 "외딴우물"을 "홀로" 찾아가는 설정은 그러한 의지적인 제의 행위에 신성성을 부여한다. 이 시의 새로운 공간 설정으로 인해 우물 속에는 내 모습이 아니라 독립된 세계와 거기

---

285) 필립 윌라이트(김태옥 역)(1988), 『은유와 실재』, 문학과 지성사, 94-113쪽.
286) 신약성서 마태복음의 산상수훈에서 언급된 "찾으라. 그러면 찾을 것이요. 두드리라. 그러면 열릴 것이니" 구절과 같은 맥락에서 이해할 수 있다.

에 존재하는 "한 사나이"라는 독자적 존재가 나타나게 된다. 그리고 치유와 재생의 공간으로 본다면 우물을 찾아가기 전 "사나이"와 우물을 찾아간 후 "사나이"의 차이와 변화에 초점을 맞추게 된다. 새 인물의 탄생 공간으로 본다면 민족 집단 전체의 갈망으로도 파악된다. 그리고 시인이 왜 우물을 찾아간 사람을 '나'가 아닌 "사나이"라고 언급하는지 달리 읽힌다. 객관적인 '나'를 우물에서 분리된 상태로 표현하였다는 것이 일반적 해석이지만 "사나이"는 집단 구성원 개별적 한 사람 한 사람 모두가 되기도 한다. 우물 속에 찾아 온 사람이 일차적으로는 시적 주체 '나' 한 사람이겠지만, 이후 연속적으로 그 우물을 찾아오는 사람도, 그 어떤 사람도, 시 속의 "사나이"가 될 수 있다. 시인의 자기 투사를 넘어 집단 투사로 이해될 수 있는 대목이다.

「우물 속의 자상화」에서 우물은 한없이 신비로운 공간이다. "달이" 밝게 비치고, "구름이 흐르고" 있고, "하늘이 펼처 있"으며, "파아란 바람이 불"고, "가을이 있"으며, "사나이"까지 있다. 작지만 무한하며, 고여 있는 듯 보이지만 흐르는 유연함을 보이고, 닫혀 있지만 규정할 수 없는 우주적 공간인 것이다. 한없이 깊어 그 깊이를 알 수 없어 신비롭고, 물[287]이 차서 올라오면 그 물을 마실 수 있어, 그 물로 살아갈 수 있어 신비롭다. 이상의 '거울'처럼 악수를 모르는 사람이 아니라 '나'("사나이")를 비추고 내 속에 들어와 나를 살게 하는 신비로움인 것이다. 게다가 '나'뿐만 아니라 집단의 이런 "사나이" 저런 "사나이"까지도 살리는 신비로운 상징이다.

그래서 결국 윤동주는 그 "우물"에서 시를 길어 올리기 위해, 조선의 전통적 풍경인 "산"(구별된 공간)과 "논"(일상적 공간)의 배경 위에 "우물"을

---

287) 물은 인류의 집단 무의식을 근원으로 삼는 대표적 원형 상징 중 하나이다. 이때 물은 순수, 정화, 생명의 근원, 재생, 무상, 사랑 등의 상징 의미를 갖는다. 윤동주의 물을 정화와 창조의 원초적 기능을 함유한 것으로도 볼 수 있다.

배치시켰으며, 그 속에 달과 구름과 하늘과 심지어 가을(완결과 축복의 시간)까지 집어넣은 것이다. 우물 밖과 우물 안의 풍경, 그리고 "사나이"로 표상되는 사람 등 모든 것의 중심에 우물이 자리 잡고 있는 것이다. 이런 우물 상징의 복원이야말로 「우물 속의 자상화」를 통해서 시인 자신의 모습을 드러내려 한 것으로 볼 수 있다. 그리고 우물은 솟아나는 '샘'과도 다른 의미를 지닌다. 샘이 자연스레 솟아나는 것이라면, 우물은 길어 올리는 인간의 능동성을 전제한다.[288] 그리고 우물은 동굴과 같이 폐쇄적 공간으로 윤동주의 내면을 반영한다고 볼 수 있다. 그 공간과 연결되는 통로는 하늘, 달, 바람, 계절, 구름 등이고, 그 세계는 '파아란' 하늘 같은 동화적인 세계이며, 신비로운 세상인 것이다.

이렇게 「자화상」으로 잘 알려진 「우물 속의 자상화」의 의미를 구체적으로 살펴보았다. 특히 동일한 내용이지만 다른 형태로 존재하던 세 시편 「自像畵」, 「自畵像」, 「우물 속의 自像畵」 등을 비교 분석하면서 그 차이점에 유의하며 시인의 창작 의도를 파악하였다. 연구 결과, 「自像畵」→「自畵像」→「우물 속의 自像畵」 순으로 창작되었으며, 「우물 속의 자상화」가 시인이 의도한 최종 작품이라는 사실을 밝혔다. 그리고 각 단계별로 시인의 의식이 어떻게 발전하는지를 살펴보았다.

이런 연구 과정을 통해 드러난 결과는, 최근 윤동주의 「자화상」을 '거울'의 이미지에 제한하여 해석하는 흐름에 해석의 다양성이라는 측면에서 긍정적으로 작용하리라 본다. 그리고 이 글은 윤동주 연구에서 발굴된 양질의 자료들이 존재함에도 불구하고 자료적 토대에 근거하지 않았던 많은 연구들이 존재하는 현실에서, 미흡한 해석이나마 자료 비교 분석 작업이

---

288) '우물'을 대하는 능동적인 태도, 즉 '우물'을 길어 올리는 자가 '주체'가 되어 생명인 '물'을 아래로부터 위로 끌어올리는 상승적 상상력은, 북간도 땅에서 민중이 주체가 되어 초월적 존재를 지향한 북간도 기독교의 신앙을 윤동주가 지니고 있었음을 유추하게 하는 근거이다.

란 측면에서 윤동주의 시를 보다 섬세하게 읽는 데 그 의의가 있다고 본다. 일찍이 신화학자 조셉 캠벨은 우리 시대에 상징이 사라지는 것을 염려한 바 있다. 윤동주가 식민지 조선에서 복원한 우물 상징은 오늘날에는 시멘트로 덮어 버린 상황이다. 그리고 그 자리는 수돗물로 대체되었다. 그 결과 편의를 선택한 대신, 우리의 상상력은 점차 매몰되었고, 우물의 풍경은 점차 우리의 기억 속에서 잊히고 있다. 이런 의미에서 윤동주는, 그가 겪은 시대의 위기 속에서 거울이라는 매개물 대신에 전통적 시어인 우물을 시의 한 복판에 배치시킴으로써 상징의 재문맥화289)를 시도하였다고 볼 수 있다. 그 결과 시인은 우리에게 「우물 속의 自像畵」를 남겨 준 것이다.

  이러한 해석적 접근은 자칫 과잉 해석으로 오해될 수 있으나, 윤동주의 시적 특성이 상징에 바탕을 두고 있는 만큼, 윤동주 시의 다층성을 복원하기 위해 긍정적으로 바라볼 필요성은 충분해 보인다. 사실 윤동주는 관습적으로 쓰이는 상징을 시 속에 포함시킴으로써 새롭게 의미를 부여하고, 주변의 사물을 단순한 소재, 묘사의 대상, 혹은 감정이입의 대상으로 사용하는데 그치지 않으며, 사물 이면에 숨겨진 비의(秘意), 즉 사물의 상징적 의미를 드러내기290) 때문이다. 특히 임현순은, "윤동주의 시에는 표면적으로 표상과 정서의 세계가 드러난다. 시 속에서 이들을 표현하는 상징의 관계는 의식 차원이나, 경험의 차원으로 해명할 수 있는 것이 아니다. 의식의 차원을 뒤로 미루고 의식으로서가 아니라, '의식 자체를 환원'하는 것을 리쾨르는 상징 해석의 출발점으로 보았다. 현상학에서의 '환원'은 뜻의 시

---

289) 한국 근대시에서 윤동주야말로 상징의 재문맥화를 제대로 보여준 시인이라고 김용직은 평가한 바 있는데, 윤동주가 종교적 관념 상징인 '십자가'를 재문맥화하는 데 성공했다는 것이다. 동일한 맥락에서 '우물'도 '십자가'처럼 윤동주의 시적 전략에 의해서 시도된 장치라는 것이다(김용직(1992), 「비극적 상황과 시의 길」, 이건청 편저, 『윤동주』, 문학세계사, 145~169쪽).
290) 임현순(2009), 『윤동주 시의 상징과 자기의 해석학』, 지식산업사, 42쪽.

작을 의미한다. 후설은 주관주의를 벗어나 사물의 본질을 바라보는 본질 직관을 환원으로 설명했다. 이때 주관은 객관의 지위를 획득할 수 있게 된다. 그런데 의식을 환원한다는 점에서 상징 해석은 현상학과 조금 거리를 둔다"291)라고 말하면서 윤동주 시의 해석을 보다 심화시키는데 기여한다. 정리하자면 윤동주는 긴 시간 동안 「우물 속의 自像畵」혹은 「自畵像」의 창작 과정을 거치면서 자아의 주체 상실에서 벗어나 '성찰적 주체'라는 윤동주만의 독특한 시적 주체를 탄생시킨다. 상실의 상태를 극복해서가 아니라 그 외적·내적 상태에 대응하는 자아를 직시함으로써 성찰적 주체를 만들어낸 것이다.

이러한 과정에서 도출된 윤동주의 '성찰적 주체'는 자기 반성을 하는 '윤리적 존재'이면서 '타자'에 대해서는 포용적 태도를 지니고 있는 '열린 주체'이기도 하다. 그래서 '열린 주체'는 모든 존재자들이 갈등 상황에서 벗어나 내적·외적 상황에서 '화해와 일치의 평화'를 추구하며 에큐메니컬 세계를 구성한다. 그런데 여기서 주목할 점은 시집 『하늘과 바람과 별과 詩』의 맨 앞부분에 배치된 「자화상」에서 한걸음 더 나아가 「우물 속의 자상화」를 윤동주가 새롭게 쓴 것에서 보이듯이, 「자화상」의 '성찰적 주체'는 '우물'이라는 상징과 관련하여 구체적인 의미를 획득하고 있다는 사실이다. '우물'이라는 공간의 '성찰적 주체'와 '열린 주체'는 "하늘, 달, 바람, 계절, 구름"과 한 배경 속에서, '파아란' 하늘 같은 환상적이고 신비로운 세상의 이미지를 구축하는 존재로서 더 큰 의미를 지니게 되는 것이다. 이렇게 '성찰적 주체'는 에큐메니컬 시 세계를 구성하는 중요한 원리로 작용하고 있다.

---

291) 위의 책, 43쪽.

나. 역사의식과 '심판의 날' 이해

에큐메니컬 세계에서 시적 주체는 '역사의식'을 지니고 있어야 하며 '심판의 날'을 인지하고 있어야 한다. 윤동주의 시편에서는 독특한 역사의식도 발견된다. 그것은 소위 기독교의 역사적 종말론(Eschatology)으로 설명할 수 있다. '신의 의지에 따른 마지막이 존재한다'는 사관으로써 새로운 역사를 만들어 내는 관심과 동기를 부여하는 다이나믹한 역사관이다. 그리고 신이 인간을 구원하는 역사(구속사)적 의미와도 맞닿아 있다.

「자화상」의 '추억처럼'에서도 보이듯이 시적 주체가 현재 시점에서 순식간에 현 상황을 과거화해 버리는 경향, 「돌아와보는밤」의 "이제 사상이 능금처럼 저절로 익어 가옵니다"처럼 시제를 완료형으로 마무리 하는 측면, 「태초의 아츰」에서 "봄날 아침도 아니고 / 여름, 가을, 겨울 / 그런 날 아침도 아닌 아침에"라고 하면서 인간의 시간 개념에 속하지 않는 '신의 시간 개념'을 표현한 장면, 「또太初의아츰」에서 "하나님의 말씀"이 들려오는 때를 설정한 장치, 「무서운時間」에서 공포의 시간으로 인식한 태도, 「길」에서 시간의 상황에 따라 계속 분절하는 시적 주체의 모습 등에서 윤동주 시의 독특한 역사의식을 발견할 수 있다. 특히 신의 '심판의 날'을 환기시키는 윤동주 시편 「새벽이올때까지」는 시인의 역사의식을 명징하게 보여준다.

> 다들 죽어가는 사람들에게
> 검은 옷을 입히시요.
>
> 다들 살어가는 사람들에게
> 흰 옷을 입히시요.

그리고 한 寢臺에
가즈런히 잠을 재우시요.

다들 울거들랑
젖을 먹이시오

이제 새벽이 오면
나팔 소리 들려 올게외다.

一九四一. 五.

-「새벽이올때까지」[292] 전문

　"새벽이 오면 / 나팔 소리 들려올 게외다"로 말함으로써 신이 '시간의 주관자'이며 신의 '때'가 존재함을 드러내고 있다. 구체적으로 이 시는 종결어미 '시오'의 반복을 통해 예언자가 메시지를 지상에 하달한 듯한, '단정적'이면서도 '신비한' 목소리를 드러내고 있다. '죽어가는 사람들'과 '살아가는 사람들'이 등장하는데 화자는 그들에게 각각 다른 색의 옷을 입히도록 명령한다. 이는 삶의 다른 방향을 향해 가고 있는 다른 층위의 존재들을 이분화시키는 것처럼 보이기도 한다. 그러나 다음 구절에서 화자는 다시 죽음과 삶, 검은색과 흰색이라는 양극화된 성질을 '한 침대'라는 공통의 영역에 동일하게 진입시킴으로서 앞의 시들과 마찬가지로 '살아있는 것'과 '죽어가는 것'이 결국 분리되지 않고, '삶'이라는 하나의 생명성에서 출발하고 공존하며 소진되어 가는 것이라는 일원론적 세계관을 보여준다.

---

292) 자필시고집 『하늘과 바람과 별과 시』(왕신영 · 심원섭 · 오오무라마스오 · 윤인석 엮음(2002), 『사진판 윤동주 자필 시고전집(증보)』, 민음사).

그런데 이때 나팔 소리가 들려온다. 나팔의 일반적인 용도는 전쟁에서 군을 소집하거나 공격의 개시나 마침을 알릴 때 사용하기도 하고 승리를 선포할 때 사용하기도 한다. 만약 성서적 의미를 부여한다면 부활을 알리는 의미가 되기도 한다. 마지막 나팔 소리가 나면 죽은 자들은 부활해서 영원히 살게 되며, 나팔은 죽음으로부터의 부활을 예언하는 상징이 되기도 하는데 이는 곧 구원과도 연결된다. 그리고 '새벽'은 이러한 구원의 시간대로서 존재하게 되는 것이다.

정리해보면 "나팔" 소리가 울리는 '심판의 날'은 존재하는데, 그날이 오기 전까지 주어진 시간 속에서 그날을 인식하는 역사의식이 필요하고, 그날을 제대로 준비하기 위해서는 "검은 옷"을 입힐 자는 "검은 옷"을 입히고 "흰 옷"을 입힐 자는 "흰 옷"을 입혀서 존재자의 개별성을 존중한 후, 그들을 차별하지 않고 "한 침대"에 "가지런히" 눕혀서 재움으로써, 그날을 준비하라'는 의미이다. 이 같은 의미를 "하시오"라고 하는 '신의 명령'으로 인식하는 시적 주체는 에큐메니컬 시 세계를 구성하는데 필요한 또 다른 요소로 볼 수 있다.

이러한 윤동주의 시적 상상력은 성서의 묵시문학적 배경에 맞닿아 있다. 구약의 「다니엘서」, 「에스겔서」와 신약의 「요한계시록」, 그리고 신·구약 시대의 중간기에 다양하게 나타난 정경 외의 경전 등에서 발견되는 '죽음의 세계'와 관련된 상상력이 「새벽이올때까지」에서도 같은 맥락에서 드러난다는 말이다. 지금까지 성서의 '묵시문학'은 한국 교회에서 흔히 '시한부적 종말론'으로 인식되어 성서의 메시지를 문자 그대로 받아들여 수많은 사이비 교단을 양산하는 부작용을 낳았지만 '묵시문학'은 탈현실적인 메시지가 아니라 본래 처참한 현실을 정확하게 직시하는 삶의 자리에서 출현한 것이다. 억압과 폭력의 상황을 노출하는 방식으로써 비유를 사용한 환상적 세계를 묘사하고 있지만 묵시문학은 어떠한 성서보다도 혁명적이고 역동적인 메시지를 선포하고 있다. 이러한 묵시문학이 함의하고 있는 특성이 윤동주에서 발견되고 있는 것이다.

지금까지 에큐메니컬 세계를 구성하는 전제 조건을 '성찰적 주체'와 '역사의식'으로 제시하였다. 이것은 모두 **인식론적 측면**[293]에 속한 것으로 볼 수 있는데, 윤동주 시에서 에큐메니컬 세계는 한 걸음 더 나아가 **'손'과 '발'** 이라는 상징을 통해 **구체적 행위로도** 나타난다.

'발'[294]은 윤동주 시작(詩作) 전체에 걸쳐서 확인되거니와 '길 찾기' 과정에서 녹록하지 않는 시인의 실존을 의미한다. 그에 비해 '손'은 '발'을 통해 확인된 세계에 대해 시인이 지향하는 에큐메니컬 세계에 대한 의지로 나타난다. 「看板없는거리」의 "손목을 잡으면 / 다들, 어진사람들 /다들, 어진 사람들 / 봄, 여름, 가을, 겨을, / 순서로 돌아들고."에서 보듯이, '손'은 서로 "잡"는 행위를 통해서 존재 본연의 '어진' 성품이 회복시키고 그에 따라 "봄, 여름, 가을, 겨을"같은 계절은 "순서로 돌아들"어 자연의 흐름을 회복한다. 이때 '손'은 조화로운 에큐메니컬 세계를 만들어내는 중요한 기능을 담당하고 있다고 볼 수 있다.

「무서운時間」의 "한번도 손들어 보지못한 나를 / 손들어 표할 하늘도 없는 나를"에서 '손'은, 다가오는 **'심판의 날'**을 대비해서 "나를 부르는" 대상

---

293) 임현순은 윤동주의 시에서 '눈'을 주목한다. 그는 '뜬 눈', '뜨는 눈', '감는 눈'으로 구분하여 윤동주 시의 의미를 해석한다. '뜬 눈'은 주체의 분화와 관련하여 반성적 행위를 표현한 것으로 보고 「자화상」, 「懺悔錄」, 「또다른故鄕」, 「길」, 「힌그림자」 등의 작품에서 발견된다고 본다. '뜨는 눈'은 영적 각성의 상태와 관련하여 '들여다' 보는 것으로 파악하여 「눈감고간다」, 「또太初의아츰」 등에서 나타난다고 설명한다. '감는 눈'은 죄를 인식한 상태와 관련하여 「또다른故鄕」, 「자화상」, 「懺悔錄」에서 구체화된다고 언급한다. 이러한 시도는 윤동주의 시에서 '눈'의 상태를 세분하여 개념화함으로써 윤동주 시를 인식론적 측면에서 접근한 것으로 볼 수 있다.

294) 「눈오는地圖」의"발자욱자리마다", 「바람이불어」의 "내발이 반석우에 섯다", 「슬픈族屬」의 "거츤발에 걸리우다", 「눈감고간다」의 "발뿌리에 돌이 채이거든", 「山林」의 "발걸음 멈추어", 「懺悔錄」의 "발바닥으로닦어보자", 「힌그림자」의 "발자취소리" 등에서 '발'의 의미는 확인된다.

에 대해 자신의 위치를 알리고 자신의 존재를 증명하는 용도로 나타난다. 이것은 아직 시인으로서 자신의 존재를 증명하지 못한 상황에서, 즉 에큐메니컬 세계를 구성하는 존재를 구성하고 있지 못한 자신의 모습을 인지한 상태에서, 시인이 불안한 심리를 표출하고 있는 것이다.

「길」의 "두손"은, 무엇인가 잃어버린 상황에서 "주머니"를 더듬고 "돌담"을 더듬어 '잃어 버린 것'을 찾는 길로 나아가는 것으로 표현된다. 여기에서 '잃어 버린 것'을 찾는 시적 주체의 모습은 민중적 복음서인 누가복음의 이야기를 환기시킨다. '잃은 양, 잃은 드라크마'(누가복음 15장 1~17절)를 찾고 '읽은 아들(탕자)'(누가복음 15장 11~32절)을 되찾고자 하는 메시지가 누가복음에서 결코 간과할 수 없는 비중을 차지하고 있다. 마찬가지로 윤동주의 「길」에서도 무엇인가 '찾아서' 회복되기를 기원하는 방법으로 '손'이라는 기표가 사용되고 있는 것이다.

그리고 「별헤는밤」의 "내 일홈자를 써보고"에서 보듯이, "일홈(이름)"을 쓰는 행위의 도구로써 '손'은 암시적으로 배치되어 있다. 「쉽게씨워진詩」에서도 시인으로서 詩를 쓰는 윤동주의 '손'은 나타나는데, 이는 모두 에큐메니컬 세계의 구성원으로서 자신의 존재를 실현하고자 하는 시인의 의지가 강하게 드러난 것으로 볼 수 있다.

다. '역사적 주체'의 '죽음(희생)'을 통한 실존 방식 논의

윤동주의 에큐메니컬 시 세계는 인식론적인 측면에서 '성찰적 주체'와 '열린 주체', '역사의식'이라는 구성 요소를 통해 성립되고 있을 뿐만 아니라 '손'과 '발'이라는 구체적인 행위로써 증명되기도 한다는 것을 앞서 확인하였다.

그 구체성은 역사적 주체로서 '죽어가는 세계'에 맞서 역설적으로 '죽음(희생)'이라는 방식을 통해서 더욱 적극적으로 실현된다. 능동적으로 자신을 소멸시켜 죽음으로 이끄는 '희생'의 태도를 보인다.

윤동주가 지향의 대상으로 삼은 「十字架」295)의 예수와 「肝」의 프로메테우스에서 그 희생의 구체적인 의미가 드러난다.

쫓아오든 햇빛인데
지금 教會堂 꼭대기
十字架에 걸리였습니다.

尖塔이 저렇게도 높은데
어떻게 올라갈수 있을가요.

鐘소리도 들려오지 않는데
휫파람이나 불며 서성거리다가,

괴로왔던 사나이,
幸福한 예수·그리스도에게
처럼
十字架가 許諾된다면

목아지를 드리우고
꽃처럼 피여나는 피를

---

295) 김응교는 「새벽이올때까지」, 「무서운時間」, 「十字架」를 비교하면서 각 작품의 특징을 선명하게 드러낸다. 그는 "윤동주의 시에는 「새벽이 올 때까지」처럼 기독교적 종말론이 뚜렷하게 드러나 있습니다. 「무서운 시간」에는 죽음에 대한 두려움을 소명 의지로 극복해보려는 면모가 숨어 있습니다. 그리고 「십자가」를 통해 **종교적 인식의 절정**을 보여줍니다"라고 설명한다(김응교(2016), 『처럼』, 문학동네, 212쪽). 그의 평가처럼 윤동주의 「十字架」는 예수를 '삶의 원형'으로 인식하는 화자의 모습과 기독교의 본질인 '희생'을 각오하는 화자의 태도를 잘 보여주고 있다.

어두어가는 하늘밑에
조용이 흘리겠읍니다.

一九四一. 五. 三一.

-「十字架」296)전문

이 시에서 가장 먼저 눈에 들어오는 것은 '처럼'이라는 구절이다. 조사를 한 행으로 구성하여 파격적인 형식을 취하고 있다. 이것은 "괴로왔던 사나이"이면서 "幸福한 예수·그리스도"가 된 예수 '처럼' 괴로움을 극복하고 행복함으로 나아가고자 하는 시적 주체의 심정을 극대화시키는 장치이다. 그런데 중요한 것은 어순이 도치되어 있는 "十字架가 許諾된다면"이라고 하는 가정법을 설정하고 있다는 점이다. '許諾'이라는 시어의 선택에서 보듯이 윤동주는 자신에게 주어진 상황을 우연히 발생한 것으로 보지 않고, 역사(歷史)를 주관하고 구원하는 신의 섭리에 의한 것으로 인식하고 있다. 이렇듯 시인의 분명한 역사의식을 볼 때 화자의 "조용이 흘리겠읍니다"고 하는 고백은 시인이 '역사적 주체'의 자리를 마침내 확보하고 있음을 보여 주는 근거라고 할 수 있다.

또한 윤동주는 이 시편에서 자신이 실존적으로 추구할 역사적 주체의 모습을 '예수'라는 인물로 상정한다. 알다시피 예수의 존재는 타인의 고난을 대신 짊어진 '수난자'로서의 면모를 보이며 인간이 타인을 위해 행할 수 있는 최고의 선을 상징한다. 시에서 '十字架'는 교회당의 가장 높은 곳에 놓여 있는데, 이것은 단순히 교회 尖塔의 모습만을 의미하지 않는다. 일반 사람은 도달하기 어려운 정신적·윤리적 텔로스를 "教會堂 꼭대기 / 十字架"라고

---

296) 자필시고집 『하늘과 바람과 별과 시』(왕신영·심원섭·오오무라마스오·윤인석 엮음(2002), 『사진판 윤동주 자필 시고전집(증보)』, 민음사).

표현하고 있는 것이다. 그리고 여기서 "쫓아오든 햇빛"이 '지금' "十字架에 걸리"인 장면에서 시적 주체가 십자가(희생)의 때를 인지하고 있음을 파악할 수 있다. 그런데 이러한 상황에서 시적 주체는 구원자이신 하나님의 손길과 하나님의 부름을 뜻하는 '鐘소리'가 들려오지 않음을 인식하고, 직접 '휫파람' 소리를 낸다. 이처럼 시적 주체는 주어진 상황에 대해 능동적인 태도를 취하며 '十字架'라는 예수의 뒤를 좇아가려는 의지를 드러낸다.

「肝」도 자기희생을 테마로 삼고 있다. 시 속에 등장하는 '푸로메디어쓰' 또한 예수와 마찬가지로 희생을 감수하는 신화적 인물이다. 그는 인간에게 불을 준 죄로 자신의 간을 독수리에게 물어뜯기는 처형을 감내한다.

'자신의 생명인 간을 뜯어 먹힌다'는 프로메테우스 신화는 고통 속에서 현실을 긍정하지 않을 수 없는 화자의 자의식을 보여주기 위해 도입된 것으로 보인다. 현실의 아픔을 고통스럽게 받아들이는 화자의 인식이 생생하게 드러난다.

바닷가 해빛 바른 바위우에
습한 肝을 펴서 말리우자.

코카사쓰山中에서 도맹해온 토끼처럼
둘러리를 빙빙 돌며 肝을 직히자.

내가 오래 기르든 여윈 독수리야!
와서 뜨더먹어라, 시름없이

너는 살지고
나는 여위어야지, 그러나,

거북이야!

다시는 龍宮의 誘惑에 않떠러진다.

푸로메디어쓰 불상한 푸로메디어쓰
불 도적한 죄로 목에 맷돌을 달고
끝없이 沈澱하는 푸로메디어쓰.

一九四一. 十一. 二九日.

「肝」[297] 전문

　이 시편은 <수궁전>이라는 설화와 <불을 훔친 프로메테우스>라는 그리스 로마 신화, 두 개의 이야기가 서로 얽히어 구성되어 있다. 그런데 두 이야기 사이를 이어주고 있는 것이 바로 '肝'이라는 매개물이다. 즉 '간'을 빼앗긴 '거북이'와 벌을 받아 독수리한테 肝을 뜯길 수밖에 없었던 프로메테우스는 모두 자신의 간을 잃어버렸다는 공통점을 지니고 있다.

　먼저 귀토설화에서 차용된 '간'에 대한 언급으로 시는 전개되고 있다. 처음 두 연에서 시적 주체는 '습한 간' 즉 생명이 소멸할 위기에 처한 간을 말리고 빼앗길 위험에 처한 간을 지키는 행위로서 '간'을 보호하고자 한다. 그러나 그 다음 연에서는 지키고자 한 간을 독수리에게 '뜯어먹어라'고 앞의 연과 상반되는 내용을 전개한다. 독수리를 일본과 같은 외적인 요소로 치부하기에는 '내가 오래 기르는'이라는 시어가 걸림돌이 된다. 그렇다면 독수리의 실체는 무엇인가? 독수리는 외적인 대상이라기보다는 내면에서 오랜 시간동안 키워온 하나의 내적 존재로 인식할 수 있는데, 이것은 늘 비상하고자 했지만 충족되지 못한 결핍이며 영원히 채워질 수 없는 거대한 블랙홀과 같은 욕망 그 자체로 해석될 수 있다. 그 존재 앞에서 시적 주체

297) 습유작품(왕신영·심원섭·오오무라마스오·윤인석 엮음(2002), 『사진판 윤동주 자필 시고전집(증보)』, 민음사).

는 자신의 '간', 즉 죽음을 제물로 드리고 있는데 이는 「十字架」에서 보여주는 희생과 동일한 구조로 이루어져 있다.

그런데 시적 주체는, 다시 귀토설화로 돌아와, 거북이에게 다시는 유혹에 떨어지지 않겠다고 선언한다. '유혹'은 존재의 유무를 확신하고 대상을 욕망해 왔던 환상으로 추정할 수 있다. 그러나 시적 주체는 더 이상 그 세계로 돌아가지 않기를 결단하고 있다.

이렇게 볼 때 시인은 시적 주체의 과거에 대한 반성의 모습을 보여주며 새로운 모델로서 프로메테우스를 제시한다고 볼 수 있다. '간'을 빼앗긴 거북이에서 인류를 위해 '희생'한 프로메테우스로의 전환은 시인 윤동주의 의식이 성숙함을 보여주고 있는 것이다. 이것은 마지막 연에서 프로메테우스에 대해 반복적으로 언급함으로써 시인이 시적 주체와 동일시하려는 태도로 보인다.

정리하자면 불을 도둑질한 죄로 목에 맷돌을 달고 침전하는 프로메테우스는 십자가에 달린 예수와 같이 희생을 자처한 인물로 볼 수 있으며, 끝없이 침전하며 고통스러워하는 프로메테우스의 모습을 통해서 시인이 희생의 길을 기꺼이 걷고자 하는 태도를 엿볼 수 있다. 결국 윤동주는 자신이 희생의 모델로 삼은 예수와 프로메테우스와의 동일시를 통해, 앞서 언급한 죽음을 통한 희생을 실현하고 있는 것이다. 이때 희생이라는 죽음은 자살과 같이 현실 도피적인 죽음의 방식이 아니라, 주어진 삶에 대해 적극적으로 대응하는 실존으로써 죽음의 방식을 의미한다. 이것을 통해 시인 윤동주가 얼마나 고차원적 윤리의식을 지니고 있었는지, 시인으로서 얼마나 삶과 죽음에 대해 실존적인 고민을 하고 있었는지 확인할 수 있다.

이러한 윤동주의 태도는 북간도 기독교의 주체였던 '민중'들이 경험한 죽음의 세계와 그들이 선택한 실존방식과도 동일한 맥락에서 이해될 수 있다. 구체적으로 북간도 '간장암교회 참살사건'과 '장암촌교회 학살사건'

을 예로 들 수 있다. 1919년 3월 13일, 간장암의 민중들은 용정시위운동에 적극적으로 참여한다. 그리고 독립선언식에 모두 참여한 것은 물론, 1920년 4월 최진동 부대가 온성 방면으로 국내 진공작전을 수행할 때도, 민중들은 대다수 '국민회 회원'에 가입하여 그들을 도와주고 의군부의 무장활동에도 적극적으로 협력한다. 이외에도 다양한 활동들을 하는데 이로 인해 간장암의 사람들은 일본군의 학살 만행의 대상이 되고 만다. 조선예수교장로회사기에는 "간장암 교회는 교인 33명이 참살당하고 5家 전소시에 교우 14명이 즉사하였으며 예배당과 학교는 전소되고"298)라고 기록되어 있다. 그리고 장암촌교회의 민중들도 소학교의 교사로 활동하며 민족의식을 학생들에게 고양시키고 국민회 사무소를 운영하면서 독립군 숙소를 제공한다. 이러한 이유로 일본군은 "불령선인 수백명이 장암촌 소학교에 집하여 남양평 병참을 습격하려고 모의 중"이라고 음모를 꾸며 장암촌교회와 여러 가옥들을 불태우고 40대 이상의 장년 남자를 모두 학살하고 만다.299)

이러한 죽음의 현실 앞에서 얼마나 많은 사람들이 당당하게 나설 수 있을까? 물론 일부 몇몇 사람들은 두려움에 사로잡혀 교회를 떠나고 다른 지역으로 이사를 가기도 했다. 하지만 북간도 기독교의 민중들은 이런 상황에 굴하지 않고 '죽으면 죽으리라'는 각오로 계속해서 항일운동과 신앙생활을 이어나갔다. 특히 북간도 용정촌교회 전도대의 활약상을 1921년 3월 23, 24일자 동아일보 신문은 "1920년 9월 10월 일군의 간도 출병으로 인하여 간도 각지의 이주 한인의 가옥, 예배당, 학교는 수없이 병화(兵火)되었고 그 비참한 정경은 말로 할 수 없었다. 이런 상황 속에서 교회는 비애에 빠진 한인촌 동포들을 방문하고 위로하였다"고 적고 있다. 그들은 일본군

---

298) 『조선예수교장로회史記』 下권(1968), 한국교회사학회, 355쪽.
299) 서광일(2008), 『일제하 북간도 기독교 민족운동사』, 한신대학교출판부, 257~258쪽.

의 만행이 자행되는 곳마다 찾아가서 그들을 위로하고 구호의 손길을 폈다.300) 그리고 박걸(Barker) 선교사와 같은 분은 '학살 사건'을 서울 선교본부와 캐나다 외국 선교본부에 알렸고, 선교사 마틴은 북간도 각처 교회를 돌며 피해상황을 수집하여 경성, 상해, 북경, 본국 등 다양한 곳에 일본의 만행을 알리는데 힘을 썼다.301)

이렇듯 '죽음'의 현실을 회피하지 않고 기꺼이 '죽음'을 각오한 그들의 실존적 대응 방식을 윤동주는 온 몸으로 수용했을 가능성이 크다. 살펴본 것처럼 북간도 기독교 공동체의 민중들은 카리스마를 지닌 영적 지도자의 설교를 통해 관념적으로 믿음을 고백하지 않고, 처참한 '삶의 자리'에서 디아스포라로서 힘겨운 현실을 '온몸'으로 버텨내며 생성된 신앙을 지니고 있었다. 이러한 그들 공동체의 모습은 원시 기독교 역사에서 초대교회가 로마제국의 박해를 '종말론적 신앙'으로 극복한 모습과 유사한 점이 많다. 여기서 종말론적 신앙은 바울신학의 핵심으로 다가올 죽음을 제대로 인식함으로써 삶의 의미를 가치 있게 만드는 데에 그 가치가 있다. 하이데거도 '죽음을 직시함으로써 비로소 실존을 찾을 수 있다'고 언급한 바 있다. 이들과 마찬가지로 윤동주도 죽음을 회피하지 않고 치열하게 죽음을 직시함으로써 오히려 '죽음'이라는 새로운 실존 방식을 통해 자신의 '시인됨'302)을 증명해 낸다.303) 이러한 시인의 존재 증명방식은 '시'라는 장르에만 머무르지 않고, '삶의 차원'에서도 승화되어 나타난다. 알다시피 사도 바울이 예수의 죽음에서 보편적 교회의 가능성을 발견한 것304)처럼, 해방이후 한

---

300) 한신대학교학술원(김주한), 신학연구소 엮음(2005), 「북간도 지역의 기독교 민족 운동 연구」, 『한국개신교가 한국 근현대의 사회문화적 변동에 끼친 영향 연구』, 한국신학연구소, 67쪽.
301) 서굉일(2008), 앞의 책, 263~264쪽.
302) 윤동주는 죽음의 가치를 통해서 보편적 가치인 에큐메니컬 시 세계를 성립시킨다.
303) 이러한 측면 때문에 류양선은 윤동주를 '순교자'로 평가하기도 한다(류양선(2015), 『윤동주』, 북페리타).

국 사회의 많은 사람들은 윤동주의 죽음을 보면서 그의 이름을 보편적 가치로 공유하기 시작한다. 이것은 윤동주가 1945년 해방 직전에 죽음으로써 '소실되는 매개자'(vanishing mediator)[305]적 기능을 수행함에 따라, 해방 직후 한국 사회에서 보편적 이름을 획득할 수 있었던 것으로 보인다.

이처럼 윤동주의 시와 그의 이름이 힘겨운 세월의 흐름을 견디어 오늘날 많은 이들에게 깊은 감동을 줄 수 있었던 것은, 윤동주가 '역사적 주체'로서 죽음을 통한 실존방식으로 에큐메니컬 세계를 지향했기 때문이다.

304) 알랭 바디우, 현성환 옮김(2008), 『사도바울』, 새물결.
305) 슬라보예 지젝, 이성민 옮김(2007), 『부정적인 것과 함께 머물기』, 도서출판 b.

참고문헌

1. 기본자료

왕신영 · 심원섭 · 오오무라마사오 · 윤인석 엮음(2002), 『사진판 윤동주 자필 시고 전집(증보)』, 민음사.

윤동주(1948), 『하늘과 바람과 별과 詩』, 정음사.

최동호 엮음(2010), 『육필원고 대조 윤동주 전집-하늘과 바람과 별과 詩』, 서정시학.

조재수(2005), 『윤동주 시어사전』, 연세대학교출판부.

2. 단행본

강원용(1967), 「에큐메니칼 운동과 사회 문제」, 『벌판에 세운 십자가』, 현암사.

강원용(1995), 「그리스도는 세상의 빛」, 『강원용 전집』 2권 복음의 혁명과 검의 혁명, 삼성출판사.

강영안(2005), 『타인의 얼굴=레비나스의 철학』, 문학과 지성사.

강일상(2007), 『마가복음의 기적이야기』, 대한기독교서회.

권오만(2009), 『윤동주 시 깊이 읽기』, 소명출판.

김경재(1987), 『폴 틸리히 신학연구』, 대한기독교출판사.

김경재(2006), 『공공철학』시리즈, 제16권, 동경대학출판.

김옥성(2012), 『한국 현대시와 종교 생태학』, 박문사.

김응교(2016), 『처럼』, 문학동네

김현자(1999), 『한국현대시 읽기』, 민음사.

남진우(2013), 『나사로의 시학』, 문학동네.

유성호(2008), 『근대시의 모더니티와 종교적 상상력』, 소명출판.

유성호(2015), 『다형 김현승 시연구』, 소명출판.

유종호(1995), 『시란 무엇인가』, 민음사

류양선(2015), 『윤동주』, 북페리타.

이형기(2011), 『에큐메니칼 운동의 패러다임 전환 : '신앙의 직제'와 '삶의 봉사'의 합류』, 한들출판사.

이재선(2011), 「서문」, 하타노 세츠코(2011), 『일본 유학생 작가 연구』, 소명출판.

이상섭(2007), 『윤동주 자세히 읽기』, 한국문화사.

양명수(1999), 『은유와 구원』, 문학과 지성사.

안영로(2002), 『한국교회의 선구자 언더우드』, 쿰란출판사.

임현순(2009), 『윤동주 시의 상징과 자기의 해석학』, 지식산업사.

여해와 함께 엮음(2011), 『사이 · 너머(between & beyond): 여해(如海) 강원용의 삶과
　　　현대사의 발자취』, 대화문화아카데미.

송우혜(2004), 『윤동주 평전』, 푸른역사.

서굉일(2008), 『일제하 북간도 기독교 민족운동사』, 한신대학교출판부.

신형철(2008), 「그가 누웠던 자리」, 『몰락의 에티카』, 문학동네.

진은영(2014), 『문학의 아토포스』, 그린비.

문재린/김신묵, 문영금/문영미(엮음)(2006), 『기린갑이와 고만녜의 꿈』, 삼인.

민경배(1981), 『교회와 민족』, 대한기독교출판사.

최성만(2014), 『발터 벤야민 기억의 정치학』, 도서출판 길.

최덕성(2005), 『에큐메니칼 운동과 다원주의』, 본문과 현장사이.

한국기독교역사연구소(2000), 『한국 기독교의 역사 I』, 기독교문사.

3. 연구 논문

강신주(1992), 「한국 현대 기독교 시 연구 : 정지용, 김현승, 윤동주, 최문순, 이효상의
　　　시를 중심으로」, 숙명여자대학교 박사학위논문.

강성자(1992), 「서정주와 윤동주의 자의식 비교 : 서정주의 초기시와 윤동주의 시를
　　　중심으로」, 『청어람문학』 7, 청어람문학회.

곽효환(2007), 「한국 近代詩의 北方意識 연구 : 김동환, 백석, 이용악을 중심으로」, 고려
　　　대학교 문학박사학위논문.

곽동훈(1977), 「신과 인간 : 윤동주 시와 그의 신앙과의 관계」, 『국어국문학』 16, 부산
　　　대학교 국어국문학과.

김경재(2013), 「강원용 목사와 에큐메니칼 운동-여해(如海)의 에큐메니칼 사상과 활동
　　　그리고 한국에서의 실천」, 『여해 에큐메니칼 포럼집』, 경동교회 여해문화공간.

김열규(1964), 「윤동주론」, 『국어국문학』 27호, 국어국문학회.

김성준(1969), 「3 · 1운동 이전 북간도 민족교육」, 『3 · 1운동 50주년 기념논문』, 동아일보사.

김성동(2015), 「떼이야르 드 샤르댕의 사랑에 대한 이해와 그 현대적 의의」, 『철학탐구』
　　　제39집, 중앙대학교 중앙철학연구소.

김치성(2014), 「윤동주 시편 「우물 속의 자상화」 연구」, 『비평문학』 제53호, 한국비평문
　　　학회.

김치성(2016), 「윤동주 시의 발생론적 根源 연구」, 『우리말글』제69집, 우리말글학회.

김성준(1969), 「3.1운동 이전 북간도 민족교육」, 『3.1운동 50주년 기념논문』, 동아일보사.

김유중(1993), 「윤동주 시의 갈등양상과 내면 의식」, 『선청어문』, 21권 1호, 서울대학교 국어교육학과.

김정우(1976), 「윤동주의 소년 시절」, 『나라사랑』23 여름호, 외솔회.

김흥규(1974), 「尹東柱論」, 『창작과 비평』가을호, 창작과 비평사.

김신정(2014), 「윤동주 기억의 담론화 과정 : 연변의 집단 기억과 조선족 정체성」, 『국제한인문학연구』, Vol.13, 국제한인문학회.

김윤식(2004) 「캄캄한 뇌우(雷雨) 속에 얻은 몇 알의 붉은 열매(1)」 『문학사상』380, 문학사상사.

김용직(1992), 「비극적 상황과 시의 길」, 이건청 편저, 『윤동주』, 문학세계사.

김우창(1976), 「손들어 표할 하늘도 없는 곳에서」, 『문학사상』 4월호, 문학사상사.

김우창(1977), 「시대와 내면적 인간」, 『궁핍한 시대의 인간』, 민음사.

김인섭(2004), 「한국현대시에 나타난 기독교의 구원의식 : 윤동주, 김현승 시를 중심으로」, 『문학과 종교』Vol 9No 1, 한국문학과 종교학회.

김재진(2007), 「윤동주의 시상(詩想)에 담겨진 신학적 특성」, 『신학사상』통권 제136호, 한국신학연구소.

김수복(1990), 「한국현대시의 상징유형 연구 : 김소월과 윤동주의 시를 중심으로」, 단국대학교 문학박사학위논문.

김만석(2010), 「윤동주 동시연구」, 『한국아동문학연구』 18권, 한국아동문학학회.

구마키 쓰토무(2003), 「윤동주 연구」, 숭실대학교 문학박사학위논문.

마광수(1983), 「윤동주 연구」, 연세대학교 문학박사학위논문.

문익환(1968), 「동주 형의 추억」, 윤동주 시집 『하늘과 바람과 별과 시』, 정음사.

박의상(1993), 「윤동주 시의 사회심리학적 연구 : 자기화 과정을 중심으로」, 인하대학교 문학박사학위논문.

박이도(1984), 「한국 현대시에 나타난 기독교 의식 : 윤동주, 김현승, 박두진의 시」, 경희대학교 문학박사학위논문.

박춘덕(1993), 「한국 기독교시에 있어서의 삶과 신앙의 상관성 연구 : 윤동주, 김현승, 박두진을 대상으로」, 부산대학교 문학박사학위논문.

백철(1985), 「暗黑期 하늘의 별」, 『하늘과 바람과 별과 시』, 정음사.

유성호(2000), 「'두 장의 거울'을 보는 자아: 윤동주의 시세계」, 『진리 · 자유』통권 38호.

류양선(2007), 「윤동주 시에 나타난 종교적 실존 : 「돌아와 보는 밤」 분석」, 『어문연구』, 통권13호, 한국어문교육연구회.

류양선(2012), 「윤동주의 '자화상 연작'과 시정신의 성장과정」, 『한어문교육』 제27집, 한국어문교육연구회.

이성시, 박경희(옮김)(2001), 「근대 문학의 만주 표상 논문집」, 『만들어진 고대』, 이화여자대학교 한국문화연구원.

이건청(1992), 「윤동주 시에 있어서의 양심과 신념의 문제」, 『한국학논집』 21·22, 한양대학교 한국학연구소.

이미옥(2011), 「윤동주 시에 나타난 디아스포라 의식의 변모양상 연구」, 서울대학교 문학석사학위논문.

이진화(1984), 「尹東柱詩研究 : '自我認識'의 양상을 중심으로」, 서울대학교 문학석사학위논문.

이유식(1963), 「아웃사이더的 人間性」, 『현대문학』.

이상호(1988), 「韓國現代詩에 나타난 自我意識에 관한 硏究 : 李相和와 尹東柱의 詩를 中心으로」, 東國大學校 문학박사학위논문.

이남호(1987), 「윤동주 시의 의도연구」, 고려대학교 문학박사학위논문.

이사라(1987), 「윤동주 시의 기호론적 연구」, 이화여자대학교 문학박사학위논문.

이세종(1999), 「윤동주시의 문학사적 의미」, 『안양대학교 논문집』 18,19집, 안양대학교.

이복규(2012), 「윤동주의 이른바 '서시'의 제목 문제」, 『한국문학논총 제 61집, 한국문학회.

이소연(2010), 「윤동주 시 시어 사용의 이중성 고찰」, 『한국문학이론과 비평』 48집, 한국문학이론과 비평학회.

이재복(2007), 「한국 현대시와 숭고 : 이육사와 윤동주를 중심으로」, 『한국언어문화』 제34집, 한국언어문화학회.

윤정란(2010), 「한국전쟁 구호물자와 서북출신 월남기독교인들의 세력화」, 『崇實史學 제34輯』, 숭실사학회.

오양호(1995), 「북간도, 그 별빛 속에 묻힌 고향」, 권영민 엮음, 『윤동주 전집2-윤동주 연구』, 문학사상사.

오문석(2012), 「윤동주와 다문화적 주체성의 문학」, 『한국근대문학연구』 Vol.25, 한국근대문학회.

오문석(1998), 「1930년대 후반 시의 '새로움'에 관한 연구」, 『상허학보』제4집, 상허학회.

왕신영(2007), 「윤동주와 일본의 지적 풍토」, 고려대학교 문학박사학위논문.

오세영(1975), 「尹東柱의 文學史的 位置」, 『현대문학』 4월호.

임종성(1992), 「기독교 정신과 시적 수용의 양상 : 윤동주, 김현승, 박두진, 박목월을 중심으로」, 『어문학교육』14, 부산교육학회.

연규홍(2005), 「종교권력과 교회분열」, 『神學思想』131호, 한국신학연구소, 243~244쪽.

서경석(2004), 「만주국 기행문학 연구」, 『어문학』통권 제86호, 한국어문학회, 341~360쪽.

서굉일(1988), 「중국·만주 3.1운동」, 『한민족독립운동사 3권 3.1운동 편』, 국사편찬위원회.

송우혜(1986), 「북간도 대한국민회 조직 형태에 관한 연구」, 『한국민족운동사 연구 I 』, 지식산업사.

정우택(2009), 「재만조선인의 혼종적 정체성과 윤동주」, 『어문연구』, 한국어문교육연구회.

정우택(2014), 「윤동주에게 있어서 '시'와 '시인-됨'의 의미」, 『근대서지 제 9호』, 근대서지학회.

정의열(2003), 「윤동주 시에서의 "새로운 주체" 연구」, 서울대학교 문학석사학위논문.

정원정(2005), 「이상과 윤동주 시 비교연구 : 자아인식을 중심으로」, 한양대학교 대학원 석사학위논문.

조병기(1990), 「한국현대시에 나타난 비극적 서정성 연구 : 이육사와 윤동주 시의 전통적 맥락을 중심으로」, 성균관대학교 박사학위논문.

조은주(2010), 「디아스포라 정체성과 탈식민주의적 계보학 연구 - 일제말기 만주 관련 시를 중심으로」, 서울대학교 문학박사학위논문.

지현배(2001), 「윤동주 시의 의식현상학적 연구」, 경북대학교 문학박사학위논문.

최명환(1993), 「윤동주 시연구」, 명지대학교 문학박사학위논문.

최문자(1995), 「윤동주 시 연구 - 기독교적 원형 상징의 수용을 중심으로」, 성신여자대학교 문학박사학위논문.

최종환(2003), 「현대시에 나타난 기독교 죄의식의 심리학적 연구 - 윤동주, 김종삼, 마종기의 시를 중심으로」, 경희대학교 문학박사학위논문.

최동호(1981), 「한국현대시에 나타난 물의 심상과 의식의 연구 - 김영랑, 유치환, 윤동주의 시를 중심으로」, 고려대학교 문학박사학위논문.

최동호(1980), 「서정적 자아탐구와 시적변용 : 이상, 윤동주, 서정주를 중심으로」, 『어문논집』21, 고려대학교 국어국문학연구.

한영일(2000), 「한국 현대 기독교시 연구 : 윤동주, 김현승, 박두진의 시를 중심으로」, 성균관대학교 문학박사학위논문.

한영자(2004), 「윤동주 시의 기독교적 생명의식 연구」, 『새얼어문논집』제16집, 새얼어문학회.

한영자(2006), 「일제 강점기 한국기독교 시연구」, 동의대학교 문학박사학위논문.

홍이표(2014), 「원두우 강연집(15) "사랑하는 조선 동포여, 조금만 참으면 조선이 독립될 것입니다!" - 일제시대, 언더우드 부자(父子)의 메시지」, 『기독교 사상』 통권 661호, 대한기독교서회.

홍정선(1984), 「윤동주 시 연구의 현황과 문제점」, 『現代詩』 제1집, 문학세계사.

홍기돈(2006), 「경계와 윤리, 그리고 포월」, 『창작과 비평』 Vol.34, 창작과 비평사.

한신대학교학술원(김경재), 신학연구소 엮음(2005), 「분단시대의 한국 교회의 보수적 반공주의와 진보적 민족주의 간의 대립에 대한 비판적 성찰」, 『한국개신교가 한국 근현대의 사회문화적 변동에 끼친 영향 연구』, 한국신학연구소, 311쪽.

한신대학교학술원(김주한), 신학연구소 엮음(2005), 「북간도 지역의 기독교 민족운동 연구」, 『한국개신교가 한국 근현대의 사회문화적 변동에 끼친 영향 연구』, 한국신학연구소, 63쪽.

4. 외국서적

가라타니 고진(조영일 역)(2006), 『근대 문학의 종언』, 도서출판 b.

필립 윌라이트(김태옥 역)(1988), 『은유와 실재』, 문학과 지성사.

Gaston Bachelard, 이기림 역(1980), 『물과 꿈』, 문예출판사.

앙드레 슈미드(2007), 『제국 그 사이의 한국』, 휴머니스트, 2007년.

오귀스탱 베르크(2000), 『외쿠메네』, 동문선.

윌리엄 제임스, 김재영 옮김(2000), 『종교적 경험의 다양성』, 한길사.

안스 요아힘 반 데어 밴트, 연규홍 옮김(2013), 『WCC의 에큐메니칼 신학』, 동연.

원한경(H. H. Underwood,) "연희전문학교 교장 취임사" Inaugural Address", The Korea Mission Field, 1934, 12월호, (30집), 260-261)

레이문트 콧체/베른트 묄러 엮음, 정용섭 옮김(2000), 『에큐메니칼 교회사 3』, 한국신학연구소.

마이클 키나몬/안토니오 키레오풀로스 편저, 이형기 외 옮김(2013), 『개정증보판 : 에큐메니칼 운동』, 한들출판사.

밀란 쿤데라(Milan Kunder), 권오룡 옮김(2008), 「예루살렘 연설: 소설과 유럽」, 『소설의 기술』, 민음사.

한스-게오르크 가다머(Hans-Georg Gadamer), 이길우, 이선관, 임호일(옮김)(2012), 『진리와 방법. 1.2.』, 문학동네.

Benedict Anderson(2006), Imagined Communities: Reflections on the Origin and Spread of Nationalism, Verso.

Mircea Eliade, 이재실 역(1994), 『종교사 개론』, 까치, 313~342쪽.

Karl Barth, Church Dogmatics, Vol. I -IV. G. W. Bromiley and T.F.Torrence(Edinburgh:T
    & T.Clark 1936-1969).

H. Richard Niebuhr, 홍병룡 옮김(2007), 『그리스도와 문화(Christ and Culture)』, 한국
    기독학생회출판부.

저자 **김 치 성** (金致聖 Kim, Chi-Sung)

1980년 경주에서 태어나고 자랐다. '한신'에서 신학을, '한양'에서 문학을 배웠다. 한양대학교 대학원 국문과에서 『윤동주 시 연구』로 문학박사 학위를 받았다. 한양대학교 기초·융합교육원 책임 연구원, 한양대학교 경영대학 조교수를 거쳐 지금은 한양대학교 국문과 겸임교수로 있다. 윤동주 문학, 북간도 로컬리티, 한국근현대시, 문학과 종교, 우리 말과글 등에 학문적 관심이 두고 있어, '한국시학회'와 '대중서사학회', '문학과 종교학회' 등에서 연구하고 있다.

윤동주의 시인되기

초판 1쇄 인쇄일　　｜ 2019년 7월 5일
초판 1쇄 발행일　　｜ 2019년 7월 9일

지은이　　｜ 김치성
펴낸이　　｜ 정진이
편집/디자인　　｜ 우정민 우민지
마케팅　　｜ 정찬용 정구형
영업관리　　｜ 한선희 최재희
책임편집　　｜ 우민지
인쇄처　　｜ 국학인쇄사
펴낸곳　　｜ 국학자료원 새미(주)
　　　　　　등록일 2005 03 15 제 406-3240000251002005000008 호
　　　　　　경기도 일산동구 장항동 864-3 하이베라스 4층 405호
　　　　　　Tel 442-4623 Fax 6499-3082
　　　　　　www.kookhak.co.kr
　　　　　　kookhak2001@hanmail.net

ISBN　　｜ 979-11-89817-22-0[93800]
가격　　｜ 28,000원